D1696372

Dagmar Michalina

Und du wusstest von nichts?

LITERARICUM Buchverlag

Lektoriert von: **Ralf Rodrigues da Silva**
Coverdesign & Illustration: **Ralf Rodrigues da Silva**

Unterstützt durch: **Philipp Gurt**

ISBN: 978-3-9524727-9-8

LITERARICUM Buchverlag, CH-7023 Haldenstein
www.literaricum.ch

APERITIF

Alle geladenen Gäste in diesem Roman tragen rein fiktive Namen. Sie sind Teil meiner wahren Geschichte. Das habe ich so gewollt: Vermutlich hätte Sie eine andere Verstehparty mit einem anderen Umtrunk auf andere Gedanken gebracht.

Wenn sich dennoch jemand persönlich vom Trinkspruch angeregt fühlt, dann ist der Cocktail wohl rein zufällig glaubhaft gerührt, statt nur geschüttelt. Für diesen Fall prosten Sie der einzig wahren Hauptdarstellerin einfach zu und bedanken Sie sich bei Ihr als Gastgeberin. Prost!

Für die Mitglieder »meiner« Troika, die im Sternzeichen Steinbock, Wassermann und Fische geboren worden sind.

Sie stehen symbolisch für alle Seelenverwandten sowie für jene, die nicht mit ihnen verwandt sind. Sie haben dazu beigetragen, dass diese Geschichte und die in der Zukunft nicht unerhört geblieben sind.

Übrigens: Als Autorin habe ich das Buch bewusst unverfälscht in meinem markanten Schreibstil belassen, damit »ich« in all meinen Facetten »zu lesen« bin...

SONNTAGSKIND

. Name des Engelchens .

»Glückliche Kinder kommen an einem Sonntag zur Welt!« lautete die Antwort meiner Mutter, als ich wissen wollte, an welchem
Wochentag ich zur Welt gekommen war. In ihrer Antwort
schwang eine gehörige Portion Stolz mit, und nicht weniger feier-
lich ergänzte sie:

»Natürlich Sonntag, mein Kind!«

Das genügte mir! Mehr musste dieses typische Mutterthema
nicht ausgeweitet werden, denn solche Unterhaltungen sind mir
peinlich - ich empfinde sie als unnötig und teilweise sogar zu
feministisch. Ich bin nämlich der Meinung, dass Männer genauso
gut Kinder gebären könnten, wären sie dazu anatomisch ebenfalls
imstande. Vielleicht würden sie sogar Donnerstags- und Freitags-
kinder mit einem Rucksack voller Glück zur Welt bringen. Wer
weiss…?

Mehr als die Geschichte über glückliche Sonntagskinder interessierte mich die Auswahl meines Vornamens. Von meiner Mutter
wurde erwartet, dass sie einen Sohn gebären würde - einen Sohn
namens Robert. Am meisten erwartete dies mein Vater – meine
Mutter hoffte es nur inständig. Dadurch, dass Mama bereits eine
Tochter hatte, meine vier Jahre ältere Schwester, war nun einfach
ein Bub an der Reihe! Damals stieg der Wert einer Frau bei der
Geburt ihres Stammhalters. Dennoch, auch an Sonntagen werden
Mädchen geboren.

Am Sonntag, den 8.8. kam ich zur Welt – was für ein unendlich
schönes Datum!

Damals war die Anwesenheit von Vätern bei der Geburt unüblich. Oder besser gesagt - unerwünscht. Die freudige Nachricht
über die Geburt seines Kindes, wurde ihm nüchtern und routiniert
von der diensthabenden Krankenschwester mitgeteilt. Damals noch
durchs Kabeltelefon.

Aus Erzählungen meiner Mutter weiss ich, dass mein Vater zwei Tage lang brauchte, ehe er fähig dazu war, ins Spital zu kommen. Offensichtlich lag es daran, dass es wieder nur eine Tochter zu beäugen gab. Damals waren noch keine Mobiltelefone auf dem Markt, es war eine andere Zeit. Eben mal eine SMS verschicken, ging nicht. Besuchszeiten waren auf der Geburtenstation nur zweimal pro Woche erlaubt, und zwischen 14 und 15 Uhr möglich. Es herrschte eiserne Disziplin. Wer es nicht zur festgelegten Zeit schaffte, vorbeizukommen, der hatte Pech und musste bis zum nächsten Termin warten. Immerhin war es aber erlaubt, Besuchern aus dem Fenster zu Winken. Doch wenn niemand da ist, um es zu erwidern, macht das Winken auch keine Freude.

Also lag meine Mutter nur so da, und wartete auf meinen Miterzeuger. Deswegen trug ich bislang auch noch keinen Namen, lag also auch nur wartend in meinem Bettchen. Was ich jedoch ohne warten zu müssen schon besass, waren hellblaue Strampelhöschen, die schon zuhause auf mich warteten. Oder auf Robert? Mir war die Farbe natürlich egal. Zu dieser Zeit bedeutete Glück für mich ein volles Bäuchlein zu haben und trockene Windeln zu tragen, in denen ich wie eine kleine Larve in meinem Bettchen lag.
Sonntagsglück! Alle Babys trugen die gleichen Windeln, steckten im gleichen Wickelfusssack, und lagen obligatorisch auf dem Rücken. Daher kommt es, dass vor allem Männer meiner Generation einen Flachkopf haben. Und wenn diese Herren dann ihren Kopf kahlrasieren, kann ihr Haupt als Bügeleisenreklame dienen. Ob das wohl Schleichwerbung ist?

Als mein Vater dann doch noch den Weg ins Spital fand, geschah etwas ebenso faszinierendes wie magisches. Noch etwas erblickte nämlich das Licht der Welt:
Die Liebe zwischen ihm und mir – eine Liebe auf den ersten Blick. Jegliche Enttäuschung wurde durch überschwängliches Vaterglück ersetzt. Er trug mich auf der Geburtenstation auf und ab, vorsichtig hielt er mich in den Armen, so als wäre ich eine dreistöckige Hochzeitstorte, geschmückt mit holländischem Kakao aus dem »Tuzex«. Unendlich zerbrechlich und wertvoll. Zur Erklärung: Dies war eine Handelskette in der ehemaligen Tsche-

choslowakei, deren Waren nur mit konvertierbarer Währung, sogenannten Bons, bezahlt werden konnten. Deshalb waren Sachen aus dem »Tuzex« etwas ganz Besonderes und sehr rar. Und wenn mein Vater jemanden vom Spitalpersonal auf dem Gang traf, verkündete er ihm gleich voller Stolz, er habe das schönste Kind der Welt. Tatsächlich sah ich auch aus wie ein Engelchen: Zierlich, mit einem schönen ebenmässigen Gesicht und blonden Haaren! Nur noch die kleinen Flügelchen haben mir gefehlt.

Und wie ging es mit meiner Namensgebung weiter? Nun ja, durchaus ernüchternd. Meine Mama teilte sich das Zimmer mit einer weiteren frisch-gebackenen Mutter, die zur gleichen Zeit auch ein Mädchen geboren hatte. Dieses Mädchen trug den Namen Daniela. Und so schrumpften meine 3150g Lebendgewicht kurzerhand auf lebenstaugliche 7 Buchstaben zusammen: Da war ich also! Vorerst auf die Welt gekommen! So wurde es in meine Geburtsbescheinigung eingetragen. Seit jenem Tag heisse ich Daniela. Ihr verdanke ich also meinen Namen, meinem Vater wiederum die herrlich blauen Augen und die gesunden Zähne.

• Tod mag keine Sonntagskinder •

Die Jahre meiner Kindheit kann man ruhig auf ein paar glückliche Monate reduzieren. Meine Gesundheit war sehr labil, ich war eher ein schwaches Kind, habe wenig geschlafen und noch weniger gegessen. Letzteres ganz zur Freude meiner Schwester, die alle meine Speisereste verputzt hatte. Nicht nur deswegen, weil unsere Mutter eine sehr gute Köchin war, sondern, weil damals kein Essen im Abfall landen durfte.

Nach Aussagen meiner Mutter, hatte ich vierzehnmal eine doppelte Lungenentzündung durchlitten. Ein ganz besonderer Fall erschütterte diesbezüglich die Familie und diese Geschichte hatte Mama oft erzählt:
Ich war achtjährig und war wieder mal krank, sehr krank und lag deshalb im Krankenhaus. Die Pneumonie focht einen weiteren Kampf mit meiner Gesundheit aus und so wie es aussah, würde ich

diesmal verlieren. Aus dem Grund wurde ich meiner Mutter zur Hauspflege in die Obhut gegeben. Mama hörte vom Spitalpersonal Worte die keine Mutter je hören sollte: *»Sie müssen sich auf's Schlimmste vorbereiten!«* Und das, obwohl sie für meine Medikamente und beste Spitalpflege sogar ihre Goldkette verkauft hatte. Korruption war damals wie das alltägliche Brot, in meinem Fall leider erfolglos. Die Medikamente schlugen nicht an und das Fieber stieg und stieg. Penicillin war das einzige Medikament bei der Heilung bakterieller Entzündungen, ich aber war dagegen allergisch.

Die Ärzte sagten meiner Mutter, ich sei austherapiert und rieten ihr, sich schwarze Strumpfhosen zu besorgen. So hat sie mich zum Sterben nach Hause mitgenommen.

Das zum Tod verurteilte Kindlein legte sie vorsichtig in das Bettchen. Die Nachbarin, die im selben Stockwerk wohnte, bat sie, kurz nach mir schauen, da sie nur schnell etwas einkaufen müsste. Meine gut ernährte Schwester, gerade mitten in der Vorpubertät, sass derweil neben meinem Bett und blätterte in einem Kinderbilderbuch. Der Weg zum nächsten Geschäft führte unter unserem Fenster vorbei. Da wir im ersten Stock wohnten, konnte Mama meinen erschwerten Atem bis nach draussen hören.

Beim Zurückkommen herrschte unter meinem Zimmerfenster dann aber absolute Stille. Mama hielt inne! Kein lauter Atem, kein Weinen, nichts! In dem Moment dachte sie, dass die Ärzte Recht behalten hätten, und ich tatsächlich gestorben sei. In der Tasche lag die soeben gekaufte schwarze Strumpfhose und an ihrem Leib schnürte sich ihr Kleid aus Furcht immer enger zu. Sie hatte grosse Angst, alleine die Wohnung zu betreten, deshalb bat sie die nette Nachbarin, sie zu begleiten - damals waren Nachbarn noch wie eine grosse Familie gewesen.

Die beiden Frauen kamen leise in das Zimmer, und da fanden sie meine Schwester, die brav neben mir sass und mir leise ein Märchen vorlas. Ich schlief und atmete ganz ruhig. In dem Moment sprang meine Mutter zu mir, hörte mit dem Ohr an meiner Brust, als glaubte sie nicht, dass ich lebe. Mit der Hand an der Stirn merkte sie, dass ich nicht mehr so heiss war. Das Fieberthermometer zeigte eine um ein Grad niedrigere Temperatur. Sie war ausser sich vor Glück und die schnell fliessenden Tränen waren Zeichen ihrer

Erleichterung. Mit tiefem Seufzer strich sie meiner Schwester über das Haar und gab uns beiden einen dicken Kuss.

In den nächsten beiden Tagen wurde ich fieberfrei. Und so langsam kehrten die spitzbübischen Sternchen in meine blauen Augen zurück. Passiert war das, was passieren musste - Das Sonntagskind hatte den Tod besiegt!

Mama setzte gegen die Bazillen spezielle Pflege ein: Sie gab mir das hundsgewöhnliche Acylpyrin - für mich damals ein Wundermittel -, dazu löffelweise echte selbstgemachte Hühnerbrühe, und als Dessert las mir meine Schwester aus meinem Lieblingsbuch »Hänsel und Gretel« vor. Das Acylpyrin und die hausgemachte Hühnerbrühe sind übrigens bis heute meine Allheilmittel geblieben. Dass ich diese Pneumonie überlebte, damit hatte niemand gerechnet. Als mich meine Mutter die darauffolgende Woche zur Kontrolle ins Spital brachte, versammelten sich alle Schwestern aus der Abteilung und bestaunten mich mit riesigen Augen, als wäre ich die Tochter von Jesus.

Die schwarze Strumpfhose bekam die liebe Nachbarin unterdessen als Geschenk.

Die Überreste aus dieser dramatischen Zeit meines Lebens übersiedelten in meine Aura und wer mich kannte, verwöhnte mich, hätschelte mich und hielt mich für etwas nicht ganz Alltägliches.

Ärzte mochte ich nicht, sie gaben mir Spritzen und taten mir trotz allerbester Absichten weh. Als Kind verstand ich das damals natürlich nicht, für mich waren Ärzte gleich Schmerz und Angst. Die Schwestern mochte ich dafür umso mehr. Keine verlangte von mir, dass ich am Morgen eine Tasse warme Milch mit der scheusslichen Haut oben austrank. Im Gegenteil, ab und zu bekam ich von ihnen Kaugummi »Pedro«, aus der man Blasen machen konnte – damals gehörte dieser Kaugummi auch zu den Luxusartikeln. Zwei mal drei Zentimeter grosse, rosafarbene, süsse Masse, eingepackt in einem fetten Papier, auf dem ein Junge namens Pedro abgebildet war. Kostete eine Krone!

In jenen Tagen wurde die Sehnsucht in mich hinein geboren, später eine gute und liebe Krankenschwester zu sein.

• Coco de Kindheit •

Eine glückliche Säule in meiner Kindheit war mein Grossvater väterlicherseits. Er war mit Abstand der liebevollste Grossvater auf der ganzen Welt! Gemeinsam mit der Grossmutter bewohnte er ein kleines gemütliches Häuschen in Nitra, der Stadt, in der ich geboren wurde. Dort verbrachte ich mit meiner Schwester zusammen sehr viel Zeit. Unsere Mutter war inzwischen alleinerziehend und arbeitete viel, damit sie die angespannte Finanzsituation im Griff behielt. Meine Grossmutter war eine Hexe. Ein Luder. Das spürten nicht nur wir Kinder, das sagten auch die Nachbarn über sie. Diese Worte verstand ich damals nicht, doch eins war sicher, ich mochte sie nicht. Eine Oma, die ihre Grosskinder nie beim Jassen oder »Mensch ärgere dich nicht« oder »Mühle« gewinnen lässt, wird selten bei den Enkelkindern beliebt…

Dafür habe ich Opa abgöttisch geliebt. Er war stets für Spässe und allerlei Schabernack zu haben. Uns Grosskinder liess er alles machen, was halt Kinder so im Sinn haben. Einmal, ich weiss es noch, als wäre das gestern gewesen -, hatte ich an seinem Mantel alle Knöpfe abgeschnitten, weil wir damit »Mühle« spielen wollten. Man muss sich halt im Leben zu helfen wissen, auch wenn die Wege radikal sind.

Grossvaters Herz war so gross und so süss wie eine Wassermelone, seine Postur dafür eher klein. Seine Haltung war etwas buckelig, vom vielen Schuften als Kohlenbrenner in einer Fabrik, die am Rande der Stadt lag. Im Winter trug er oft ein Flanellhemd mit quadratischem Muster. Eine Mütze, ähnlich der, die auch Lenin trug, hatte er im Sommer wie im Winter auf.

Mein Grossvater

Bei ihm fand ich viele Dinge super. Zum Beispiel hatte er für meine Schwester Silvia und mich immer etwas Kleingeld im Hosensack parat, das für eine Kugel Eis oder »Kofola« reichte. Das allerbeste aber war, ich musste vor dem ins-Bett-Gehen meine Füsse nicht waschen. Nun lache ich darüber, weil, wer mich kennt, weiss, dass ich heute am liebsten alles um mich herum desinfizieren möchte. Damals war aber so vieles anders:

Ich trug mein Haar ungekämmt, Rotz unter der Nase, kaputte Strumpfhosen und kletterte fürs Leben gerne mit meinem Cousin auf den Kirschbaum der Nachbarn. Das war super, so ein Leben, wie Pippi Langstrumpf!

Zum Haus der Grosseltern gehörte auch ein kleiner Garten. Ganz vorne wuchsen die Weintrauben.

In der Mitte: Ich

Im Zentrum des Grundstückes stand eine Latrine, ein Holzhäuschen - die einzige Toilette meiner Grosseltern. Dieses Kabäuschen stank furchtbar und dicke, fette Fliegen sausten mir um den Kopf, als ich dort das Unvermeidliche... na ja, was man halt so auf einer Toilette tat. Als WC-Papier lagen Zeitungs- oder Zeitschriftenabschnitte am Rande des Erdloches. Einlagig, dafür mit Neuigkeiten bedruckt, die vor Wochen mal interessant gewesen waren.

Ich hatte riesige Angst, in das für mich damals übergrosse, stinkige, geheimnisvolle Loch hineinzufallen. Dieser Ort war ein Horror, und so ging ich lieber hinter den Johannisbeerstrauch in die andere Ecke des Gartens, falls ich ein kleines Geschäft verrichten musste; Klopapier, nulllagig, mit ein wenig Sommerwind. ☺

Im Garten stand auch ein kleiner Stall. Dort quickte ein Ferkel. Und die zwei freilaufenden Hennen, waren auch unsere Mitbewohner. Eine weisse und eine braune. Die weisse gehörte mir, und ich gab ihr den Namen »Ptscholka«. Die braune gehörte meiner Schwester. Da sie schon als Kind über wenig Fantasie verfügte, fand sie keinen Namen für das Tierchen. Umso einfallsreicher war ich. Weil die Hühner ihren Stall neben dem Klo hatten, konnte sich meine Schwester freuen, eine Henne mit dem einzig logischen Namen für das bis jetzt namenlose Geschöpf zu haben – »Klothilde«. Zu meinem Spezialgebiet gehörte auch, viele praktische Dinge den Tieren beizubringen. Zum Beispiel fliegen oder in der Regenwassertonne zu schwimmen. Fantasie für ähnliche Experimente war mir in die Wiege gelegt worden, einschliesslich einer grossen Portion Vorstellungskraft, die meiner Schwester Silvia auch fehlte. Kein Wunder, dass sie nur ihren Kopf schüttelte und fragte, woher ich das alles habe.

Am Samstag ging ich mit dem besten Opa der Welt unser Brot holen. Das »unser«, bedeutete damals, den Brotteig daheim selbst zu machen und ihn in die Bäckerei zum Backen zu bringen. Beim Abholen fragte uns die Verkäuferin nach unserem Namen. Dann drehte sie die Brotlaibe um, und suchte den Namen auf der gelben Etikette und gab uns so das richtige Brot ab.

Bevor die Oma die erste Scheibe abschneiden durfte, nahm sie das grosse Brotmesser in die rechte Hand, den Laib Brot hielt sie dabei fixiert an der linken Hüfte und bekreuzte das Brot auf seiner Unterseite. Danach schnitt sie das erste Stück ab. Dieses Brot roch so fantastisch! Seitdem hatte ich nie mehr so einen Duft in der Nase gehabt. Wir verspeisten das Brot meistens mit dem Schweinefett und klein geschnittener Zwiebel aus dem eigenem Garten. Dazu tranken wir Schwarztee, mit Zitrone und Honig gesüsst. Den Duft des frischen Brotes hat mein Hirn in meinem Limbischen Zentrum für immer gespeichert. Sollte ich dem Duft einen Namen geben, dann ungefähr so einen: »Coco de Kindheit«.

Fadenwürmer und andere Plagen

Die Grundschule besuchte ich nur selten und dennoch zuviel. Grund dafür waren die immer wiederkehrenden Infektionen meiner Atemwege. Die meiste Zeit verbrachte ich deshalb im Kinderspital. Dort wurde ich dann unterrichtet. Meinen ersten Schultag habe ich trotzdem gut in Erinnerung behalten, auch wenn mir das viele nicht glauben wollen. Vielleicht deshalb, weil man mir das Programm, »Dingen zu vergessen«, vergessen hatte, in den Kopf zu installieren.

»Genosse Lehrerin« -, das war die von der damaligen Regierung angeordnete obligatorische Bezeichnung der Lehrkraft. Sie forderte uns auf, auf die harten Holzstühle abzusitzen und sagte zu allen:

»So, und ab jetzt werden wir uns zusammen plagen.«

Ich, als kleinste Schülerin der Klasse, sass in der ersten Reihe. Neben mir der rothaarige Juraj. Der einzige Sohn der lieben Babysitter-Nachbarin. Im Sandkasten warf er mir den Sand in meine langen Haare, darum hasste ich ihn. Und jetzt hockte er da, direkt vor meiner Nase. Was für ein unmöglicher Start in meine Schulkariere!

Die Feststellung, in einem Raum für fünf mal 45 Minuten lang eingesperrt zu sitzen, löste bei mir automatisch eine perfekte Abneigung gegenüber der Schule aus. Obwohl mein Hämoglobinspiegel meistens in dem unteren Bereich der Skala lag, war ich im Gesicht vor Nervosität schon nach der zweiten Unterrichtsstunde stark rot angelaufen und suchte nach einer Lösung, wie ich aus diesem Gefängnis schnellstens wieder verschwinden könnte. Es war mir einfach unmöglich, in einem blöden Quadrat so lange sitzen zu bleiben.

Mama sagte dazu, ich sei wie Quecksilber, oder auf Slowakisch, ich hätte »Fadenwürmer im Arsch«. Damals gab es noch kein Internet, so konnte ich mir nicht auf die Schnelle die Viecher anschauen, was nur gut war, weil beim Anblick dieser weissen Stäbchen hätten mich vor Schreck die Fadenwürmer aufgefressen. Die

Abneigung gegenüber Schulen habe ich übrigens bis heute beibehalten.

Was mich beim Unterricht trotzdem interessierte, waren die sogenannten aktiven Fächer. Handarbeit oder Turnen. Ich war zwar klein, aber verdammt schnell. Ich lief Sprint, 50 oder 100 Meter. Meine kleinen Füsse strampelten wie ein Perpetuum mobile.
Mir widerstrebten Prüfungen genauso wie Abschiede.

Mit einem Krampf im Magen verabschiedete ich mich eines Morgens an der Haustüre von Mama – die nächste Prüfung strapazierten meine Schülernerven. Abschiede tun mir bis heute einfach nicht gut, erzeugen Angst vor der Einsamkeit - alleine zu sein bedeutet für mich, verlassen zu sein. Dieser sich so oft wiederholende morgendliche Schock, alleine in die Schule zu gehen, die ewigen Abschiede von Mutter und meiner Schwester Silvia als ich ins Kinderspital musste, hinterliessen in mir grosse Spuren. An den Morgen weinte ich so laut, dass man mich bis auf die Strasse hörte.

Ich kickte der Mutter in ihre Beine, wenn sie mich in die enge, weisse Strumpfhose reinzustecken versuchte. Bis heute sind mir Strumpfhosen, Gürtel, Kappen und alle Kleiderstücke verhasst, die mich einengen. Freiheit, Raum und verrückte Dinge anzustellen, das brauchen (nicht nur) die Sonntagskinder!

Später in der Schule stand ich auch den letzten Stunden des Unterrichtes feindselig gegenüber. Brav zu sitzen, konnte ich einfach nicht aushalten. In diesem Zusammenhang erinnere ich mich an meine seelenverwandte Schulkameradin Jitka. Mit ihr verschwand ich regelmässig aus der letzten Tagesstunde »Chemie«. Natürlich ganz stilmässig. In der Pause versteckten wir die Schulranzen im WC und während des Unterrichts fragten wir nacheinander die Lehrerin um Erlaubnis, auf die Toilette zu gehen. Und wir kamen nicht wieder zurück. Ich verstehe es bis heute nicht, wie konnte die Chemietante das ganze Schuljahr die Abwesenheit der immer gleichen zwei Schülerinnen nicht bemerken?
Mit Jitka ging ich immer, aber wirklich immer in die nächste Confiserie. Wir freuten uns und lachten wie die Blöden über unseren Sieg und assen mit Genuss einen Becher Karamellpudding.

Immer den gleichen und immer schmeckte er fantastisch. Dieser war für damalige Verhältnisse ziemlich teuer, ganze zwei Slowakische Kronen, aber uns war das so viel wert!

● **Mode a la Mama** ●

Ich wäre ein starker Wind, ein Hurrikan, sagen die, die mich mehr als eine Minute erleben. Meine Gesundheitsschwäche aus der Kindheit hatte sich während den Jahren zur Stärke und Schnelligkeit umgewandelt, sodass ich mich oft selbst bremsen muss. 24 Stunden genügen nicht, um meine Energie aufzubrauchen, die wie aus einer immer wieder sich selbst aufladenden Duracell-Batterie kommt.

Meine Mutter hatte da eine ganz andere Energie. Sie war eine sehr gute Köchin, fleissige Sekretärin, und vor allem gab sie stark auf ihr Aussehen Acht. Dabei legte sie grossen Wert darauf, dass auch wir zwei Kinder immer passend und gleich angezogen waren. Sogar die Frisuren trugen wir beide gleich. Lange blonde Haare, akribisch geflochten zu einem Zopf. Oh, wie ich das hasste! Oben und unten an dem Zopf wurde uns immer passend zum Kleid eine farbig abgestimmte Haarschleife befestigt. Diese Schleife mussten wir jeden Abend auseinanderbinden, anfeuchten, mit der Handfläche geradestecken und über die Stuhllehne legen. So auch die sauberen Kleider für den nächsten Tag, die uns Mama stets selber ausgewählt hatte. Sie bestimmte immer, was wir anzogen, eine Mitsprache diesbezüglich war eine absolut unvorstellbare Sache.

Da an den Morgen oft Stress herrschte, hat sie uns schnell gelehrt, was man am Vorabend erledigen könne, solle man auch gefälligst tun. Den allergrössten Wert legte sie auf die saubere Unterwäsche, nach dem Motto:

»Du weisst nie, was dir passiert, und landest infolgedessen plötzlich beim Doktor. Ich werde mich nicht für dich schämen!«

Meine Mama war eine schöne Frau. Hatte braune Augen und schulterlanges blondes Haar. Lange lackierte Nägel und Lippen,

Silvia, Mama, ich

umrahmt von einem Konturenstift. Immer einen Ton dunkler, als
der Lippenstift. Als Kind erkrankte sie an Kinderlähmung, so waren ihre Lippen nicht ganz symmetrisch.

Ihr Leben lang benutzte sie nur eine Mandelgesichtscreme und
hatte keine einzige Falte im Gesicht. Sogar die Gesichtsmasken
richtete sie sich selber her: Ein Eigelb, dazu einige Tropfen Zitrone
und ein Löffel voll Honig. Auch ihre eigenen Haarpackungen stellte sie selber her - aus Rizinusöl. Danach eine Spülung aus Brenn-
eselwasser, natürlich selbstgepflückt. Das Pflücken hingegen war
die Aufgabe von uns Kindern. Im Sommer sorgten wir dafür, dass
es zuhause immer genug trockene Brennessel gab.

Zum Frisör ging Mama nur, um sich die Hochsteckfrisur machen zu lassen. Das praktizierte sie dann anschliessend auch zu Hause an uns armen Mädchen. Das konnte ich einfach nicht ausstehen!

Was die Mode anbelangte, hing sie auch da nicht hinterher. Im Gegenteil. Mama trug Schuhe mit hohen Absätzen und Kleider von Haute Couture genäht. Ihre »XL-Fantasie« vererbte sie mir zu einer Million Prozent. Daheim hatten wir sehr viele Burda Zeitschriften. In dem Zusammenhang kommt mir ein Kleid in den Sinn. Das liess mir meine Mutter aus verschiedenen Stoffresten bei ihrer Schneiderin nähen. Das Besondere an diesem Kleid waren die zwei aufgenähten Taschen auf der Höhe der Oberschenkel. Auf einer der Taschen war mein Vorname von Hand aufgestickt. Und zwar jeder Buchstabe in einer anderen Farbe. Ich denke, auf dieses Kleid waren sogar die Jungs eifersüchtig.

Mama liebte Tupfen. Tupfen an den Kleidern, an der Kaffeetasse, an den Taschen, an Halstüchern, am Regenschirm, Sonnenschirm und falls es das damals gegeben hätte, hätte sie auch getupftes Toilettenpapier gekauft.

Heute gibt es fast alles, nur meine Mama nicht!

• Schwarze Schleife ohne Erinnerungen •

Als ich zehn Jahre alt war, starb die Hexe-Oma und drei Monate darauf auch mein Vater. Nachbarn sagten, sie holte sich den Sohn zu sich, damit sie nicht alleine wäre. Mich hat das nicht besonders aus den Socken gehauen, Hauptsache, sie liessen mir den allerliebsten Grossvater da.

Vater starb am 14. Geburtstag meiner Schwester. Er liebte nicht nur die Frauen, sondern auch Musik und noch mehr den Alkohol. Der hat ihn das Leben gekostet. Er starb mit nur 35 Jahren an einer Leberzirrhose. Mich erreichte diese Nachricht emotional gar nicht, darum verstand ich nicht, was diese schwarze Schleife an meinem Mantel eigentlich sollte. Und dass ich diese sogar ein ganzes Jahr tragen sollte! Unsere Mutter hatte folgende Erklärung dafür:

Das ist ein Trauersymbol für meinen verstorbenen Vater. Aber wie soll ich jemandem nachtrauen, den ich gar nicht kannte? Diese Frage stellte ich mir natürlich nur in Gedanken, denn es war eine Zeit, wo man stillschweigend, ohne nachzufragen, alles den Erwachsenen glauben musste.

Zur Beerdigung ging von uns Dreien nur meine Schwester. Als sie zurückkam, nahm sie unsere Mutter auf die Seite und beide verschwanden in der Küche. Ich blieb alleine im Wohnzimmer zurück und wartete. Diese Zeit nutzte ich um nachzudenken, was das zu bedeuten hatte? Mein Vater! Dass ich nicht lache. Meine Erinnerungen reduzierten sich auf genau ein schäbiges Foto von ihm.

Oben, der erste von rechts, mein Vater.

Ich wusste nur vom Erzählen der Leute und weiteren Familien-mitgliedern, was das für einer war. Ausgebildet war er als Elektriker, in der Freizeit spielte er Trompete auf verschiedenen

Feiern und hatte eine schöne Stimme. Die hatte er mehr als seine Kinder
gepflegt, und trank deswegen täglich ein rohes Ei; das sollte die Stimme stark machen. Und noch was sagten die Fremden: Ich sei vom Aussehen her ganz der Vater. Na Prost Marie!

Keine einzige Erinnerung hatte ich aber in meinem Kopf gespeichert. Die Liebe in seinem ersten Blick im Geburtsspital hielt nur verdammt kurze Zeit an. Sie landete ziemlich schnell in der Pathologie. Ich konnte mich nicht besinnen, nur einmal das Wort »Papi« für ihn benutzt zu haben.

Ich verstand das alles nicht. Damals verstand ich sowieso viele Sachen nicht. Und nicht nur damals, ich war eigentlich sehr lange unwissend, extrem naiv, man kann ruhig sagen - ich war dumm. Ein verwöhntes Familienengelchen, isoliert von der Aussenwelt. Von allem Bösen. Und genau diese physische und psychische Isolation, auch wenn sie aus besten Absichten herbeigeführt wurde, war für mich das Schlimmste. Sie raubte mir die Immunität gegen die nicht immer »Heile Welt«.

Nicht die Viren und Bakterien waren meine Schädlinge, nein, es waren die Menschen, die mir mit ihrer Affenliebe unnötig das Leben schwerer gemacht hatten…

. **Weit weg vom Paradies** .

Nach dem Tod seiner Frau und auch dem Sohn, wurde mein Opa sehr schnell alt. Er war zwar schon damals alt, er hatte stolze 80 Jahre auf seinem Rücken, aber dieses Ereignis gab ihm das Letzte. Er wohnte immer noch alleine, alle Besorgungen musste indes seine einzige Tochter für ihn erledigen. Wir besuchten ihn, wann immer uns das möglich war. Aus seinem Häuschen musste er später ausziehen. Nicht des Alters wegen, sondern wegen eines Umbaus der Strasse, an der er sein Leben lang gewohnt hatte. Weil sein Haus ein Eckhaus war und die Querstrasse verbreitert werden musste, hatte man entschieden, das Haus abzureissen.

Da half keine Bestechung. Vom Verkauf des Hauses erbten wir etwas. Daraus kaufte mir meine Mutter ein Klavier und meiner Schwester ein batteriebetriebenes kleines Radio. Als junges Mädchen hatte mich das unterschiedliche Geschenkeformat noch nicht weiter irritiert. Aber mir würde dazu noch viel viel später »ein Licht aufgehen«.

Irgendwann in dieser Zeit begann Mama schwere psychische Zustände zu bekommen. Diese verfolgten sie eigentlich bis zu ihrem Tod. So musste ich leider unsere Mutter nicht nur als eine schöne Frau in Erinnerung behalten, sondern auch als eine traurige Person, die viel weinte und immer wieder irgendwelche Antidepressiva schluckte. Heute kann ich mit ruhigem Gewissen sagen, dass sie mehr für ihr Äusseres als Inneres Sorge getragen hatte. Ich kann mich auch nicht erinnern, dass sie mir ein Märchen vorgelesen hatte. Dafür schimmert bis heute die Zeit durch, zu der ich mit meiner Schwester Pirouetten bei der Schneiderin drehen musste, bis diese alle Masse für irgendein exklusives Kleidchen von uns hatte. Und auch etwas mit innerem Wert ist mir bis heute geblieben; und zwar wortwörtlich. Das war im Zusammenhang mit der Sexualaufklärung. Zu dieser ganzen Sache sagte sie nur einen einzigen Satz: »Die Gebärmutter hat die Form einer Birne.«

Ein halbes Jahr nachdem Vater starb, waren auch wir drei aus meinem Geburtsort weggezogen. An das andere Ende der Republik. Wir kannten dort aber niemanden. Dazu waren wir zwei Töchter, in einem schon bald pubertierenden Alter, alles andere, nur kein Leckerbissen für unsere Mutter. Obwohl, wenn ich so zurück denke, finde ich, wir waren gute Kinder. Silvia erledigte den Haushalt, half mir bei den Hausaufgaben und passte auf mich auf. Eine ganz, ganz liebe und gute Schwester und Tochter, war sie. Mutter machte indes den Einkauf, kochte und schaute, dass sie immer fesch aussah. Mit Silvia pflegte ich eine sehr herzliche Beziehung und bis heute sage ich, dass ich die beste Schwester der Welt habe!

Ich hatte natürlich auch eine dem Alter entsprechende Aufgabe gehabt, die dem Familienstatus als verwöhntes Engelchen entsprungen war. Ich hatte nämlich von Montag bis Freitag meinen morgendlichen Stress zu bewältigen. Das sah folgendermassen aus:

Zuerst musste ich das allmorgige Aufstehen auf die Reihe kriegen. Aus diesem Stress bin ich bis heute nicht rausgewachsen. Ich liebe das biologische Aufstehen, wenn mein Körper sagt: »Jawohl, jetzt ist deine Batterie aufgeladen, jetzt kannst du *laaaaangsaaaaaam* aufstehen und anfangen sie zu benutzen.«

Mein Wesen mag kein akustisches Signal am Morgen hören, nicht in Form eines Weckers oder anderen Alarmsystems. Da raste ich aus! Genau wie an dem Gedanken an die Tasse warme Milch aus Kindertagen mit der schon erwähnten Haut, die ich mittrinken musste - I gitt!!! Diese Bedrohung drückte mich umso mehr in die warme kuschelige Bettwäsche hinein. Und zum Schluss noch Kleider anziehen, die gar nicht nach meinem Gusto waren. Das schien mir weder lebens-, noch liebenswert! In solchen Momenten wollte ich unsichtbar sein, oder, und das wünschte ich mir schon jeden Montag -, es sollte endlich Wochenschluss sein!

An den Wochenenden unternahmen wir nämlich immer tolle Ausflüge zusammen. Wir sind meistens in den Wald gegangen. Raus aus der Stadt und rein in die Natur. Auch dort war die Mama immer fesch angezogen, und der Lippenstift musste natürlich auch dort zu ihrem Outfit passen. Natur zu Natur. Meine Mutter war die Tochter eines Försters und Jägers, der nie Zeit für seine Enkelkinder hatte. So lehrte sie uns, wie, wo und wann man die Pilze sammelt und wie man aus Löwenzahn einen Blumenkranz flechtet. Das war eine fantastische Zeit!

Zwischen meiner Schwester und mir gab es eine, wenn auch nur kleine, Altersdifferenz, aber dank gleicher Kleider und Frisuren, die wir trugen (tragen mussten), wusste jeder, dass wir zwei Geschwister waren. Der Unterschied bestand nur in der Farbe der Augen: Sie hatte grüne Augen, ich die blauen. Wir waren hübsche Mädchen.

1969- Hübsche Mädchen beim Ausflug mit Mama

In diesen Momenten war ich glücklich. Ein Vater fehlte mir nicht, ich hatte ja meine Lieblinge: Die Mama, meine liebe Schwester Sisa und den allerliebsten Grossvater. Und nicht zu vergessen, das Klavier, an dem ich vier Jahre erfolgreich übte. Auch das war eine tolle Zeit.

Doch nicht jeder Tag ist ein Sonntag und die meiste Zeit kam unsere Mutter spät nach Hause. Sie arbeitete als Sekretärin in einem Landwirtschaftsbetrieb. Als die Arbeiterinnen ihre Monatslöhne persönlich abholten, brachte die eine oder andere meiner Mutter ein Päckchen mit frischen Eiern, Quark oder Milch mit folgenden Worten: »Für deine Kleine.«

Damit war ich gemeint, die ewig kranke Prinzessin. Diese Bionahrung diente zu meiner Abwehrstärkung. Und tatsächlich, es waren Tage, an denen ich solche Extranahrung sehr gut brauchen konnte, denn ich half zu Hause auch fleissig mit.

Es war eine Zeit, in der man die grosse Wäsche in der Stadtwäscherei verrichtet hatte. Unmengen an Weissem und Buntem musste zusätzlich nach dem Waschen noch gestärkt werden. Danach musste man sie aufhängen und an einem für uns Jugendliche damals übermächtig rollenden, heissen Rad bügeln. Diese Arbeit verrichtete ich immer mit Silvia zusammen. Mutter packte alles in ein riesiges Bündel, und schon marschierten wir mit der verschmutzten Bettwäsche aus Damast-Material, Tischtüchern aus guten Stoffen und unzähligen anderen geraden Stoffstücken los.

Weit war es nicht, nur um die Ecke in unserem Wohnquartier, aber für uns war das schon ein stolzes Gewicht. Beim Tragen kam wieder mal meine Fantasie zum Zug. Ich legte das Bündel meiner Schwester auf den Rücken, sie beugte sich durch dieses Gewicht automatisch nach vorne und ich lotste sie mehr oder weniger unbeholfen durch den Weg. »TomTom« à la Sozialismus, nach dem Motto: »Man muss sich immer im Leben helfen können«. Die einzige Mitarbeiterin der Stadtwäscherei kannte uns schon und stand uns braven Mädchen stets zur Seite.

So ungefähr verlief mein Leben bis zum 14. Lebensjahr.

Das richtige Mädchen

Nach der Grundschule folgte die Berufsschule. Für mich war schon lange klar gewesen, wenn ich erwachsen bin, werde ich Krankenschwester. Weil in der Fachrichtung Kinderkrankenschwester kein offener Platz mehr in der Klasse war, musste ich gezwungenermassen allgemeine Krankenpflege wählen. Unterdessen war mein Gesundheitszustand schon längere Zeit stabiler. Das einzige was mich fast jeden Monat quälte, war eine Angina, die Rachenmandelentzündung – eine typische Krankheit meiner Generation.

Eines Tages stellte uns Mama einen gross gewachsenen Mann vor. Er sah aus, wie der Schauspieler Tom Selleck aus der Serie »Magnum«. Auf den ersten Blick also, ein gut aussehender Mann mit Schnauz. Doch als ich noch einen zweiten Blick auf ihn warf, fiel mir auf, dass er an seinem rechten Zeigefinger einen verkrüppelten Nagel hatte. Ach wie eklig, dachte ich mir, und verzog dabei zwangsläufig das Gesicht.

Die Dinge nahmen schnell ihren Lauf. Und so kam es, dass Mutter uns nach nur kurzer Zeit mitteilte, sie werde diesen Mann heiraten. Was mich zutiefst erschütterte, schien bei meiner Schwester keinerlei Reaktionen hervorzurufen. Mein Magen fing sogleich an zu rebellieren, wie immer wenn mich etwas mitnimmt, und mir wurde schlecht. Silvia hingegen zuckte nicht einmal mit der Wimper. Klar, ihre emotionale Apathie liess ja auch keinerlei Gefühlsregung zu. Dieser Moment hat sich tief in mein Gedächtnis gebrannt.

Was mir komischerweise als erstes dazu einfiel war: Der Typ soll mich adoptieren! Dann werde ich einen anderen Nachnamen und bessere Noten in Physik bekommen.

Wie ich darauf komme? Mit ordentlich Fantasie und wegen dem Prüfungssystem unseres nörgeligen Physiklehrers. Sicherlich war es schon so alt wie er selbst, bequem für ihn und leicht durchschaubar für uns Schüler. Denn er rief uns immer dem Alphabet nach auf. Mit einem Nachnamen, der mit »B« anfängt, musste ich somit jeweils nur die ersten zwei Absätze auswendig lernen, denn mehr würde er nicht von mir wissen wollen. Physik ist absolut nicht mein Ding, sie interessiert mich wie »Schnee im August vor 100 Jahren.« Aber, ein besserer Notendurchschnitt bedeutet wiederum, dass ich am Ende des Schuljahres endlich mein ersehntes rotes Klappfahrrad bekomme. Bin ich nicht schlau?

Doch wie so oft, kam alles anders...

Mama heiratete den Schnauzmann, doch wir blieben trotzdem nur zu dritt. Mit nur 17 Jahren musste meine Schwester den Weg in die grosse weite Welt antreten, kurvenreich und konkurrenzlos wie die Lombard Street in San Francisco. Der Grund, weshalb sie mir nun zuhause, unterwegs zur Wäscherei und auch sonst überall fehlte, war ebenso absurd wie traurig. Mutter wollte sie nicht in der Nähe ihres neuen Mannes haben. Eifersucht!
Und so wurde Silvia wie ein Weihnachtspaket zu unserer Tante geschickt, 200km von mir entfernt. Dahin, wo wir jedes Jahr die Sommerferien zusammen verbracht haben. Unter der Bedingung, dass Silvia eine Ausbildung zur Krankenschwester absolvierte, bekam sie dort einen Hilfsjob im gleichen Pflegeheim, in dem damals auch meine Tante arbeitete. Da dies jedoch nur berufsbegleitend möglich war, dauerte die Ausbildung fünf Jahre. Glücklicherweise durfte sie aber schon ins vierte Lehrjahr einsteigen, weil sie bereits drei Jahre das Gymnasium besucht hatte. Immerhin etwas. Also gingen wir zwar zur gleichen Schule, aber weit voneinander entfernt. Meine Schwester arbeitet im Pflegeheim? Das gibt es doch gar nicht! Sie hat Ballett getanzt, Französisch gelernt, wollte Zahnärztin anstatt Krankenschwester werden, und jetzt das?! Aus der Traum.
Nachts schrieb sie mir herzzerreisende Briefe. Sie weinte viel. Ich weinte noch mehr, aber ganz leise, damit es niemand merkte, und bei jeder Träne stieg bei mir die Abneigung auf den Eindringling in unser heiliges Dreieck. Er bedeutete für mich den Zerfall unserer Familie. Schlussendlich war ich froh, dass die Adoption nur in meiner Fantasie stattgefunden hat. Ich liebe die Physik!

Ungarische Unterdrückung

Eines Tages äusserte der neue Mann in unserer bis jetzt reinen Weiberwelt den Wunsch, ich solle meiner Mutter doch besser »Mameli« sagen. Der spinnt total, dachte ich empört, was geht ihn das an, wie ich meine Mutter nenne? Als ich Mama darauf ansprach, bekam ich keine Antwort. Unsere Mutter gehörte zu der Sorte von Leuten, die nur selten ihre eigene Meinung kundtun. So wie sie sich jedem Modetrend anpasste, so passte sie sich auch der Meinung der Mehrheit an. Zudem war sie einfach nur froh, als Alleinerziehende mit zwei pubertierenden Mädchen, einen Mann abbekommen zu haben. Diese Tatsache machte sie erst recht mundtot.

Mutter nannte ich natürlich weiterhin Mama, oder Mami, was mich nur noch mehr zur Zielscheibe von Herrn Wichtigtuer machte. Ständig prahlte er vor mir mit seiner ungarischen Herkunft, dabei wurde er in Budapest nur geboren. Richtig gelebt hatte er dort keine Sekunde. Er war der Überzeugung, die paar Stunden in der Budapester Geburtenklinik hätten aus ihm einen waschechten Ungaren gemacht. An meine Mutter, die Arme, stellte er viel grössere Anforderungen. Er zwang sie sogar, Ungarisch zu lernen und zu sprechen. Von mir wollte er das auch. Vergebens! Ich weiss, man sagt, je mehr Sprachen man spricht, umso mehr ist man ein Mensch. Doch ich war mir Mensch genug, so wie ich war.

Geschweige denn, dass mir zur damaligen Zeit meine schöne Muttersprache vollkommen ausreichte. So langsam wurde mir klar, mit diesem »Schnauzidioten« an Mamas Seite würde ich es nicht leicht haben. Trost spendete mir die Tatsache, dass zumindest meine Schwester von diesen ungarischen Schikanen verschont blieb.

Nach einiger Zeit wurde bekannt, dass der Typ eine Tochter aus seiner ersten Ehe hat. Sie war acht Jahre alt, als sie bei uns zu Besuch war. Das Sprichwort, »ein Apfel fällt nicht weit vom Stamm«, traf absolut auf die beiden zu. Eva, mit langem »é«, wie man das auf Ungarisch aussprechen soll, war ein verwöhntes und wichtigtuerisches Mädchen, das Tschechisch sprach. Ja, Tschechisch und kein Ungarisch! Denn sie wohnte mit ihrer Mutter und deren neuem Ehemann in Tschechien. Nein, nicht in Ungarn. Im Gedächtnis ist mir nur noch ein Bruchteil unserer Begegnung geblieben: Beim Frühstück machte sie einen riesen Aufstand. Denn meine Mutter hatte ihr das Brot nicht nach ihren Wünschen geschmiert - sie wollte nämlich Butter übers ganze Brot, in einer gleichmässigen Schicht bis zur Kruste. Und nicht, dass sie einen Zentimeter vor dem Rand schon dünner wird. »Dumme Gans«, dachte ich mir im Stillen. Glücklicherweise verreiste sie am nächsten Tag und ich sah sie nie wieder. In Erinnerung blieb mir nur die Butterkomödie.

Was unsere Kommunikation zusätzlich erschwerte, war, dass ich einfach nicht wusste, wie ich diesen Mann ansprechen soll. Mama meinte dazu, ich solle zu ihm doch einfach Papa sagen. Wirklich?! Soll es nun endlich einen Papa in meinem Wortschatz und Leben geben? Doch so sehr wie ich es mir einst gewünscht hatte, so gezwungen kam es mir nun vor. Und unecht.

Der ungarische Magnum hatte auch keine bessere Idee. Hätte er soviel Hirnzellen wie Schnauzhaare gehabt, wäre vielleicht eine einzige rausgekommen. Also kam ich selbst zu einer Lösung. Ich sprach ihn einfach nie direkt an. Wollte ich ihm etwas sagen, so tat ich es über meine Mutter. Das war zwar ziemlich umständlich, doch es gab mir ein gutes Gefühl.

Etwas, was bestätigen sollte, dass dieser Mann für mich nie ein Papa sein würde, sein konnte, das ereignete sich später. Der Abwasch stand an, Mama spülte und er bot sich an, abzutrocknen. Jedoch nur dann, wenn sie ihm ein gestärktes Geschirrtuch gibt. »Ja geht's noch?!«, dachte ich fassungslos, »was denkt der sich eigentlich, benützen wir zum Geschirrabtrocknen einen Staubwedel, oder soll ich ihm vielleicht mein bestes Kleid zum Abtrocknen bringen? Oder Mamas getupfte Sonntagsbluse?« Sofort fiel mir wieder ein, wie wir mit Silvia in der Wäscherei geschuftet hatten.

Ach Schwesterchen, du fehlst mir so... Ich war den Tränen nah. Seit genau diesem Augenblick habe ich ihn gesiezt, er war für mich Herr »Namenlos.«

»Viszontlàtàsra« - Auf Wiedersehen auf ungarisch.

Natürlich gab es auch Momente, in denen ich nicht nur unglücklich über seine Anwesenheit war. Er besass beispielsweise ein

Auto, keine Selbstverständlichkeit damals. Manchmal durfte ich es sogar fahren! Da er früher als Fahrlehrer tätig gewesen war, brachten ihn meine kläglichen Fahrversuche auch nicht aus der Ruhe, es schien mir, als hätte er sogar Spass daran, mir einzuschärfen, die Kupplung mit Gefühl kommen zu lassen. Allgemein verstand er was von Technik. Und er war ein sehr fescher Mann, das muss man ihm lassen.

• Geboren für die Sauberkeit •

Die Krankenschwesternschule dauerte vier Jahre und endete mit dem Fachabitur. Ich besuchte jetzt die zweite Klasse, einen Tag waren wir im Spital und vier Tage drückten wir die Schulbank. Für den Praxisunterricht im Spital erhielt jede eine Uniform. Ich fand sie sehr schön. Sie bestand aus einem hellblauen Kleid, einer weissen Schürze und ebensolcher Haube. Auf die Haube mussten wir uns selbst dunkelblaue Streifen nähen, für jedes Ausbildungsjahr einen.

Was ich gar nicht schön fand, waren die Schnürschuhe, die zur Uniform gehörten. Sie sahen aus wie die von Fräulein Rottenmeier aus »Heidi«, reichten bis zu den Knöcheln und waren aus einem groben, beigen Stoff gefertigt. Die Spitze war offen, sodass die Zehen herausragten. Was für eine Katastrophe! Für die Pflege der Uniform waren wir selber zuständig, mussten sie waschen, stärken und jedesmal ins Spital mitbringen. Das war natürlich mein Ding!
Einmal pro Woche begrüsste ich meine Patienten in einer perfekt gebügelten und gestärkten Uniform und strahlte dabei mit meiner blütenweissen Schürze um die Wette. Die peinlichen Schuhe hatte ich kein einziges Mal an. Keine von meinen Mitschülerinnen! Dieser rebellische Protest zeigte, dass kein Totalitätsregime den Sinn für die Mode unterdrücken konnte. Auch die Anordnung der Schuldirektion, ein Arztzeugnis vorzulegen, falls wir aus Gesundheitsgründen solche Antigesundheitsschuhe nicht tragen dürfen, hatten wir im Griff. Auf dem Pult unserer Ausbildungsaufseherin lagen am nächsten Tag 22 Arztzeugnisse zu akzeptieren. ☺

Die Arbeit im Spital bereitete mir grosse Freude. Ich war endlich in meinem Element. Am liebsten richtete ich Medikamente her und hielt alles peinlich sauber. Nach mir roch alles nach einem stinkenden Desinfektionsmittel, ich denke Chlor. Hier ist meine reine Welt, hier bin ich glücklich! Was ich nicht so gerne mochte, war, die schmutzige Bettwäsche zu wechseln. »Brrr…!« Doch auch das schaffte ich. Wir bereiteten auch die Betten für neue Patienten vor. Dabei mussten wir die Matratze auf die »saubere«, sprich andere Seite drehen. Das war »Brrr, brrr…!«

Aber auch hier wusste ich mir zu helfen. Ich ging mit meiner Mitschülerin lieber »Znüni« für die diensthabende Schwester holen, oder Material ins Labor auf Umwegen bringen, anstatt mir die Finger mit Bettmilben dreckig zu machen. Handschuhe zu tragen, war damals Luxus, der für solche Arbeiten nicht angemessen war. Am liebsten jedoch verschwanden wir für eine halbe Stunde in die Wäscherei. Aus dem riesigen Wäscheberg sortierte ich für meine vier Patienten, die alle Männer waren, fleckenlose Bettwäsche aus, sowie Pyjamas. Folglich schaute ich ganz genau nach, ob an den Hosen alle Knöpfe vorhanden waren, denn wie sieht ein Mann aus, der an seinen Hosen nur den obersten Knopf hat und darunter nackig ist. Sie wissen schon was ich meine, aber wollen es doch nicht wissen…?!

Ich bemühte mich, aus dem wenig Guten das Bestmögliche für meine Patienten zu machen. Wenn sie schon krank sind, so sollen sie doch wenigstens sauberes Bettzeug und anständige Schlafanzüge haben. Frische Luft im Zimmer und eine nette Krankenschwester um sich zu wissen, wird ja bestimmt gut tun. Ich hatte stets meine eigenen Spitalaufenthalte vor Augen, bei denen die Schwestern nett und zuvorkommend waren. Ihre gute Laune nahm mir die Angst vor Schmerzen. Deswegen wollte ich den Kranken ihren Spitalaufenthalt so schön und angenehm wie nur möglich gestalten. Und anständige Bettwäsche und Pyjamas waren für mich das Minimum an Respekt, das einem hilfsbedürftigen Menschen entgegengebracht werden musste.

Unsere Ausbildnerin sahen wir immer nur am Morgen, in unserer Garderobe. Dort standen wir in einer Reihe und zeigten ihr nacheinander unsere Hände, an denen sie die kurz geschnittenen Nägel auf Sauberkeit prüfte. Dann verschwand sie für den Rest des

Tages. In dem Moment, als sie uns den Rücken kehrte, taten wir es ihr gleich. Schnurstracks auf die Toilette, Nägel lackieren. Wenigstens mit durchsichtigem Nagellack. Jedes Mädchen in dem Alter will gut aussehen! Dann ging's ab auf die Abteilung für innere Medizin.

In den darauffolgenden Sommerferien hatte ich einen Minijob. Ich arbeitete in einer Gärtnerei und beschäftigte mich vor allem mit Rosen. Sechs Stunden vornübergebeugt, da spürte ich abends meinen Rücken ganz deutlich. Als Ausgleich zur Arbeit betrachtete ich die angenehmen Aufenthalte im Studentenheim und das gute Essen. Die Lockerungsübungen kamen am Samstagabend in der Disco. Das war eine super Zeit! Damals probierte ich meine allererste Zigarette. Keine so gute Idee. Pfui! Wie kann jemandem so etwas schmecken? Es stinkt, man bekommt davon gelbe Finger und braune Zähne. Nichts gegen Farben, aber… Und dafür soll ich auch noch bezahlen? Ohne mich, für immer und ewig schwor ich mir: Nie wieder!
Das schwer verdiente Geld reichte gerade, um mir einen Pullover zu kaufen. Er war dunkelblau und hatte eine Kapuze. Ich liebe Kapuzen, egal wo sie sind. Wie mein »Mameli« ihre Tupfen.

»Hello, Mr. Budapest!«

• Auf der schönen blauen Donau •

Meine Mama zog mit ihrem neuen Mann während dieser Sommerferien zurück ans andere Ende der Republik – und ich wusste von nichts. Es gab dort nämlich Arbeit für sie beide; die Stelle war wie für sie gemacht. Es wurde ein Ehepaar gesucht, welches ab sofort eine Lebensmittelfiliale übernimmt. Dazu konnte eine Zweizimmerwohnung im firmeneigenen Haus angemietet werden, mit toller Lage in einem ruhigen Stadtviertel. Ich fiel fast vom Hocker als ich davon erfuhr. Na super, und wo wohne ich?! Meine Mutter hatte wie üblich nur eine defensive Antwort parat. Man findet schon eine Lösung, meinte sie pragmatisch.

31

So ging ich für den Rest der Sommerferien zu meiner Schwester. Endlich werde ich sie und meinen Grossvater wiedersehen! Ich freute mich riesig. Schwesterherz hatte eine gute Nachricht für mich: Sie wird ihrer neuen Liebe wegen auch in die Hauptstadt umziehen. So viel Glück auf einmal? Bin doch ein echtes Sonntagskind!

Mama und ihr Mann meisterten den Umzug quer übers ganze Land mit einer verblüffenden Leichtigkeit. Ebenso leicht fanden sie eine einzige Lösung für meine Bleibe: Ich kam einfach ins Internat. Das meinen sie aber nicht ernst, oder?! Doch, wie ich rausfinden musste. Abgeschoben ins Internat... ich war wie paralysiert. Das verlieh sogar meiner Frohnatur einen ordentlichen Dämpfer. Zumindest stand nun das Ende der ungarischen Dressur bevor. »Schnauz ade! Internat Ahoj!«

• Die goldene Hygiene •

In der neuen Stadt und auch in der Schule, fand ich mich sofort zurecht. Dafür gestaltete sich das Internatsleben für mich unerträglich. In einem Sechserzimmer waren wir untergebracht. Drei doppelstöckige Betten standen darin, aber wir waren nur zu viert. Gott sei Dank! Jede von uns besuchte eine andere Klasse und auch eine andere Fachrichtung der Medizin. Zwei meiner Zimmergenossinnen waren in Ordnung, aber wir sahen uns praktisch kaum.

Hingegen eine andere ging mir total auf den Wecker. Sie hiess Edith und war in der Laborantinnen-Klasse. Ein Mädchen aus einem Bergdorf, wo die »Füchse sich ‚Gute Nacht' sagen«. Jedes Wochenende fuhr sie nach Hause ihr Überlebenspaket nachzufüllen. Sie brachte immer das gleiche Zeugs mit - Käsekuchen und Schafskäse. Sie war sehr sparsam, was aber nicht schlimm war. Das Problem war der nicht vorhandene Kühlschrank, und sie können drei Mal raten, wo sie ihre Fressalien aufbewahrte. Natürlich im Kleiderschrank, den sie mit mir teilte. So hatte sie in dem oberstem Fach des Schrankes getragene Unterwäsche im Plastiksack versorgt, in dem nächsten die Esswaren. Die zwei letzten Regale gehörten mir. Guten Appetit!

Das WC in dem Minibad war ein Thema für sich. Am Morgen zwischen sechs und sieben Uhr war dort Verkehr wie an der Champs-Elysèes. Aber das Schlimmste für mich waren die langen Zeitabstände, bis wir wieder frische Bettwäsche zum Wechseln bekamen. Mama wechselte sie zuhause mindestens alle zwei Wochen. Von der Qualität und Schönheit des Stoffes gar nicht zu sprechen. Aber vier Wochen im gleichen Bettzeug zu schlafen, konnte ich nicht ertragen. Meine Empörung diesbezüglich, aber auch über den fehlenden Kühlschrank, teilte ich der Erzieherin entsprechend meinem Naturell mit. Das hätte ich lieber nicht tun sollen. Das Resultat der Verhandlung war eine klare Niederlage für mich. Per Ende des Monats schmissen sie mich aus dem Internat raus.

Keine drei Monate war ich dort gewesen. Egal, das »Edith- Speisekammerlaboratorium« werde ich bestimmt nicht vermissen!

Mutter sagte ich nichts, denn das hätte sie nur gekränkt und mit keiner Macht der Welt erreichte auch sie etwas, denn Erzieher, Schulhausmeister und Tram- und Busschauffeure besassen bei uns damals die Weltmacht. Der G3-Gipfel!

Das nächste Glück kam aber per Eilpost.

Ein paar Tage später teilte mir Mama mit grosser Freude mit, dass in dem Haus, wo sie wohnten, eine Mansarde frei geworden ist, und ich konnte bereits den folgenden Monat dort einziehen. »Hurra«, oder »Oh Gott?!«

Ich hatte keine andere Wahl, also begab ich mich wieder in die Hände des Schnauz-Despoten. So erfuhr Mama nichts von dem Internatsskandal und freute sich auf mich - den Familienliebling. Sie servierte mir wieder Brathähnchen, Trockenreis, und Zwetschgenkompott in getupfter Schale.

Dem Ungarn teilte ich meine Ankunft persönlich mit und schob sofort eine wichtige Information nach, dass ich gedenke, wegen des vielen Lernstoffes die Abende nicht zuhause zu verbringen. Ich war nicht mehr so leicht manipulierbar.

• Die Nacht ist auch zum Schlafen da •

Teil meiner Ausbildung war auch, eine Nachtschicht zu absolvieren. Ich ahnte natürlich nicht, dass ich diese Nacht nie in meinem weiteren Leben vergessen werde…

Ich befolgte den Rat meiner Mitschülerinnen, die ihre erste Nachtschicht schon hinter sich hatten, und bat meine Mutter, mir etwas zum Essen einzupacken, neutral im Geruch, aber nahrhaft.

Nach Mitternacht war es in dem Stationszimmer plötzlich unruhig geworden. Herein kam ein hochgewachsener, junger Medizinstudent und suchte mehrere Schachteln mit chirurgischen Tampons. Im Notfall ist eine Patientin nach einem Autounfall eingetroffen, die innerhalb der nächsten halben Stunde auf dem OP-Tisch liegen soll, fügte er schnell hinzu. Oh, wie aufregend, dachte ich mir. Ich reichte ihm sofort zwei grosse Packungen des gesuchten Materials, worauf er antwortete, es wird eventuell nicht genug sein.

Die nächsten Stunden passierte nichts Besonderes und ich wurde langsam müde. Plötzlich ging die Türe auf und der gleiche Medizinstudent trat ein. Er lief zu mir und fragte nach meinem Namen. Es stellte sich als Dodo vor. Er trug gewelltes Haar und seine Augen lächelten. Ich fragte ihn, ob er etwas brauche. Zuerst verneinte er, aber sofort korrigierte er seine Antwort. Ich solle mit ihm gehen. Ich fragte wohin, weil ich im Moment alleine auf der Station war, falls mich jemand suchen würde… Er lieferte mir sofort eine beruhigende Antwort, er gäbe den Schwestern schon Bescheid, ich solle mir also keine Gedanken darüber machen. Und bald wären wir auch zurück, fügte er noch schneller hinzu.

Ganz zuversichtlich, dass alles in bester Ordnung sei, ging ich also mit ihm. Die langen Gänge waren in der Nacht irgendwie noch länger, doch plötzlich, viel schneller, als ich allem folgen konnte, sass ich in einem Auto. Orangefarbener Renault 6. Ich dachte schon, wir holen aus einem anderen Gebäude die fehlenden Tampons und mit dem Auto geht es halt schneller. Gott im Himmel, so naiv konnte nur ich sein!

Beim Parkieren des Autos sagte er zu mir, ich soll meine Kopfhaube im Wagen lassen. Noch immer nichts ahnend folgte ich seinen Wunsch, innerlich vorbereitet auf eine wichtige Sache. Im Auto schielte ich ihn etwas verstohlen an und mir wurde klar, dass er doch der Typ war, nach dem alle Mädchen verrückt sind und sehnsüchtig ihre Augen schlossen, wenn sie sich so einen Typen vorstellten. Zugegeben - auch mir gefiel er. Aber wohin unsere Reise jetzt ging, interessierte mich im Moment mehr als seine Locken.

Deshalb fragte ich danach. »Nirgendwo, wir sind schon da«, antwortete er locker und schenkte mir ein Lächeln. Wir standen in einem Privatzimmer und er begann sofort mit meinem Haar zu spielen, was bei mir ein bis dahin unbekanntes Gefühl auslöste. Dann küsste er mich. Auch diese Art zu Küssen war mir bisher fremd.

Was danach passierte, ging so schnell, ich konnte nicht folgen. Plötzlich lag ich mit meiner Uniform auf dem Rücken, die Beine weit auseinandergespreizt und nach einem kurzen Rascheln in der Schublade, verspürte ich »da unten« ein Stechen. »Au!«, durch den kurzen Schmerz hob ich die Hüfte hoch und fragte ihn: »Was war das?«

»Nichts, alles ist auch schon vorbei. Nach zehn Sekunden wirst du gar nichts mehr spüren«, fügte er mit einem Ton zu, als wäre wirklich nichts geschehen. »Was heisst gar nichts mehr spüren? Hast du mich etwa eingeschläfert?«, stellte ich schnell diese Frage, weil die Vorstellung inwieweit ich nichts spüren werde, mich zur Tode erschreckt hatte. »Nein, nur ein bisschen Anästhetikum«, fügte er mit einem besitzergreifenden Ton hinzu.

Darauf folgte ein anderer Druck »da unten« und nach ein paar wellenartigen Bewegungen seiner Hüften und seinem inzwischen völlig nackten Körper war abrupt alles vorbei. Warum er dabei so extrem stöhnte, war mir nicht ganz klar, denn so physisch anstrengend fand ich dieses kurze Stossen nun doch auch wieder nicht.

Nach dem Absteigen von mir, legte er seinen »Stab«, als wäre es ein Arbeitsinstrument über den Lavaborand und wusch ihn kurz ab. Das war das erste Mal, dass ich live einen Penis in solcher Form gesehen habe. In dem Moment schoss mir in mein verschlafenes Hirn eine ohnmachtsnahe Frage: »Sollte das gerade ein Geschlechtsverkehr gewesen sein?!«

Mir war es plötzlich schlecht geworden. Meine Schenkel zitterten und über mein Gesäss floss irgendwelche Flüssigkeit. Keine Ahnung was für eine. Scheisse! Blut, bemerkte ich, als ich mich »dort unten« mit den Fingern anschliessend leicht berührte.

Die Erste Hilfe kam sofort, der Junge hatte alles in Griffnähe. Er drückte mir einen Wattebausch zwischen die immer noch zitternden Schenkel und half mir, aufzustehen. Als ich versuchte, die Balance zu halten, bekam ich einen leichten Wangenkuss von ihm und die Aufforderung, mich zu beeilen.

»Und wo sind die Tampons?«

»Welche Tampons?« fragte er. »Aha, du willst einen!« und drückte mir einen in die Hand, fügte aber ganz sensibel hinzu, in der momentanen Situation sollte ich lieber nur Watte benutzen. Ich dachte natürlich »nicht solche Tampons!...« Er dachte natürlich an solche Tampons. Irren ist ja menschlich!

Auf der Station war es immer noch ruhig und ich verschwand sofort auf die Toilette. »Oh Gott, schau, dass es schnell Morgen wird«, betete ich mein selbstkreiertes Vaterunser.

Im Kopf kreisten wiederholt die Bilder aus seinem Zimmer. Nach und nach habe ich begriffen, was passierte. Das Zimmer glich in meinen Gedanken einem Folterraum. Der auf dem Bücherregal aufgestellte menschliche Schädel löste im Nachhinein bei mir einen Brechreiz aus. Angst und Bange liefen meinem nicht mehr jungfräulichen Rücken hinunter. Ich fühlte mich umgangen, betrogen und verwirrt. Aber am meisten missbraucht!

Mir war klar, dass ich nicht sein erstes Opfer war. Seine Geschicklichkeit und sofortige Hilfsbereitschaft bezeugten dessen Merkmale. Er war sehr routiniert. Meine abnormale Naivität hatte sein Können nur erleichtert. In dem ganzen »Wirr-Warr« prägte ich mir aber kaltblütig den Tatort in mein Gedächtnis ein: Seinen Namen, die Strasse und die Hausnummer werde ich nie vergessen! Wie denn auch, man sagt doch nicht umsonst, dass man »den ersten Liebesakt« nie vergisst…!

An mehr kann ich mich an dem Tag nicht erinnern. Wie ein Gespenst kam ich nach Hause und schlief den ganzen Tag durch.

Eine Woche lang tat mir alles weh.

Ja, Mama, ich weiss, die Gebärmutter hat die Form einer Birne. Und ein Penis die einer Banane, falls du es nicht weisst. Früchte sind gesund und wir sollten sie fünfmal am Tag konsumieren. Amen Gloria - mit so einer Erziehung!

● Gelobt sei mein Fahrrad ●

Das Haus, in dem wir wohnten, war ein Klassiker. Eckig, grau, unscheinbar. Das einzig Einzigartige war die Hausnummer. Mein Zimmer im ersten Stockwerk hatte Fenster zur ruhigen Strassenseite. Im kleinen Hof befand sich ein noch kleineres Gärtchen, wo nie etwas anderes als Unkraut wuchs, was mir gar nicht gefallen hat. Umso schöner habe ich mir mein Reich eingerichtet. Praktisch, farbig, einfach schön. Jeden Samstag stellte ich die Möbel um, schob sie von einem Eck ins andere, was bei meiner Mutter einen Wutanfall verursachte, wenn sie mich zum Sonntagsfrühstück immer in meinem Paradies suchen musste. Auch heutzutage präferiere ich Änderungen statt Ewiggestriges…

In die Schule fuhr ich mit dem Tram und lernte so die neuen Nachbarn kennen. Einer von denen hatte mich besonders interessiert. Er wohnte im Nachbarshaus, war jung und gutaussehend. Ab und zu kreuzten sich unsere Wege im Quartier, wir sagten ein leises »Ahoj«.

Eines Tages ist mir an meinem roten Fahrrad die Kette rausgesprungen. Dieses hatte ich doch noch von Mutter gekriegt, obwohl die Physiknote nicht so rosig war.

Da kam er, also der Junge, auf mich zu. Versteckt aus einer Ecke, wie in einem »Inga Lindström« - Film. Endlich konnten wir uns näher kennenlernen und nach der erfolgreichen Kettenreparatur, lud er mich auf ein Eis ein. Das rote Fahrrad war seitdem das Symbol unserer unschuldigen Liebe. Dummerweise kam ich eine halbe Stunde später nach Hause, als es mir von dem Herrn Grossmacht erlaubt war und infolgedessen bekam ich eine ganze Woche Hausarrest. Ich musste im Sommer um 20 Uhr und im Winter um 17 Uhr zu Hause sein. Keine Sekunde länger war geduldet. Ich war 18-jährig, hatte kein Taschengeld und um alles musste ich kämpfen oder bitten. Als wäre dies nicht noch peinlich genug, bekam ich noch die Ausgangssperre!

Sofort wünschte ich mir, ich wäre wieder im Internat! Selbst Edith' s stinkige Unterwäsche, versorgt im Plastiksack, hätte ich lieber gehabt, als diese Erniedrigungen weiter zu ertragen. Dieser Wunsch blieb mir aber nicht erfüllt.

Die Woche Hausarrest hatte überraschenderweise jeder von uns überlebt.

Folgende Tage erwiesen sich als sehr glücklich. Fast täglich traf ich mich mit Viktor. Wir hatten unser kleines Geheimnis, dass uns das Treffen vereinfachte und verschönerte. So zum Beispiel war ein Signal dafür, dass ich zu Hause bin, mein offenes Zimmerfenster. Wenn zusätzlich die Gardine zurückgezogen war - ein Zeichen dafür, dass ich alleine zu Hause bin. Immer dann blieb Viktor unter meinem Fenster stehen und pfiff einen Refrain aus dem Lied- »Zehn Dekagramm Fischsalat«, was damals ein Mega-Hit war.

Dann blickte ich aus dem Fenster raus, lachte ihn an und so gingen wir beide in den Unkrautgarten - einfach nur so zum Plaudern. An manchen Abenden ging ich seine Familie besuchen.

Viky, wie ich ihn nannte, wohnte mit seinem dicken Vater, einer Schwester und zwei Brüdern in einer sehr grossen Wohnung. Der Vater hat mich sofort in sein Herz geschlossen, so habe ich bei ihnen oft zu Abend gegessen. Viktors Mutter fehlte am Tisch - sie starb an Krebs, als er 14-jährig war. Er war also - so wie ich - ein Halbweise, was uns noch mehr zusammenschweisste.

In Viktor war ich sehr vorsichtig verliebt, weil ich gar nicht wusste, was Liebe und Jungs überhaupt bedeuten. Was Sex betrifft, war ich dank Anästhesist nur noch jungfräulich unwissend. Die Beziehung mit ihm war sehr rein, so rein, da konnten sogar die Nonnen neidisch werden. Wir fuhren gemeinsam Fahrrad, gingen schwimmen oder ins Kino. Er war umsichtig vorsichtig - und ich unerfahren.

Grosse Freude machten mir die gemeinsamen Spaziergänge, nachdem er mich von der Schule oder vom Spital abholte. Wir kauften uns fast traditionell Hot-Dogs, oder Mohnpfannkuchen. So funktionierten wir etwa ein Jahr, bis er den zweijährigen Militärdienst antreten musste.

Er schrieb mir jeden Tag einen Brief und an demselben Tag schrieb ich ihm zurück. Er fehlte mir sehr, als physische Kompensation besuchte ich fast täglich seine Familie, nur rein symbolisch um ihm näher zu sein.

Während des ersten Jahres kam er nur einmal für drei Tage nach Hause und das war auch das letzte Mal, dass er unter meinem Fenster pfiff.

. Kurze internationale Liebe .

Jeden Samstagabend traf ich mich mit Silvia. Meistens besuchten wir ein Theater. Sisa hatte die Tickets von ihrem Patienten, einem ehemaligen Opernsänger, geschenkt bekommen. Wir gingen aber immer in Männerbegleitung. Entweder war er das selbst, wahrscheinlich um sich gleich auch selbst so zu beschenken oder Sisa's neuer Freund begleitete uns. Er hiess Maid, stammte aus Jordanien. In Bratislava studierte er Medizin und ihm war ständig kalt. Unter dem weissen Hemd trug er einen schwarzen Rollkragenpulli. Seine langen Finger, lange dünne Beine und lange schwarze Haare blieben mir stark in Erinnerung. Beim Abzählen mittels seiner Finger, fing er bei der Nummer eins mit dem Kleinfinger an - seltsam. Er lachte sehr viel und so hatte ich genauso oft Gelegenheit seine weissen Zähne zu bewundern. Er bewohnte eine kleine Mansarde, wo er uns damals die verbotenen Songs aus dem Westen überspielt hat.

Ich kenne keinen Menschen, mit dem ich so viel und so herzhaft gelacht hatte, wie mit ihm. Ein Grund dafür war auch sein Wortschatz in der slowakischen Sprache, der meistens aus dem medizinischen Bereich stammte. Alle anderen Wörter brachte ich ihm bei, schliesslich besteht die Welt nicht nur aus Anatomie und Pathologie. Er war sehr neugierig, wissenshungrig und das hat mir an ihm sehr gefallen, denn so kam meine hyperaktive Gedankenwelt voll auf ihre Kosten. Eines Tages trafen wir uns wie immer vor dem Nationaltheater und von weitem sah ich die beiden wie sie lachten und Silvia versuchte ihm dabei etwas zu erklären. Als ich bei ihnen eintraf, begrüsste mich erleichtert meine Schwester und erzählte mir sofort den Grund ihrer lustigen Situation.

Maid traf unterwegs zu diesem Treffpunkt einen Mann. Der ging zu Fuss und stand ziemlich unsicher auf den Beinen. Beinahe wäre er gestürzt, Maid hatte ihm geholfen wieder aufrecht zu stehen. Uns vermittelte er diese Situation nur durch seine Körpersprache: Er stand auf und legte sich wieder hin. Damit wollte er zum Ausdruck bringen, dass er betrunken war. Weil er dieses Wort nicht kannte, beschrieb er das eben so. Darauf belehrte er uns, dass in der arabischen Sprache viele Worte logisch sind und sich aus der Beschreibung der jeweiligen Situation bilden. Das Wort »betrunken« hatte er bis jetzt nicht gekannt. In Jordanien sieht man betrunkene Menschen nicht auf der Strasse, ganz im Gegensatz zur Slowakei.

Maid ist später Arzt geworden und seine Eltern kamen zur Promotionsfeier. Hauptperson in der Familie war der Vater, der pflegte und hütete streng die Tradition - die Kinder kommen nach dem Auslandsstudium wieder nach Hause um ihr Geld zu verdienen. Auch der jüngere Bruder in Budapest und zwei Schwestern in Amerika mussten sich dem fügen. Sisa stand also vor einer grossen Entscheidung: Entweder geht sie mit ihm oder ihre Wege trennten sich.
Am Ende dieser slowakischen Märchen klingelte ein internationaler »Schluss«.

• Mit Formel ins Ziel •

Etwas später, da war Maid bereits weg, gingen Sisa und ich wieder mal ins Theater und danach in ein naheliegendes Hotel Eis essen. Wir bestellten uns den neuesten Hit - drei Kugeln Eis mit Eierlikör und so einem langen Röllchen. Oben drauf ein Berg aus Schlagsahne. Die Sahne drückte den Likör aus dem Becher. So spontan, wie ich schon immer war, leckte ich die rauslaufende Likörspur vom Becherrand ab. Sisa war empört, so was mache man doch nicht! Ich lachte und biss von dem Röllchen ab. Ein kleiner
Krümel blieb mir im Hals stecken, und ich bekam einen heftigen Hustenanfall. Die Tränen liefen mir die Wangen runter und die

nicht wasserfeste Schminke hinterliess an meinen Wangen ihren farbigen Abdruck. Plötzlich verspürte ich ein starkes Klopfen auf meinem Rücken. Dann sprang auch der Kellner mit dem Glas Wasser zu mir und ich war gerettet. Hurra, ich lebe! Ich bedankte mich bei der klopfenden Hand und trotz der Tränen in den Augen, sah ich einen Mann neben mir stehen. Silvia war immer noch im Schockzustand und bedankte sich, was das Zeug hielt. Der fesche Mann mit der Rettungshand fügte an, es wäre doch schade, wenn so ein hübsches Mädchen ersticken würde. Jetzt lachten wir alle drei zusammen und er bot mir ein weisses Papiertaschentuch an.

Danach setzte er sich zu uns. Er stellte sich mit dem Namen Paul vor und mit wieder klarer Sicht sah ich seine schön geformte Unterlippe. Mehr weiss ich von diesem Treffen nicht.

Silvia hat mich bis zum Tor des kleinen grauen Hauses begleitet. Das war ihre Grenze, welche sie nie überschritten hatte. Seit dem Rauswurf aus unserer Familie, hatte sie uns auch nie mehr besucht. Mir tat das alles sehr, sehr leid.

Am nächsten Samstag stand wieder ein Theaterbesuch auf dem Programm und diesmal gingen wir anschliessend in ein Hotel, in dem Tanzen angesagt war. Nach einer Cola stand plötzlich ein Mann neben unserem Tisch. Ich schaute hoch, es war mein Röllchenretter von der letzten Woche gewesen. Das glaubte ich ja nicht...

Vielversprechend lachten wir uns an, er forderte mich zum Tanz auf, aber in dem Moment war die Musik zu Ende. So setzte er sich wieder zu uns. Dann erklärte er, dass er im Auftrag eines Auslandsgastes hier sei, dem er als Chauffeur diene. Sein Dienst wäre fertig für heute und er wolle nur etwas trinken gehen. Diesmal blieb er etwas länger bei uns, aber da ich auch übers Wochenende auf jeden Fall spätestens um Mitternacht zuhause sein musste, war es bald Zeit, um sich von ihm zu verabschieden. Einen weiteren Hausarrest riskierte ich nicht nochmals. Er hatte sich angeboten, mich nach Hause zu fahren, danach meine Schwester. Da sagten wir nicht nein, obwohl wir ihn ja kaum kannten.

Ich sass hinten im Auto und so konnte ich im Rückspiegel sein Gesicht in aller Ruhe beobachten. Ab und zu schaute auch er zu mir und beim Zusammentreffen unserer Blicke lachten wir uns etwas an. Er war gross, sehr gross, hatte dunkle Haare und etwas Ausdruckstarkes, Kraftvolles an und in sich. Seine 28 Jahre strahlen Fürsorge gegenüber mir aus. Ob ich mich in ihn verguckt hatte? Ich kann es nicht sagen...

Viktor fehlte mir enorm, gerade bei ihm hatte ich mich an etwas gewöhnt, was ich bis jetzt nicht gekannt hatte - Nähe eines guten und liebevollen Mannes. Ich erlebte das nicht bei meinem leiblichen Vater und bei meinem Stiefvater schon gar nicht. Als Viktor weggegangen war, nahm er diese Gefühle mit und ich blieb in der grossen Stadt hungrig danach zurück. Vielleicht deswegen tat mir der Paul so gut.

In zwei Wochen sollte ich meine Matura schreiben. Die Zeit zum Lernen verbrachte ich aber lieber mit Paul auf seiner Lieblings-rennstrecke, als daheim bei den Büchern. Er war nämlich erstaunlicherweise ein »Formel- 3« - Rennfahrer. Wir bereisten die Flecken der Region, in denen ich zuvor noch nie gewesen war. Ich war im siebten Himmel und irgendwo da wurde meine Leidenschaft und Liebe zum Schnellfahren und schönen Autos geboren.

In Sache Liebe war ich nach wie vor naiv. Mir genügte es, Paul nur als einen grossen Bruder neben mir zu haben und dabei in Windgeschwindigkeit die schnelle Autofahrt zu geniessen. Wir hatten nie etwas »Intimeres« zusammen. Es reichte, einen Mann neben mir zu wissen, mit dem man gut sprechen und vor allem viel lachen konnte.

Von der Schultratschtante wusste ich, dass meine Mitschülerinnen einer ganz anderen Liga der Liebesabenteuerinnen angehörten. Mich hatte niemand eingeweiht oder belehrt. Wollte ich einen nackten Mann sehen, dann blätterte ich in einer fünf Jahre alten »Bravo«, die auf dem Damen-WC immer wieder zu finden war. Die Vorstellung, dass mich ein Mann nackt auszieht, löste auf meinem Körper Gänsehaut aus. Der Grund war unter anderen auch der, dass ich kleine Brüste hatte, für die ich mich schämte. Ausserdem war eine der »Kleinen« noch kleiner als die andere kleine, was eine komplette Katastrophe war.

Die Matura schloss ich mit guten Noten ab. Die Praxis war ein Leckerbissen und die Theorie schaffte ich mit einer kleinen Portion Glück. Da zog ich genau die Fragen, die ich abends vorher gebüffelt hatte. Zufall? Oder eher das Sonntagskind?! Was soll man dazu noch sagen...

Paul war der Erste, dem ich, frei von Sorgen, per Sprint in die nächste Telefonkabine meinen Erfolg mitteilte. Am Abend holte er mich ab und wir fuhren unsere Rennstrecke wieder ab. Da verriet er mir sein Geheimnis. Er bekam ein Angebot in Österreich für »Alfa Romeo« als Rennfahrer zu arbeiten, und jetzt dachte er ganz ernsthaft darüber nach. Ich dachte über gar nichts nach, denn ich war unendlich glücklich, die Schule beendet zu haben.

Mutter schenkte mir einen goldenen Ring, verziert mit einem Tigerauge. Meiner Schwester auch, denn sie hat ebenfalls mit mir zusammen ihr Abitur abgeschlossen, natürlich mit viel besseren Noten, als ich. Sisa war schon immer die Theoretikerin und ich der praktische Teil unter uns Geschwistern gewesen. Ist das nicht egal? Was zählt ist das Endresultat! Wie im Tennis. Entweder du verlierst oder gewinnst. Bist Niemand oder Jemand. Wir beide waren Sieger, unsere Mutter konnte mit Recht stolz auf uns sein!

Von Tatra zum Matterhorn

. Der verdiente Urlaub .

Es war mittwochabends 18.6.1980 und es regnete in Güssen. Mit Regenschirm in der einen und neuem Koffer in der anderen Hand, wartete ich mit meiner Schwester auf den Bus. Das Ziel war Jugoslawien. Vor uns lag der verdiente Urlaub als Belohnung für den Schulabschluss. Silvia war stets in meiner Nähe und starrte mich merkwürdig an.

»Was schaust du mich so komisch an Schwesterherz, als hätte ich was angestellt?«, fragte ich sie. Eine Antwort bekam ich nicht, denn in dem Moment hupte laut ein vorbeifahrender Bus und wir zuckten beide vor Schreck mit dem ganzen Körper. Der Chauffeur öffnete die Türe und die Leute in unmittelbarer Umgebung fingen an, in unsere Richtung zu laufen. Nervös und chaotisch. Für mich, als harmonieliebende Person, sind solche Situationen unerträglich, wenn sich die Menschenmassen kopflos irgendwo drängen, als würden sie etwas Lebenswichtiges verpassen. Wer einen Fahrschein hat, kommt sicher rein und hat bestimmt auch einen Sitzplatz, auch wenn die 20-stündige Reise dadurch nicht verkürzt wird.

Nach einem halbstündigen Durcheinander fuhren wir endlich los. Die auf dem Bussbahnhof zurückgebliebenen Angehörigen winkten den Weggefahrenen. Uns winkte niemand. Von unseren Eltern hatten wir uns zu Hause bereits verabschiedet. Paul hatte ich gestern kurz angerufen und Viktor noch einen eher klassisch verliebten und ebenso unbekümmerten Brief geschickt.

Viktor schrieb die allerschönsten Briefe, die sich ein junges Mädchen nur wünschen kann. Er hing seit der ersten Begegnung regelrecht an mir. Ich bezauberte ihn mit den roten Haarschleifen, die ich sehr oft trug. So was sieht man heutzutage schon gar nicht mehr. In seinen Augen war ich so anders, als die Anderen. Zum Fressen, so sagte er das manchmal.

Die Busreise war lange, aber angenehm. Gegen Morgen hörte der Regen auf und fast vorsichtig kam die Sonne raus. Die riesige Freude auf das Meer würde bald gestillt sein.

»Silvie, Silvie, komm schnell«, rief ich meine Schwester und schob die dicken Vorhänge an den Fenstern unserer Zimmer zur Seite. »Das Meer!«, schrie ich aus vollem Halse und begrüsste mit weit geöffneten Armen die ganze Welt. »Komm, wir gehen gleich baden, du kleine Meerjungfrau. Zieh dir eine Badehose an und vergiss die Sonnenbrille nicht. Badetücher brauchen wir nicht, die Sonne tut das«, befahl meine »Wächterin«. Zum ersten Mal sah ich das Meer. Zum ersten Mal würde ich darin baden. Ich stand kurz vor meinem 19. Geburtstag und das ganze Leben lag mir zu Füssen...

»Und jetzt, Schwesterlein?« fragte ich meine Sisilein nach dem Nachtessen. »Wir gehen doch noch schnell aus, oder?«

»Klar, zieh dich aber um und nimm den warmen Strickpulli mit. Vom Meer aus weht abends immer eine frische Brise. Musst nicht den ersten Abend schon erkältet sein.«

»Von mir aus«, gab ich zur Antwort, und zwinkerte ihr mit dem Auge zu.

»Dafür habe ich ihn doch mitgenommen. Respektive Mama hielt ganz streng daran fest, ihn miteinzupacken, ich wollte lieber die dünne Jacke mitnehmen. Aber sie sagte nein, als hättet ihr das miteinander abgesprochen, was?«

Die Diskothek war super. Bin zwar keine Disco-Queen, aber diese hatte mir gefallen. Hier hörte ich ganz andere Musik, als bei uns zu Hause. Aber, kann ich überhaupt vergleichen? Eine Disco besuchte ich bisher keine fünf Mal. Mutter hielt mich an einer spürbar kurzen Leine - ich war der Liebling der Familie und die Leine war aus Gold. Umso mehr genoss ich jetzt die Freiheit und tanzte wie von allen guten Geistern verlassen und war glücklich, glücklich, einfach glücklich.

Der nächtliche Überfall

Es war mittwochabends 18.6.1980. Bereits um fünf Uhr morgens klopfte jemand an unsere Hoteltüre. Das Klopfen wurde immer fordernder.

»Du, Silvie, wer kann das sein, doch nicht schon die Putzfrau? So früh am Morgen?«, schüttete ich meine Fragen über sie mit noch nicht ganz klarem Kopf. Wir waren erst um 02h morgens heimgekehrt. Todmüde und sorglos fielen in unseren Kleidern ins Bett.

Silvia hat die Türe vorsichtig geöffnet. In der Türe stand unser Stiefvater und versuchte eine lächelnde Grimasse zu meistern. Ich fiel fast in Ohnmacht, als ich ihn da so sah.

»Was machst du denn da?« fragte ich und aus dem Schock heraus duzte ich ihn.

Vorgestern abends haben wir uns alle verabschiedet, Mama wünschte uns eine gute Reise und er gute Heimkehr. Und jetzt steht er da im Zimmer und verursacht absolutes Chaos. Meine sorgfältig versorgten Kleider, die ich erst vor ein paar Stunden ausgepackt hatte, begann er, in meinen Koffer zu werfen und Sisa sollte ihm dabei noch helfen.

»Spinnst du? Was machst du da? Silvia, was ist los, warum hilfst du ihm?« Ich schrie und verlangte eine vernünftige Antwort. »Frage nicht, wir gehen weg von da, Mama sitzt unten im Auto, also beeile dich gefälligst!«, befiel mir das Ungeheuer und in dem Moment war ich imstande, ihn zu verfluchen.

»Und Silvia kommt auch mit?«, fragte ich durch meine Tränen und verstand gar nichts mehr.

Im Zimmer herrschte nur Chaos, jeder tat irgendwas, was ich nicht verstanden hatte und Antworten bekam ich keine.

»Halloooo, hört mich jemand?!«, schrie ich aus vollem Halse und Tränen vermischten sich mit Wut, so hielt ich meine beiden Hände zu Fäusten geballt.

»Dadi«, Silvia drehte sich zu mir, »du gehst jetzt mit dem da und mit Mama«, mit dem Kopf zeigte sie in Richtung, wo der »Terrorist« stand, den sie mit dem Herrn bezeichnet hatte und für einen

Moment hielt sie inne. Ihre Machtlosigkeit war sichtbar. »Ihr alle fahrt jetzt weiter nach Deutschland, verstehst du?«, fügte sie später zu. »Ich bleibe da, komme wieder heim und sobald es möglich sein wird, werden wir zwei wieder zusammen sein. Also geh jetzt, hab keine Angst, alles wird gut.« Dann brach auch sie in Tränen aus, aber nur für einen ganz kurzen Augenblick. Sisa hatte stets ihre Gefühle unter Kontrolle. Obwohl sie mich die ganze Zeit an meinen beiden Fäusten hielt, ihre Worte wirkten sehr befremdet auf mich.

»Wo soll ich hingehen? Ich will doch nirgendwo hin, wir sind doch erst jetzt angekommen, spinnst auch du komplett?« Ich schaute dabei meiner Schwester tief in die Augen, suchend danach, was mir die Erklärung dieses Ganzen lieferte und mich beruhigte. Nichts dergleichen fand ich dort.

Ich verstand nichts mehr. Mit überkreuzten Händen an meiner Brust setzte ich mich kraftlos an mein Bett und atmete ganz schwer.

»Nach Deutschland? Wir sind aber hier im Urlaub, ich will nicht nach Deutschland, ich will hier mit Sisa bleiben und danach wieder nach Hause fahren«, wiederholte ich mich ständig, und hoffte auf ein Wunder und dass der Entführer meinem Widerstand stattgeben wird und verschwindet - so schnell wie er auch gekommen ist. Aber Wunder gibt es nur im Märchen, das hier glich eher einem Drama.

»Das geht aber nicht mehr, Dadi!«, unterbrach das Drama meine Schwester.

In dem Moment fing der Typ an, mich aus dem Bett zu zerren, hielt mich fest an meiner Hand und plötzlich stand ich im Gang. Mein Herz war nah am Zerreisen. Ich leistete natürlich Widerstand, weinte lauthals, schrie Silvia bei ihren Namen, hoffend auf eine Hilfe von irgendjemand.

»Hör mit dem Theater auf!«, schrie er noch lauter zurück. »Du weckst das ganze Hotel! Bist ja theatralisch wie deine Mutter!«

»Du verdammtes Arschloch!!! Du ungarischer Wixer!!!«, schoss es aus mir raus. Ich wunderte mich selbst, woher diese Worte, Courage und Kraft plötzlich aus mir gekommen sind. Solche physischen Exzesse hatte ich an mir nie erlebt und auch derartige Ausdrücke habe ich nie benutzt, denn sie sind meinem Wesen total fremd. Sollte er mir aber eine Ohrfeige dafür verpassen, ich hätte ihm »seine Eier dafür zertreten.« Ich war wie eine vom Wahnsinn besessene Löwin. Sein Glück war es, dass er still blieb und akribisch seinen Fluchtplan verfolgte.

Er hat mich regelrecht an die Rezeption geschleift. Meine Tränen machten ihm die Begründung leicht, meinen Reisepass von dem Personal zu verlangen, ich müsse ja dringend wegen starker Bauchkrämpfe zum Arzt. Sieht man doch. Wortlos legte man meinen Pass auf das Pult. Wieso auch nicht, bei solcher Szene wäre jedes Herz weich geworden. Selbst dann, wenn der Rezeptionist die Wahrheit herausgefunden hätte, die Folge der Szene wäre unverändert gewesen. Solche Tricks hatten die Einheimischen sicher schon lange durchschaut, Jugoslawien war damals das Tor in die Welt - Tor in das Licht gewesen.

Innerhalb weniger Sekunden stand ich vor dem grünen »Dacia«, in dem meine Mutter sass. Sie weinte auch. Ich wollte sie sofort nach diesem Skandal ausfragen, aber ihre Angst in den Augen stoppte meine Ungestümtheit. Sie war so niedergeschlagen wie ich selbst. Ich wurde nach hinten in das Auto geschubst. Die kraftvoll zugeschlagene Tür war ein Symbol für den Schluss meines bisherigen Lebens. Ich sollte aus der Gefangenschaft in die Freiheit ausgesetzt werden. Wie ein kleiner Schimpanse, der mit der Flasche aufgezogen wurde und jetzt endlich die »richtige« Lebensnahrung geniessen soll.

Ab diesem Moment sagte meine Mama nie mehr »Dagi« zu mir, die ungarische Form meines Vornamens, die »er« ihr zur Benutzung aufgezwungen hatte. Von diesem Tag an war ich wieder »Dadi«. Ein ziemlich hoher Preis für die Wiederbelebung des eigenen Namens…

Der ersehnte Urlaub war zu Ende. Plötzlich war ich mir nicht sicher, ob das ein verdienter Urlaub für das Abitur war, oder… So oder so, war das der kürzeste Urlaub aller Zeiten – er sollte nur einen einzigen Tag dauern.

• Verloren im Paradies •

Das nächste Ziel war ein Deutsches Konsulat. Fotos, Papiere, Dokumente, warten, telefonieren und ständig anwesende Nervosität. Er hat andauernd etwas erledigen müssen und sie? Sie war entweder still oder mit Weinen beschäftigt. Diese beiden Personen hatten vorläufig keinen Namen bei mir gehabt. Ich war am Ende mit meinen Nerven. Wir haben drei Tage fast nichts gegessen, pendelten zwischen Behördenamtsstellen, spannungsvoll wechselten wir unser Dasein von einem Punkt zum anderen. Geschlafen haben wir im Auto - wie Sardinen.

Ich suchte mit niemandem das Gespräch. Aber in meinen Gedanken schmiedete ich einen eigenen Plan: Ich muss ihnen entkommen! Mutter nahm ich ein wenig Geld aus ihrem Portemonnaie, aber nur so viel, dass sie es nicht bemerken würde. Meine Strategie war simpel, ich verschwinde und spreche den erstbesten Menschen an und frage ihn nach dem nächsten Polizeiposten.
Nichts davon habe ich umgesetzt. Angst und Bange waren stärker als meine feste Überzeugung, wegzulaufen. Aber vielleicht hat mir am meisten mein totales Chaos den Boden unter den Füssen weggezogen, da ich selbst nicht wusste, was ich eigentlich wollte. Ich war zwar volljährig, aber erwachsen höchstens auf dem Papier. Hier war ich ganz alleine, ohne den Kompass zum Leben zu besitzen.

Am vierten Tag sind wir an der österreichischen Grenze angekommen. Die Zöllner stellten dem Stiefvater Fragen, er beantwortete sie mit Ruhe in Person. Mutter pflegte ihre Angst und ich meine private Agonie. Er gab Gas und sie atmete laut aus.
Mir war alles egal. Ich wusste nicht, wo wir sind und auch nicht, wohin wir fahren. Meine Gedanken kreisten zurück um die letzten Stunden in Bratislava. Mama stand neben mir und schaute beim Packen zu. Ständig wiederholte sie die Notwendigkeit, den dicken Pulli einzupacken. Sie dachte an das ungewisse Leben das uns

erwartet, wo jedes Kleiderstück sehr wertvoll sein kann. Jetzt verstand ich das.

Ich dachte an Silvia, Viktor und Paul. Am meisten aber an Silvia. Was sie jetzt wohl macht? Wo ist sie? Schwimmt sie im Meer? Denkt auch sie an mich, so wie ich an sie?

Viktor hatte ich eine Postkarte vom Meer versprochen. Die kriegt er nicht, er wird enttäuscht sein und das ohne Chance zu erfahren, was passiert ist. Ich weinte.

An ihn hat niemand in diesem verrückten Plan gedacht. Sofort verspürte ich eine gewisse Seelenverschmutzung, denn mir war bewusst, dass ich ihm während seiner Militärzeit mit Paul untreu war. Untreu aber nur mit Paul's Anwesenheit, was aber mein jetziges schlechtes Gefühl nicht entschuldigte. Ich schämte mich so sehr dafür. Die Tränen flossen aus einem verletzten jungen Herzen.

Kälte.

Das war das erste, was ich am fünften Tag auf der Flucht verspürte. Von morgens früh regnete es in Strömen, ich zitterte am ganzen Körper, vielleicht hatte ich sogar Fieber. Aus meinem Koffer holte ich den nächsten Pulli raus. An ihm, den ich gerade so interessenlos rauszog, war etwas angenäht. Ich schaute den Pulli von allen Seiten an und stellte fest, es ist ein Papierzettel mit der Schrift meiner Schwester darauf. Meine Eltern waren gerade an der Tankstelle, so fing ich schnell zu lesen an:

Meine liebe Dadi,

ich weiss nicht wo, wann und unter welchen Umständen du diesen Brief findest und ob überhaupt. Ich gebe alle Hoffnungen darauf, dass nur du ihn findest und ihn in Ruhe durchlesen kannst.

Dadi, kannst du dich noch erinnern, als uns damals Paul vom Hotel zu dir nach Hause gefahren hat? Du stiegst aus und Paul fing an, mir viele Fragen über dich zu stellen. Ich hatte noch keine Lust, nachhause zu fahren, mich erwartete ja niemand mehr dort, also sind wir mit Paul nochmals in das

50

gleiche Hotel gefahren. Nach einer Weile erschien ganz unerwartet Paul's Kunde. Ein Italiener. Von dem Tag an, habe ich mich sehr oft mit dem Tony, so heisst er, getroffen. Entschuldige Süsse, dass ich dich davon nicht in Kenntnis gesetzt hatte, wir drei haben es aber für dich besser gefunden, dir nichts davon zu sagen. Tony ist 40-jährig und spricht ein bisschen Tschechisch. Mama mit ihrem Mann planten schon lange aus der Slowakei wegzugehen, man erwartete den idealen Moment. Aber vor allem, und das muss du wissen, Mama wollte nicht ohne dich wegreisen. Also wartete man, bis wir die Schule abgeschlossen haben. Vor allem du, du weisst, Mama und ich standen uns ja nicht mehr so nah. Darum dieser Urlaub, verstehst du jetzt? Du musstest als erste aus der Republik raus. Eine Familien-Ausreiseerlaubnis zu bekommen, wäre zu verdächtig, beinahe unrealistisch gewesen, aber du separat und sie separat auszureisen, war schon mit grösseren Chancen verbunden. Was mich betrifft, zwischen mir und Tony ist eine Liebe entstanden. Somit kann ich offiziell ausreisen und nach Italien übersiedeln. Es braucht einfach seine Zeit, bis alle Papiere erledigt sind. Ohne Heirat, komme ich hier nicht raus. Schon gar nicht, wenn ihr jetzt geflüchtet seid. Verstehst du das? Und ich werde weg von da gehen müssen, denn wenn du nicht da bist, was hält mich schon hier? Ausserdem, eine Liebe ist mir schon davongelaufen, diese lasse ich mir nicht wegnehmen. Du weisst, wovon ich spreche...Ich schreibe dir ganz vorsichtig, obwohl ich sowieso schon viel zu viel geschrieben habe, wenn das die Zöllner finden würden, das will ich gar nicht mehr weiter denken....Also, Schwesterherz, glaube an unsere Schwesterliebe, halte durch und sicher innerhalb eines halben, spätestens eines Jahres, werden wir uns wiedersehen. Das verspreche ich dir! Schreib mir, wann immer du kannst, denn ich weiss ja nicht, wo ihr seid. Aber schreib bitte an die Arbeitgeberadresse, okay? Ich muss jetzt mit verschiedenen Kontrollen

rechnen. Ich halte das aber aus und mache alles, damit wir zwei uns möglichst schnell umarmen können. Ich liebe Dich!
Deine Silvia.

PS: Übrigens, Mama weiss nichts von diesem Brief, sage ihr auch nichts, lies ihn durch und zerreiss ihn sofort.

Meine Tränen vermischten sich mit dem Rotz und erinnerten an die Kindheit, als mich meine Mutter in die Hände der Krankenschwestern abgeben musste und ich nur kraftlos ihre weggehende Silhouette beobachten konnte. Genau dieses Gefühl des Verlassen-Seins spürte ich in diesem Moment.

Den Brief las ich nochmals durch, danach zerriss ich ihn in ganz kleine Stücke. Ich bekam eine Ahnung davon, dass mich damit auf ewig ein wehmütiges Gefühl begleiten würde, das mich bis heute prägt. Wer will schon enttäuscht zurückgelassen werden?

Sollte mir dieser Brief eine Erleichterung bringen, dann tat er das. Endlich sah ich in gewissen Dingen klar. Nach aussen spielte ich weiter, als wüsste ich von nichts. Trotzdem hat mich mein Gedanken zu flüchten, nicht losgelassen, er lebte weiter in mir drin. Aber kann man überhaupt aus der Flucht flüchten? Ich hatte noch ein paar Tage die Möglichkeit, offiziell nach Hause zu kehren, so dass keine Behörde meinen »Ausflug in die Aussenwelt« bemerken würde. Schliesslich liegt Österreich näher zur Slowakei als Jugoslawien. Aber das war nur ein unrealistisches Trostpflaster. Ich blieb stundenlang stumm und schaute uninteressiert aus dem Fenster hinaus. Die Gegend da war mir so fremd wie ich mir selbst.

In Österreich erhielten wir ein dreitägiges Transitvisum. Wir wohnten in einer Privatvilla bei einer älteren Dame. In ihrem Badezimmer sah ich zum ersten Mal eine fünf Kilo grosse Waschpulverpackung. Sie richtete uns feines Frühstück her und enttäuscht fragte sie mich jeden Morgen, was denn los mit mir sei, ob mir ihr Essen nicht schmecke, denn ich rührte kein Stück davon an. Gib Ruhe, du alte Hexe! Ich »scheisse auf deine Semmel«, ich will slowakische Hörnchen, fluchte ich ganz leise in meine traurige Seele hinein.

Den ganzen Fluchtplan hatte mein Stiefvater penibel aufgebaut. Seine seit 1968 in Deutschland lebende Schwester sollte uns ein Einladungsschreiben besorgen, auf Grund dessen wir nach Deutschland einreisen und politisches Asyl beantragen dürften. Sie hatte es aber nicht geschafft und das machte den Anstifter dieser Aktion wahnsinnig. Man suchte nach einer anderen Alternative, denn wir waren mittlerweile schon illegal auf dem österreichischen Boden. Unser Schlafplatz war ein Versteck am Rande des Waldes in Bregenz, wieder in Sardinen-in-Büchsen-Form. Dort lebten wir ungefähr eine Woche. Mama ernährte sich weiterhin von den Beruhigungsmitteln und weinte. Sie weinte praktisch nonstop, was mich enorm nervte. Wieso weint sie überhaupt? Sie wusste doch was sie machen, was geschieht. Sie war doch bei der Planung von Anfang an mit dabei. Die einzige Person, die weinen sollte, war ich - belogen und entführt!

Mama schaltete aber rechtzeitig ihr Gehirn wieder ein. Sie erinnerte sich an ihre ehemalige Arbeitskollegin, die einen Sohn in der Schweiz hatte. Vielleicht kann die uns helfen. Dafür musste man sie aber kontaktieren und folglich ihren Sohn. Mit dieser Aufgabe war die Schwester beauftragt, wenigstens da soll sie nicht versagen. Und das tat sie auch, innerhalb von nur zwei Tagen war alles erledigt. Goodbye Deutschland, wir fahren in die Schweiz.

Ich wusste nicht viel von diesem Staat, wo er liegt und so, aber im Prinzip war mir das ganz egal. Jeder Staat war mir zu diesem Zeitpunkt fremd, ich wollte nur eins - nach Hause gehen!

• Der nette Bodybilder •

Der Sohn der ehemaligen Arbeitskollegin kam mit einem langen, amerikanischen Auto Marke Oldsmobile angefahren, Modell Cutlass; uns hatte es deswegen die Sprache verschlagen. Er selbst war nicht so gross, hatte aber enorm grosse Muskeln und lachte viel. So ein gemütlicher Typ.

»Ich heisse Rrrolf«, das »R« so stark wie auch sein Händedruck. Ich dachte, ich werde meine rechte Hand nie wieder aufkriegen. Nach Übergabe des Einladungsbriefes und nach kurzer Debatte sind wir losgefahren.

»Grüezi«, war das erste, was der Zöllner uns sagte, in meinen Ohren tönte das als »Kötzi«. Ihm ist vielleicht auch zum Kotzen dachte ich mir, draussen ist es heiss und er muss dastehen und komische Fragen stellen. Hätte ich damals gewusst, dass dieses Wort die schweizerische Version des »Grüss Gott« ist, und dass es bald Teil meines Lebens sein würde, hätte ich sofort gekotzt - jedenfalls zu diesem Zeitpunkt.

Er fragte uns, ob wir Waren zum Verzollen bei uns hätten. Hätte ich damals besser Deutsch verstanden, hätte ich mich selbst deklariert. Denn damals fühlte ich mich mehr als Ware, anstatt wie eine lebende Existenz. Hätte vor 19 Jahren der Storch bei uns nicht einen Stopp gemacht, wäre ich jetzt nicht da. Hätte, hätte, hätte…

Alles ging glatt, schnell, wir fuhren los. Ich und Mutter sassen hinten in dem super bequemen Auto, der Stiefvater drückte das Gaspedal hinter uns im Auto Marke »Dacia«, Modell Korrosion, Rostlaube.

Die ganze Fahrt schaute ich wortlos aus dem Fenster hinaus und genoss die Klimaanlage. Nach zwei Stunden einer sehr komfortablen Fahrt, stiegen wir vor einem Haus aus. Rolf bewohnte dort eine Zweizimmerwohnung und vorübergehend durften wir ein Zimmer davon in Beschlag nehmen.

Am nächsten Tag haben wir uns bei der Gemeinde angemeldet. Ich nutzte einen Moment aus und nahm Rolf mal kurz auf die Seite. Im Eiltempo schilderte ich ihm meine Situation und die Absicht, wegzulaufen und zurück nach Hause zu fahren. So genau, wie ich es brauchte, verstand er mich nicht. Er drückte mir aber eine Fünf-Franken-Münze in die Hand und zeigte, wo die nächste Telefonkabine war. Ich startete sofort die Paulanrufaktion. Hatte Glück. Paul war daheim und seine Stimme drückte mir ganz fest auf die Tränendrüse. Mit einer grossen Portion Hoffnungslosigkeit, Trauer, Wut und Liebe, mit verengtem Hals und zitteriger Stimme schüttelte ich mein ganzes verletztes Herz aus. Er sagte nur, dass er die Chance wegzugehen, nicht umgesetzt habe, ob er je eine zweite wiederbekomme, wisse er nicht. Für mich brach die Welt zusammen.

»Paul, hilf mir heimzukommen, ich will nach Hause gehen. Bitte, hilf mir!« Eine Antwort bekam ich nicht, denn der Telefonautomat frass meine Münze auf, als wäre es ein hungriges Monster und ich hörte nur einen hoffnungslosen Piepton zum Schluss, als hätte der Automat noch ein Bäuerchen gemacht.

Ich gab immer noch nicht auf und tat was in meiner Macht stand. Von Internet damals keine Spur, schnurlose Telefone gab es auch noch nicht, so schrieb ich einen langen Brief an Viktors Vater. Darin beschrieb ich alles, bat um Verständnis und vor allem um Hilfe. Nie bekam ich eine Antwort von ihm.

• Luxus-Absprungbrett •

Mein Stiefvater war eine Woche vor der Ausreise alleine in Budapest. Bei seiner damals 102-jährigen Tante vergrub er im Garten sein ganzes Geld, um es später zu gebrauchen. Unterwegs nach Jugoslawien grub er das Geld bei einer Nacht- und Nebelaktion wieder aus. Es zeigte sich aber, dass diese »Ninja Aktion« nicht unbedingt notwendig war. Gewöhnlich bekam ein politisch anerkannter Asylant vom Staat beispielhafte Hilfe. So war es auch.

Nach einem Monat sind wir aus der »Rolfswohnung« ausgezogen und bekamen von der Gemeinde eine gemütliche möblierte Bleibe zur Miete gestellt. Mein Stiefvater hatte sogar eine Arbeitsstelle gekriegt, auch dank der fleissigen Gemeindemitarbeiter, und unsere ganze Situation beruhigte sich. Eine Sozialarbeiterin kontaktierte die Dolmetscherin, die den damaligen Flüchtlingen aus der Tschechoslowakei bei der Kommunikation behilflich war und so fand man auch für mich ab dem folgenden Monat eine Stelle im Krankenhaus. Dieses grosse Spital verfügte auch über eine Personalwohnsiedlung, so zog ich von meinen Eltern aus.

Weggezogen bin ich auch aus folgendem Grund. Mein »Entführer« hatte mir mitgeteilt, seine Aufgabe war, mich nur über die Grenze zu bringen. Weiter auf seine Kosten müsse ich nicht leben. Ich hätte zwei gesunde Hände, eine wortreiche Zunge, die sollten mich ab sofort ernähren. Seine Worte waren wie ein Absprungbrett für mich. Ich würde ihm noch zeigen, wer wen braucht! Ich habe mich nicht danach gedrängt, hierher zu kommen, du Idiot, aber wenn ich schon mal da war, dann würde ich schneller auf eigenen Beinen stehen, als er denken kann. Darauf konnte er Gift nehmen! Die Personalwohnsiedlung, in die ich am nächsten Tag eingezogen bin, war die vollendete Entsprechung einer Vorstellung dessen, wie ein niveauvoller Wohnraum aussehen soll. Unter unseren slowakischen Bedingungen hätte ich mir so was gar nicht ausdenken können, denn ein Schweizer Internat mit einem slowakischen zu vergleichen, wäre so, als hätte man ein Motorrad mit einem Trottinette verglichen.

Auf dem Tisch in meinem Zimmer lag eine Schale mit frischen Früchten, neben dran ein Zettel. Darauf stand mein Name und »Herzlich Willkommen« geschrieben. Für einen Menschen in meiner Situation eine besonders nette Geste.

Für meinen Empfang war eine Dame zuständig. Ihre Aufgabe war, mich in Kenntnis zu setzen, über das ganze Haus, die Einrichtung und das Leben als solches im Spital. Sie händigte mir einen einzigen Schlüssel aus, der in jede Tür passen sollte. Die Tür von meinem Zimmer, Briefkasten, Eingangstür, Waschküchenbereich, sogar fürs Schwimmbad auf dem Dach. Ich verstand das nicht. Nur ein Schlüssel für so viele Schlösser? Kann das denn funktionieren? Als die Frau wegging, mir einen schönen Tag und guten Start in die neue Arbeitsstelle wünschte, musste ich sofort den Wunderschlüssel ausprobieren.

Und...........- er funktionierte!

Jeder wohnte alleine in seinem Zimmer, somit war ich nicht mehr dem Risiko einer stinkenden Edith ausgesetzt. Überall war es maximal sauber. Ich hatte sogar ein eigenes Bad im Zimmer.

Im Erdgeschoss gab es einen kleinen Laden, der die wichtigsten Lebensmittel führte. Ganz oben im Haupthaus befand sich ein Schwimmbecken. Wann immer ich Zeit fand, ging ich abends dort schwimmen und genoss den weiten Blick in die mir noch unbekannte Landschaft.

Auf jedem Stockwerk gab's eine grosse gemeinsame Küche, mit allen notwendigen Kochutensilien ausgestattet. Sogar gestärkte Geschirrtücher. An einer Wand waren viele kleine Kühlschränke befestigt, welche die Nummer der jeweiligen Zimmer trugen, die wir bewohnten. Ich erfreute mich der überbordenden Errungenschaften in meinem Heim und gleichzeitig löste die Erinnerung an meinen Bratislava-»Kühlschrank« ein augenzwinkerndes Schmunzeln in mir aus.

Die Bettwäsche hatte ich in meinem eigenen Schrank im Zimmer für drei Mal zum Wechseln parat. Wollte ich sie zum Waschen geben, steckte ich die schmutzige Wäsche in eine eigens dafür vorbereitete Tüte, klebte ein Etikett auf, auf dem die Nummer meines Zimmers stand, die ebenfalls in dreifacher Menge dalag und warf den Sack in ein dafür spezielles Loch in der Wand, gleich neben dem Lift. Am selben Tag lag auf dem Tischlein neben meiner Zimmertür die Wäsche gewaschen und schön gebügelt parat. Zauberei?

Die äusseren Gegebenheiten schienen aufs Vortrefflichste organisiert. Hier könnte man es sicher aushalten und auch auf Dauer gut leben, so dachte ich. Und trotzdem: Zuweilen beschlich mich bei allem Komfort ein zaghaftes Gefühl der inneren Leere, das nach geschätzten Gesichtern, nach vertrauter Umgebung, nach bekannten Gerüchen und liebgewordener Improvisation ruft. Ich wollte nicht undankbar sein, aber meine warmherzigen Wurzeln verleugnen, das konnte ich ebenso wenig.

• Das Treffen zweier Galaxien •

Bevor ich die allererste Arbeitsstelle in meinem Leben als diplomierte Krankenschwester antreten konnte, musste ich zuerst eine zweitägige Einführung absolvieren, die für alle neuen Mitarbeiter obligatorisch war. Etwa 50 Leute aller Berufe versammelten sich in der Eingangshalle. Nach und nach liefen wir alle Ecken des Spitals ab. Das Essen war gratis. In der Personalabteilung: Unterschrift zur Anmeldung für meine Krankenkassen-Versicherung, und ich erhielt dort auch mein Namensschild und den Personalausweis. Mit dieser Ausrüstung wurde ich erneut von einer dazu beauftragten Mitarbeiterin auf die Station begleitet. Man teilte mich der sogenannten Geriatrie-Rehabilitation zu - der anspruchsvollsten Abteilung.

Die Arbeit gestaltete sich für mich sehr hart. Physisch und psychisch wurde ich täglich auf das Härteste geprüft. Ich verstand kein Wort der Sprache, die hier gesprochen wurde; ich wurde mit Arbeitsmaterial und Arbeitsmethoden konfrontiert, die ich noch nie sah. Man hatte mich im übrigen in der Funktion einer Spitalgehilfin eingesetzt, solange ich meine abgeschlossene Ausbildung als Dipl. Krankenschwester in Papierform nicht vorlegen konnte. Damit hatte ich natürlich nicht gerechnet. Die Tatsache, dass ich sogar eine Fachmatura besass, glaubte mir eh keiner, denn hier war das nicht üblich. In der Schweiz konnte man die Matura nachholen, wann immer man das möchte, und die Krankenschwestern-Ausbildung in der Schweiz endete sowieso nicht mit einer Fachmatura, und dauerte überdies nur drei Jahre. Bei uns deren vier, wie jede Fachmittelschule und sie endete mit dem eben erwähnten Abitur.

Jetzt stand ich da, niemand glaubte mir das, im Gegenteil, sie dachten ich übertreibe mit meiner Weisheit, weil ich als 18-jährige nie und nimmer schon fertig mit einer Ausbildung sein konnte. Auch diese bittere Pille musste ich schlucken, was in der Praxis bedeutete, dass zu meinen Arbeitsaufgaben gehörte, die Bettwäsche zu wechseln, Tee zu verteilen, Blumen zu pflegen und den Ausgussraum zu reinigen, wo die Urinflaschen und Nachttöpfe sauber zu halten waren. Diesem Test unterzog ich mich zwei Jahre lang. Dazwischen wurde ich immer wieder fachlich geprüft, und mit jedem Erfolg stieg auch mein Monatslohn. Das war Klasse!

Die Sauberkeit auf der Station hat mir sehr imponiert. Saubere Betten, Matratzen die von einem dafür extra geschulten Personal gepflegt wurden, falls etwas nicht sauber war. Schöne Bettwäsche ohne Löcher. Pyjamas gab es nicht, jeder trug ein Nachthemd, hinten offen, was mich manchmal zum Lachen brachte. So viele »nackte Ärsche auf einem Haufen« hatte ich zuvor noch nie gesehen. Beim Bettzeugwechsel erlebte ich eine lustig traurige Geschichte. Lustig für die Schweizer, traurig war sie für einen Menschen aus dem Ostblock, in diesem Fall für mich.

Ich sollte also mit dem Kollegen das Bettzeug wechseln. Er bereitete das ganze saubere Material zuerst vor, legte es auf ein kleines Tischlein neben dem Bett. Ich nahm das weisse Leinentuch und fing an, die Ecken zu knoten, damit ich sie über die Matratzenecken drüberziehen kann. Peter stand daneben, schaute mir zu und sagte zuerst kein Wort. Als ich den zweiten Knoten bilden wollte, fragte er mich was das soll? »Na…siehst du doch, ein perfekter Knoten, damit ich dann…«, er hielt es nicht aus, riss mir den Stoff aus der Hand und sagte, es sei ein Oberleinentuch, das käme oben drauf. Hier mache man keine Knoten, wir seien nicht auf dem Schiff. Dann drückte er mir ein Fixleinentuch in die Hand und sprachlos setzte ich meine Arbeit nach seiner Anweisung fort. Ich kannte keinen Ober- und Unterleintuch. Ich kannte nur das Leinentuch, das man für verschiedene Zwecke je nach Bedarf benützen konnte.

Der nächste Schock liess nicht lange auf sich warten. Hier gab's viele Dinge, die man ruhig ein zweites Mal benützen konnte, und doch wurden sie einfach weggeworfen. Ich verstand das nicht. Man hatte zum Beispiel die Gummihandschuhe einmal gebraucht und dann gleich in den Abfall geschmissen. Ich lernte in der Schule, wie man sie wäscht, trocknet, pudert, zusammenlegt und im Autoklav sterilisiert. Genauso die Stichnadeln, Spritzen - ich konnte sie perfekt mit einer Pinzette in die runde Petrischale der Grösse nach legen… Ich wusste wie man die Tupfer herstellt, zusammenrollt… Hier aber war ein solcher Kenntnisreichtum nicht gefragt und so verpuffte mein fachliches Know-how. Und sie fanden mich armselig. Man hat stets eine neue Schachtel aufgemacht und alles war steril und gebrauchsfertig. Sprach ich meine Kollegen darauf an, schauten sie mich irritiert an, als wäre ich ein Alien. Wie von einer anderen Galaxie angereist. War ich auch - aus der östlichen. Ist das dieser bedrohliche Westen, vor dem uns die Kommuni-sten verschonen wollten?

Keineswegs!

Das hier war der reiche Westen, von dem viele Leute hinter dem sogenannten »Eisernen Vorhang« hungrig träumten. Ich kam zu diesen Qualitäten wie ein »blindes Huhn zum Korn«. Schmerzende Emotionen, verbunden mit meiner Entführung in dieses Paradies, waren immer noch zu stark vorhanden, so dass ich das Benefiz der Fülle und Freiheit gar nicht geniessen konnte. Meine slowakischen Gefühle bekamen täglich eine Portion Lehre - somit konnte auch dieser doch eigentlich angenehme Reichtum nicht verhindern, dass ich sehr oft weinte.

Den allerpositivsten Schock erhielt ich aber bei der Auszahlung meines ersten Lohnes. Ich bekam 2.500 Fr. Beim Abzug der Zimmermiete, Krankenkasse und des Essens, hatte ich immer noch ca. 1.900 Fr. an der Hand. Zum Vergleich - ich hätte netto in meiner Heimat lediglich 50 Fr. gekriegt. Man muss aber dazu sagen, dass in der Schweiz alles wesentlich teurer ist, so dass der Lohn hier relativ an den Lebensstandard angepasst war.

Zuhause hätte ich mir mit einem Schweizerlohn ein Auto kaufen können. Aus vier Löhnen ein Haus. Abgesehen davon, hatte ich nach slowakischen Massstäben auch damals schon einen existenziell guten Lebensstandard. Und wenn es vielleicht doch mal eng wurde, dann weitete sich das Herz von Angehörigen, Freunden und Nachbarn, die einem gern zur Seite standen. Funktioniert das auch hier…? Wieder einmal spürte ich den existenziellen Unterschied dieser so unvereinbaren Welten.

• Chauderwelsch und andere Halskrankheiten •

Trotz des intensiven Sprachkurses, den ich zwei Mal die Woche nach der Arbeit besuchen musste, verstand ich die Sprache der Einheimischen nicht. Der Kurs wurde durch die Flüchtlingshilfe organisiert und man lehrte uns dort, ein Schriftdeutsch zu sprechen. Ich hatte zwar daheim Deutsch gelernt, aber Theorie und Praxis sind zwei Paar Schuhe. Dort musste ich nur die Wörter kennen, hier habe ich ganze Sätze daraus bilden müssen. Meine Konversation war also mehr »keine als eine«. Hätte ich aber die Sprache doch noch besser beherrscht, hätte es mir etwa soviel hier genützt wie ein alter Hut mit Loch, denn hier sprachen alle Dialekt. Besonders gut erinnere ich mich an eine Episode, bei der ich im Dialekt gebeten wurde, einzukaufen, »…und vergiss nicht, de Angge go poschte!« Ich nahm den Auftrag zum Anlass, nach dieser Anke zu fragen, die ich zur Post begleiten sollte. Grössere Verwirrung war auf beiden Seiten vorprogrammiert. Und ich frage mich heute noch, wie man mit so vielen Sprachen im Gepäck sprachverwandtschaftlich so weit voneinander entfernt liegen konnte, nur weil ein Dialekt dazwischenfunkt.

Was hatte meine Anke auf der Post schon mit der Butter zu tun?!

In der Schweiz gibt es vier Landessprachen. Das alleine war schon mal ein Sprachschock für mich. In meinem Kanton, wo ich wohnte, sprach man schweizerdeutsch. Das ist ein Dialekt, in dem die Enden des Wortes gekürzt werden und der Buchstabe »k« oft, sehr oft sogar als »feuchtes ch« ausgesprochen wird. So betrachtet, »sprechchchchen« die Deutsch-Schweizer. Am Anfang hatte ich beinahe Halsweh alleine beim Zuhören bekommen und musste leer schlucken, damit ich mir die Kehle anfeuchte. Ob sie deswegen an Autos die Klebeetikette mit CH haben? Fragte ich mich damals.

Nach ein paar Monaten ging es schon besser mit dem Dialekt, ich verstand immer mehr und manchmal versuchte ich sogar selbst zu »sprechchchchen«. Aber die Einheimischen merkten sofort, dass das nicht ein echtes »Sprechchchchen« war und hatten so ihre Mühe, mich irgendeinem Land einzuordnen. Der Aussprache nach wägten sie ab, ob ich angesichts meines rollenden »r's«, eher nach Graubünden oder nach Bayern gehöre. Tja, mit Scharfsinn hatten die Schweizer wohl keine grosse Freundschaft geschlossen...

Meine erste Nachtschicht auf der Geriatrie war diesbezüglich eine absolute Katastrophe. Natürlich bei weitem nicht so ein Desaster wie die in Bratislava. Diese machte mich fertig - nicht physisch, sondern linguistisch.
Meinen Dienst hatte ich mit einer viel älteren Schwester, die in ein paar Monaten in Rente gehen sollte, aber schon so aussah als hätte sie diese vor Jahren verpasst. Sie hatte keine grosse Lust, »auf die Glocken zu rennen«, so schloss ich mit ihr einen Deal ab. Ich werde für sie rennen, sie würde für mich den Rapport schreiben. So war` s auch.
In dieser Nacht läuteten die Glocken der Patienten wie zur Weihnacht. Ich flog in Windeseile durch die Gänge. Jeder von mir verstandene Satz auf Deutsch freute mich enorm. Was nützte mir das aber, wenn die Patienten nicht Schriftdeutsch sprachen? Sie sagten, für sie wäre das eine Fremdsprache. Ich kapierte das nicht, denn Schriftdeutsch wird in der Schule unterrichtet, im Fernsehen gesprochen, in der Zeitung gedruckt. Nun, sie pflegen mit ganzem Herzen ihre Heimatsprache, multipliziert mit der Verbundenheit zu ihrem Geburtsort. Das führt dazu, dass, sagen wir mal, eine Frau Meier, geboren in Bern, aber schon mehrere Jahre in Zürich lebend, lebenslang nur Berndeutsch sprechen wird. Und so

passierte Folgendes: Meistens wollten die Patienten in der Nacht Schlafpillen, Schmerzpillen oder ihr Geschäft verrichten. Das Letztere habe ich nicht immer verstanden, so lief ich zu der Kollegin und fragte, was das Wort bedeutete. Sie ging fast kaputt vor Lachen. Dann schrieb sie mir sieben Worte auf, die alle die gleiche Bedeutung hatten, nämlich: Die Alle müssen mal...!

So erweiterte sich mein Vokabular um folgende Begriffe: »Ich muess uf e Topf, ich muess Pfanne haa, uf e Abtritt, uf `s Klo, uf AB, i muess Brunne mache...« (ha? Was für einen Brunnen?), Schüssel reichen... , das alles verlangten sie von mir, damit sie ganz einfach »Pinkeln« konnten.

Ich hoffte, dass damit alle Deutschschweizer kantonalen Ausdrücke für »das tägliche Geschäft in der Nacht« vertreten waren; denn hätte ich noch eine weitere Lektion erhalten, riskierte ich damit schliesslich noch, meinen Verdauungstrakt zu überfordern.

Patienten hatten überhaupt die Gewohnheit, für Dinge zu läuten, die bei uns für das Personal schlicht und einfach nicht akzeptabel waren. Selbst das ausländische Putzpersonal wunderte sich - mir ähnlich - nicht selten, wozu die Patienten fähig sind, zu läuten.

Am Anfang war ich entsetzt deswegen, dass hier z.B. in einem Vierbettzimmer selbst unter den selbständigen Patienten untereinander niemand dem Anderen hilft, etwa ein Glas Wasser zu reichen. Sie sind der Meinung - und schön diplomatisch erklären sie es ihnen -, dass für diese Arbeit die Schwester zuständig ist. Sie ist hier dafür angestellt und kriegt dafür ihren Lohn. Und schliesslich zahlt man genug hohe Krankenkassen-Prämien, da wird man doch wohl auch diese Leistung verlangen dürfen.

Später sah ich den Grund in einem anderen Licht. Sie haben einfach Angst, dem Anderen weh zu tun. Etwas könnte passieren und sie tragen die Schuld. Nach dem Motto: »Was der Schweizer nicht in der Schule oder in einem Kurs lernt, das kann er nicht und würde er auch niemals einfach so tun.« Sogar fürs Lachen organisieren sie einen Joga Kurs - ohne Witz!

. Depression und Antidepressiva .

Die grössten Integrationsschwierigkeiten in fremder Umgebung hatte nicht ich, sondern meine Mutter. Schweizerfrauen arbeiten meistens in Büros, oder allgemein haben sie »höhere« Posten. Sie schaffen mit dem Kopf, die Ausländischen mit den Händen. So musste Mama sich von einer Sekretärin zur Arbeiterin requalifizieren. Das Tempo in der Fabrik war ihr zu schnell und an die Erniedrigungen der aus dem Ausland stammenden Kolleginnen war sie nicht gewöhnt. Ihre Deutsche Sprache war nicht ausreichend genug, sich erfolgreich selbst zu verteidigen.

Eine 40-jährige Person, in der Mitte des Lebens, gewöhnt sich schwerer an die neue Umgebung als eine 19-jährige am Anfang ihrer Lebenspraxis. Dazu erlebte ihre Ehe mit dem Traummann die ersten Erschütterungen. Als Folge dieser Ereignisse fing sie bedauerlicherweise wieder an, die schrecklichen Antidepressiva zu schlucken.

Eines Tages klingelte bei mir das Telefon. In der Leitung war der diensthabende Psychiater des Spitals, in dem ich tätig war und er teilte mir den Grund seines Anrufes mit. Soeben hätten sie meine Mutter hospitalisiert, und sie kämen nicht weiter, denn sie wiederhole ständig nur meinen Namen.

»Was ist passiert?«, fragte ich sofort, denn diese Angaben hörten sich für mich sehr schlimm an.

»Sie leidet an einer schweren Depression, isst nichts, spricht nicht, wiederholt ständig nur das Wort »Dadi«, bekam ich am anderen Ende zu hören. Das weitere Gespräch mit dem Arzt ergab für mich Schreckliches: Mama konnte einfach nicht mehr arbeiten und ihr Mann erpresste sie; entweder halte sie durch oder sie solle ihre Sachen packen und nach Hause verschwinden. Aus diesen Worten entnahm ich sonnenklar, dass in erster Linie er allein emigrieren wollte, das Schicksal seiner Frau konnte ihm gestohlen bleiben. Er stand mir nie nah, selten verstanden wir uns, aber jetzt hatte er bei mir definitiv die »Arschkarte« gezogen und die von der Sorte mit dem grössten Loch darin. Seit diesem Tag sprach ich mit ihm kein einziges Wort mehr.

Um meine Mutter machte ich mir grosse Sorgen. Nach ihrer Entlassung aus der Klinik besuchte ich sie jeden Tag. Ich war froh, dass sie nicht mehr im Spital war. Ich liebte sie, wollte ihr helfen, aber sie hatte bereits aufgegeben. So kann niemandem geholfen werden. In diesem Moment verspürte ich ihr gegenüber zum ersten Mal eine gewisse Kälte. Ich denke, die jahrelange Konsumtion der Antidepressiva haben sie kaputt gemacht. Ich wollte eine starke Mutter haben. Das ewige Weinen und Jammern machten aus ihr eine Ruinengestalt. Sie wurde immer trauriger, als wäre sie in einem düsteren Sumpf langsam eingesunken. Ich war -, wann immer das nur möglich war - bei ihr, wollte sie aufheitern, am Leben erhalten. Machte, was in meinen Möglichkeiten lag. Tatsache war aber, ich wusste mir keinen Rat mehr.

Ich kämpfte mit meinem eigenen Überleben, wofür sich niemand interessierte. Wie oft fiel ich nach der Schicht und dem anschliessend folgenden Deutschkurs todmüde und ohne zu essen, ins Bett und wachte erst am nächsten Morgen noch immer in den Kleidern auf. Das Klingeln des Weckers startete das nächste Karussell…

Ich denke, jedes Kind will gesunde und starke Eltern haben. Ich schwor mir, nie im Leben konfrontiere ich meinen Mund mit Psychopharmaka. Diesen »Hirn-kaputt-macher-Tabletten«. Meine Mutter war das halblebendige Beispiel dafür, wie eine einstmals so schöne Frau immer mehr zum Wrack wurde…

Dies alles wirkte auf mich schlecht. Die einzige Person, zu der ich mich hingezogen fühlte, war Rolf. Nach dem Wegzug blieben wir in Kontakt. Er stellte sich nicht nur als unser Retter in der Not heraus, sondern auch als guter Zuhörer - ich konnte ihm alles sagen. Manchmal schlief ich bei ihm, wenn es schon spät war. Wobei wir nie unsere Kameradschaftsgrenzen überschritten.

Eines Tages überraschte mich meine Mutter bei ihm, sie wohnten im Haus neben dran. Ob sie mir nachspioniert hatte? Sie lief Amok, denn sie dachte, da läuft was zwischen Rolf und mir. Sie fing an, mich zu schlagen und etliche Haushaltsgegenstände nach mir zu werfen. Rolf war nicht da. Tassen, Schuhe, Telefonbuch – als wäre ich eine Zielscheibe. Leider war das noch nicht genug. Ihre Wut steigerte sich in den nächsten Grad und sie schloss mich in Rolfs Wohnzimmer ein und prügelte Hals über Kopf auf mich ein. Mit ihren extrem langen Fingernägeln verkratzte sie mein

Gesicht und das Dekolleté. Ich schrie laut, rief nach Hilfe, ich dachte, die bringt mich jetzt um! Zum Glück hörten meine Rufe die Nachbarn, die sofort die Polizei benachrichtigten. Inzwischen kam Rolf von der Bäckerei zurück. Mit Wucht sprengte er die Wohnzimmertür auf und riss uns auseinander. Ich sagte schon - mein Retter.

Nach dieser Attacke war ich physisch und psychisch am Boden. Mit brutalen Verletzungen musste ich zum Arzt gebracht werden. Es war der 8. Dezember 1980. An dem Tag starb John Lennon.

. Das weiss-buntfarbene Leben .

Nach sechs Monaten in der Schweiz erhielten wir eine fünfjährige Aufenthaltsbewilligung. Zwei Jahre blieb ich in dem Spital mit Schwimmbecken, danach arbeitete ich in einem Pflegeheim. Und ich nahm mir die erste Wohnung. Ein grosser Wunsch ging damit in Erfüllung. Ich richtete sie nach meinen Traumvorstellungen ein. Schönes niedriges Doppelbett und weisser Spannteppich, denn das Weiss war meine Lieblingsfarbe. Symbol dessen, dass ich alles sauber, klar und unbeschmutzt haben wollte. Diesen Traum erfüllte ich mir bis ins kleinste Detail.

Als Besitzerin einer neuen Wohnung war es üblich, eine Einweihungsparty zu gestalten. So schrieb ich alles, was mir in der Wohnung noch fehlte, auf einen Zettel und hängte ihn bei uns im Stationsbüro auf. Die Liste war verdammt lang. Jeder, den ich zu meiner Einweihungsparty eingeladen hatte, strich aus der Liste das, was er bereit war, mir mitzubringen.

Meine Kollegen waren fantastisch! Innerhalb eines Abends war meine Einzimmerbleibe eingerichtet. Es sah aus, wie auf einem türkischen Bazar, meine weisse Welt ist so durch eine internationale Handschrift bunt geworden.

Das Tempo in meinem Leben liess nicht nach. Ich hatte mich auf den Weg gemacht, den Führerausweis zu erwerben. Die Prüfung musste ich dreimal wiederholen, schon damals drückte ich gerne auf das Gaspedal. Paul hätte Freude an mir gehabt. Mein erstes Auto war ein grüner Renault 5, und kostete runde 500 Fr.

Was die Freude meines Lebenselans trübte, waren die Gedanken an meine Mutter. Seit ihrer Attacke auf mich war ein Monat vergangen und auch ohne gefoltert zu sein, gebe ich zu, sie fehlte mir nicht. Aber zur Wahrheit gehörte auch die Tatsache, dass sie die einzige Mutter war, die ich besass, und keine einzige Nachricht von ihr zu bekommen, bereitete mir Sorgen. Ich fragte mich oft, was die Ursache ihres schrecklichen Ausflippens sein konnte. Ich kam zum Schluss: Sie dachte, ich habe mich in einen Mann verliebt, der gar nicht zu mir passte. Rolf war 28 Jahre alt, ich um die 20. Er war klein, mit Zahnlücke zwischen den Frontzähnen. Das waren alles oberflächliche Eigenschaften, aber für meine Mama war die Verpackung immer wertvoller als der Inhalt. Ich muss selber zugeben, wir wären kein ideales Paar gewesen, aber wir waren auch keines. Und Mama gab mir keine Möglichkeit, ihr das zu erklären.

Ich hielt das nicht mehr aus und trotz des immer noch frischen Traumas, rief ich sie an. Ihre Erleichterung war in der Stimme nicht zu überhören, sie lud mich zum Essen ein.

Als zwei Fremde tasteten wir uns vorsichtig an. Der Duft des frisch gegrillten Hähnchens nach Mamarezept mit viel, viel Butter und Mamas traurige Blicke erweichten meine Gefühlsmauer und der grosse Schmerz wich zum grossen Teil. Mama ist halt nur Mama…Obwohl ich sagen muss, manchmal fühlte ich, mehr ihre Mutter zu sein, als sie meine.

Die Psychopharmaka-Abstinenz hatte sie doch auf die Beine gestellt und dank meiner »grünen Kiste«, absolvierten wir kleine Ausflüge. Aber immer nur wir zwei. Der Familientyrann war für mich ein Nobody.

Mama blieb vorläufig Hausfrau. Der Hausarzt gab dem Ehemann klar die Anweisung, sich um seine Frau zu kümmern, das wäre seine Pflicht! Sollte er sich dieser Aufgabe wiedersetzen, und ihr weiter drohen, so kriegte er es mit den Behörden zu tun. Der »Ungar« hatte sich daraufhin beruhigt.

• Löcher nicht nur im Emmentaler •

Folgende Ereignisse zeigten mir die Schweizer in einem anderen Licht. Immer mehr spürte ich die slowakisch-schweizerischen Differenzen und kam in der Realität unserer Mentalitätsunterschiede an.

Das erste Ereignis weckte mich und ich stand ganz stramm da. Helena, eine 50-jährige Schweizerin, meine Arbeitskollegin, die mich sehr mochte, fragte mich ob ich über das Wochenende bei ihnen daheim auf den Hund aufpassen könnte. Sie hatte einen »stinklangweiligen« Ehemann und zwei tolle Buben in Vorpubertätsalter. Für die war ich wie eine grosse Schwester und während der vielen Besuche in ihrem Einfamilienhaus hatten wir viel Spass miteinander erlebt. Der Zwergschnauzer Balthasar war ein lustiger Hund, war gut erzogen, ich sagte also zu. Gut erzogen bedeutete, er bellte nicht, war konfliktfrei und mochte die Katzen - ein echter Schweizer.

Vor Freude sagte ich Helena, ich würde am Samstag auch etwas Feines kochen. Natürlich etwas Slowakisches und ich lud ihren Bruder mit seiner Freundin ein, beide waren in meinem Alter. Ich würde Fleisch braten, Knödel und Rotkraut servieren. Die Jungen sollten endlich etwas anderes als Weichkäse, Hartkäse und - damit das Essen nicht so eintönig schmeckte -, einen Schmelzkäse konsumieren.

Daraufhin bekam Helena Stielaugen, streckte ihren Rücken und mit einer klaren Stimme sagte sie, »Also, das sicher nicht!« Ich dürfe mir mein Essen aufwärmen, aber kochen auf keinen Fall, ihre Luxus Pfannen seien sehr teuer. Sie wäre sich gar nicht sicher, ob ich in diesen überhaupt etwas kochen könne.

Daraufhin bekam ich Stielaugen, stotterte etwas als Antwort dazu, denn mit so einem Kulturschock hatte ich echt nicht gerechnet. Sie setzte mich unverblümt darüber in Kenntnis, dass ich aus dem Urwald stamme und das Einzige, was ich aus der Kategorie »Kochkünste« beherrschen würde, sei ein »Eichhörnchen am Spiess« zu braten.

Das Wochenende verbrachte ich mit dem Balthasar halt alleine, verzehrte einen Apfel und hart gekochte Eier. Das einzige, was ich mit Appetit verspeiste, war das Buch »Anne auf Green Gables«. Die Eierschale und den Apfeltrunk habe ich gemäss der kantonalen Ordnung im Kompost entsorgt, welcher in jedem Haus in der Ecke des Gartens einen halben Meter von der Grenze des Nachbargrundstückes hergerichtet war. Nachbarrechte sind in diesem Land heilig: Keinen darf etwas stören, geschweige Stinken. Man darf höchstens neidisch sein.

Die meisten Überraschungen erlebte ich bei dem Ratespiel-Woher komme ich...? Sagte ich, ich sei eine Slowakin, sagten sie: »Aha, Jugoslawien!«

Diese Antwort entfachte immer Feuer in meiner jungen Seele. Ich erklärte ihnen, ich komme aus Bratislava, was die Hauptstadt der Slowakei sei. Nun nickten sie mir weise zu und verbesserten ihre Aussage: »Klar, Tschechien!«

»Heubauch«, dachte ich mir nur.

Ich gab auf.

Nach dem Wort Tschechien, kam schnell die Erkenntnis - Karel Gott. Wenigstens das und nicht Juri Gagarin.

Die Historie der USA beherrschten sie haargenau, was aber 1000 km östlich von ihnen lag, da hatten sie richtige Wissenslücken, wie ein schlechter Boxer Zahnlücken. Sogar die Postangestellte schickte mein Weihnachtspaket adressiert an meine Schwester in Bratislava nach Jugoslawien. No comment!

Ein totales Extrem erlebte ich mit meinem Kollegen aus der Pflege, der mich despektierlich fragte, ob wir zum Essen die Essstäbchen benutzten. Peter war 40 Jahre alt, weltbereist. Ich entgegnete – noch erinnernd, dass er mir seinerzeit schon bei der Fixleintuchaktion misstraute, - »Klar, du Caquelon, nicht nur die Stäbchen, traditionell essen wir eigentlich mit den Fingern, vom Boden auf. Weisst du, so schmeckt Hundefleisch einfach besser.«

Es schien, als habe das ständige Emmentaler »Fressen« ihm regelrecht Löcher in die Hirnmasse reingebohrt. Und das soll ein niveauvoller Staat sein mit neutralen Gehirnwindungen? Nach solchen helvetisch ambitionierten Ausrutschern wollte ich sofort heimgehen. Wenn man angewiesen ist, im Ausland zu leben, sind solche Übertritte noch schmerzhafter. Die Entfernung von der

Heimat hat an Weite und Tiefe weiter zugenommen. Für mich waren das richtige Body-Checks.

Das Schweizervolk ist eigentlich eine friedliebende Nation – mal vom spürbaren Konflikt mit dem Nachbarn abgesehen, sobald dessen Kirschbaumzweig einen Zentimeter auf gegnerisches Grundstück wächst. Dazu, wie ich merkte, half ihr spezifisches Lächeln, das sie auf Kommando ins Gesicht zaubern können. Das ist so ein Lächeln, wo sich die Augen- und Mundwinkel leicht hochheben. Ich nenne das ein diplomatisches Lächeln, hat mit unserem Herzenslachen nichts zu tun. Es ist manchmal vielmehr eine andere Form, um seine Zähne zu zeigen.

Sie kapierten viele Sachen nicht.

Leute aus dem Ostblock, wie sie uns nannten, betrachteten sie als arme Leute; manchmal hatte ich das Gefühl, sie denken mitleidig. Schweizer sind oft studiert, aber bei weltanschaulichen Dingen hatten sie grossen Nachholbedarf. Sie schauten uns, schien mir, bevorzugt mit Vorurteilen an.

In vielen Fällen waren sie aber auf unsere Warmherzigkeit, unser Temperament, unseren Charme und Mut neidisch. Ihre Neutralität hatten sie bis ins Herz implantiert. Gott sei Dank waren unter meinen Kollegen auch solche, die von meinem slowakischen Essen, keine panische Angst bekamen. Zum Beispiel Francesco, Rami, Bogdan, Iwana oder auch die lustige Francesca, die Zwillingsschwester vom Francesco.

Ich war schon als Kind ein Käseliebhaber. Hauptsache, sie stanken nicht. Das Käsesortiment hier war überwältigend, hat mir im Laden fast einen Käseschwindel verursacht. Käse essen die Schweizer fast jeden Tag. Zum Beispiel am Sonntag, einen frisch gebackenen Zopf und selbstgemachte Marmelade dazu. Soweit alles in Ordnung, aber dass sie dazu noch ein Stück Hartkäse nehmen, war mir fremd. So was war für mich echt gewöhnungsbedürftig. Ich konsumierte mit der Zeit sehr gerne Schweizerkäse, des köstlichen Brotes wegen. ☺

Und die Salate? Die essen sie auch täglich. Zu jeder Mahlzeit. Das verstand ich damals schon gar nicht; wo zum Teufel nehmen sie Tomaten und Paprika im Dezember her?

69

Nicht zum ersten und auch nicht zum letzten Mal stellte ich mir solche bizarren Fragen. Mein kommunistisches Regime hatte mich so gesehen, gar nicht auf das eigentliche Leben vorbereitet.

Eine Schande war das!

Abschied durch das Telefon

Eines Tages kam ich wieder ganz erschöpft von der Arbeit nach Hause, als bei mir das Telefon klingelte.

»Daniela, bist du das?«, hörte ich im Hörer ein komisches Rascheln.

»Ja, wer ist dort?«

»Dadi, ich, deine Mutter. Ich telefoniere vom Flughafen in Bratislava. Die Polizei gab mir zwei Minuten, dich anzurufen, um zu sagen, dass ich wieder daheim bin und dass ich nicht weiss, wann wir uns wiedersehen werden.«

Monolog.

Schluss.

So erleichtert sie sein mochte, mich erreicht zu haben, so beschwerlich war es andererseits für mich, den Inhalt voll zu begreifen: Noch bevor ich etwas sagen konnte, war die Verbindung tot. So oder so hätte ich keine Silbe von mir herausgebracht. Mein Hals war zugeschnürt und mein Atem blieb aus. Selbst das Besetztzeichen liess mich nicht den Hörer auflegen. Ich hielt das tutende Ding noch fest in meiner Hand. War wie gelähmt.

Dann glitt ich zu Boden und schaute in die Leere. Meine Gedanken waren verschwunden, genau wie meine Mama. Mein Bewusstsein war bewusstlos geworden.

Diese Starre dauerte etwa eine Stunde, nach diesem ersten Schock kam der zweite. Ich fing an, nach Luft zu schnappen und meine Hände zitterten unkontrolliert. Erst dann verspürte ich endlich das, was kommen musste - eine Tränenlawine.

Dieser unerwartete Weggang meiner Mutter, ohne Abschied von mir, hatte etwas Wichtiges in mir totgeschlagen. Ein Teil meines Ich's ist in mir gleichsam gestorben. Ein grosser Teil.

Demnach war ich also ab sofort in der Schweiz komplett alleine…Das war Fakt!

Auf
Wiedersehe

Mein Kind

4. Viva Silvia, Viva Italia

. La Dolce Vita .

Meine Schwester fehlte mir sehr. Dank Rolfs Mutter erhielten wir aber sporadisch kurze Informationen über sie.

Silvias Leben verlief wunschgemäss. Sie hatte Tony geheiratet. Alle notwendigen Dokumente zur Ausreise waren in Ordnung, so stand dem Beginn ihres neuen Lebens nichts mehr im Wege. Sie zogen nach Norditalien. Die Freude über mein erstes Wiedersehen mit ihr in der Fremde konnte ich kaum aushalten. Unsere letzte Umarmung war schon 18 Monate her – eine Schwesternewigkeit.

Die erste Reise zu ihr war zugleich auch meine allererste Reise nach Italien. Ich reiste mit dem Zug. Bei der Vorstellung, wie Sisa jetzt wohl aussehen möge, bekam ich weiche Knie. Ich fantasierte mir ein Bild über sie und über ihr neues Leben. Aber alles war – wie sich herausstellte – ganz anders gewesen, als die Vorlage im meinem bunten Kopf.

Sisa sah fantastisch aus!

Braungebrannt, mit peppigem kurzen Haarschnitt und tollen Klamotten am Leib. Mit Riesenfreude lief sie mir im Milano Centrale entgegen. Unsere Umarmung war sehr, sehr lang und sehr, sehr emotional. Mit Tony war sie zum Bahnhof in einem kleinen roten Auto gekommen. Ich musste lachen. Da sollten wir alle reinpassen? Der Lancia Fulvia, hatte mich nicht enttäuscht und fuhr schön anständig durch die Italostrassen. Wir sprachen, lachten, diskutierten; für den armen Tony, der einiges an Temperament in Italien gewohnt war, waren wir beide eine zusätzliche chaotische Herausforderung. Er hatte grosses Verständnis für unsere emotionalen Ausbrüche, er lachte uns gelegentlich amüsiert an und schüttelte dabei den Kopf. Uns war einfach nicht mehr zu helfen!

Tony war mir auf Anhieb sympathisch. Ich denke, er war jedem sympathisch. Seine ansteckende Gelassenheit erreichte nach einer Weile auch uns zwei Schwalben, und wir wurden ruhiger. Aber nicht lange. Eine zweite Welle Gesprächsstoffes fiel über mich her und das Ganze fing von vorne an.

Tony sprach erstaunlich gut slowakisch. Ob auch meine Sorella so gut italienisch sprach, konnte ich damals noch nicht beurteilen. Nach einer halben Stunde Fahrt sind wir bei ihnen zu Hause angekommen. Eine sehr schöne Dreizimmerwohnung, mit weissem Steinboden, kühlte unsere überhitzten Köpfe angenehm ab.

Tony bekochte uns. Es gab eine klassische italienische Mahlzeit. Teigwaren gekocht in Rinds-Bouillon, Tomatensauce und frisch gegrilltem Fleisch. Danach Früchte, Käse, Eis – ich bin fast geplatzt. Dann unternahmen wir einen kleinen Verdauungsspaziergang.

Vor dem Lokal in der Nähe hörten wir einladende Tanzmusik. So sind wir dort gelandet und es fiel mir ein, dass der italienische Mann im Kopf nur das Essen, Musik, und Mode haben soll. Und überhaupt: Das eher nach aussen gewandte - nicht nur süsse - Leben in Italien schimmerte überall durch. Diese Erkenntnis bestätigte sich mehrfach in meinem weiteren Leben. Und übrigens auch bei vielen Besuchen in verschiedenen Ecken des Italienaufenthalts: Das Leben wirkte meist heiter und unbeschwert. Und irgendwie schien das schwerelos »überzuckerte Dolce vita« selbst meinem bisher unbekannten Leben bereits überlegen zu sein. Ich spürte sofort, dass entgegen meiner Erwartungen, meine Schwester in vielen Details die italienische Lebensart schon längst zu ihrer gemacht hatte. Mehr als mir das als Zugereiste jemals möglich gewesen wäre. Kein Wunder, hatte sie doch nicht nur ihre italophile Seite an sich entdeckt und ausgelebt. Nein, sie hatte eben auch einen Mann an ihrer Seite, der den Fremdstatus heimlich still und leise egalisierte. Sie wurde kaum merklich zu einer ihm Vertrauten in der Fremde. Und das nach und nach auch für andere. Und für mich.

● Die Balkan's Nachwehen ●

Mein Wiedersehens-Aufenthalt dauerte eine zu kurze Woche. Wir tratschten praktisch Tag und Nacht. Unser wechselseitiges Informationsdefizit musste aufgefüllt werden. So erfuhr ich, was nach meinem Weggang aus Jugoslawien alles noch passiert war. Silvia blieb dort, was man aber von über der Hälfte der anderen Mitreisenden nicht behaupten konnte. Nur ein halbbesetzter Bus fuhr Richtung Heimat zurück. Die reizvolle Lage des Meereslandes nutzten viele Landsleute aus und waren auf verschiedenen Wegen in andere Länder geflüchtet. Sehr amüsiert hat mich die Tatsache, dass auch der Busfahrer abgehauen war. Ich fragte mich: Mit oder ohne den Bus?

Danach war die Situation für meine Schwester weniger lustig. Silvia wurde mehrmals auf einen der Polizeiposten zum Verhör vorgeladen. Sie überzeugte aber die Mitglieder der Staatssicherheit, dass sie nichts von unserer Flucht wusste, zumal sie schon jahrelang nicht mit uns unter einem Dach wohnte und nur sporadisch Kontakt pflegte.

Der Laden und auch unsere Wohnung wurden durch die Polizei amtlich versiegelt. Ausser meinem Reisepass, blieben alle meine Ausweise und auch der Abiturnachweis im Schreibtisch in meinem Zimmer zurück. Alle Kleider, Bücher, Fotos, einfach alles, was damals zu meinem Leben gehörte, blieb dort unter Verschluss. Nur 100 Meter von Viktors Haus entfernt fiel mein altes Leben in ein Dornröschenschlaf - meine Gardine blieb für ihn und für alle Ewigkeit zugezogen...

Silvia gab aber nicht auf und startete eine mutige Geheimaktion. Durch den Garten schlich sie heimlich in den ersten Stock unseres damaligen Hauses, wollte somit retten, was noch zu retten war. Aber vergebens. Die ganze Wohnung war ausgeräumt. Nur ein Paar Klamotten hingen über der Wäscheleine im Erdgeschoss, ein Zeichen dessen, dass die »lieben Nachbarn«, sich unsere Sachen unter ihren Nagel gerissen hatten. Wer solche Nachbarn hatte, brauchte keine Feinde mehr -, aber einen Schweinestall!

• Requiem für Sisa Traum •

Silvia hatte in Italien schnell Anschluss gefunden. Sie arbeitete im Spital als OP-Krankenschwester. Das auch, dank ihrer schon sehr guten Sprachkenntnisse. Die netten Kollegen verschönerten ihr Leben in der Fremde, sie schien glücklich zu sein.

Mein nächster Besuch bei ihr wurde aber von komplett anderen Ereignissen überschattet! Anderes Essen, andere Kleider, andere Musik... nein - keine Musik!

Nach nur einem Jahr des Lebens in Italien, brach für meine einzige Schwester ihre Welt zusammen. Ihr Mann war schwer erkrankt und ein halbes Jahr später starb er. Der Magenkrebs zwang ihn auf den Operationstisch. Meine Schwester schaute hilflos zu, denn sie hatte an diesem Tag Dienst gehabt. Eine riesige Trauer überfiel auch mich, als ich davon erfuhr. War es gerecht, dass eine junge Frau die endlich zu leben begann mit gerademal 24 Jahren zur Witwe wurde? Nun waren wir beide, wenn auch aufgrund anderer Umstände, alleine in einem fremden Land. Zum Teufel mit so einem Schicksal, Leben, allem...!!!

Der italienischen Tradition folgend blieb Tony drei Tage lang in einem Sarg aufgebahrt. Mitten im Wohnzimmer. Der Deckel war aus Glas. Sein Gesicht leicht bläulich gefärbt, etwas, dass ich nicht hätte sehen sollen. Überhaupt hätte ich mir das Ganze gerne erspart. Der in Intervallen ein- und abschaltende Motor, der den Sarg kühlte, dramatisierte dazu die ohnehin schon schlimme Situation auf geradezu makabre Weise. Er surrte plötzlich aus der Stille vibrierend auf, so dass mir jedes Mal ein kalter Schauer über den Rücken lief! Diese schwarze Melodie hinterliess in mir ein Dauertrauma der nächsten Erinnerung. Die vollen drei Tage verbrachten meine Schwester und ich mit dem toten Tony in seiner Leichentruhe.

Der nächste Schock passierte bei einem grossen Lamento anlässlich der Beerdigung. Zwei starken Männern, die den Sarg hielten, war das Seil beim Abseilen aus den Händen geglitten und die Truhe prallte unkontrolliert in das tiefe Erdloch hinein. Dieser Krach! Das Drama steigerte sich weiter, als die alten Frauen, die üblicherweise zum Weinen hergerufen wurden, theatralisch anfingen, die Hände zu schliessen und lautstark ihrer Trauer Luft verschafften. In diesem Moment wünschte ich mir, ich könnte mich in Luft auflösen. Die Beerdigung wollte und wollte nicht enden. Die ganze Trauer, das Leid im Klagen der alten Frauen durchbohrte mich, dass ich mir beinahe wünschte, selber tot zu sein. Nie wieder, so schwor ich mir, würde ich auf so einer Zeremonie teilnehmen, ausser ich wäre selber der Grund dazu. Dann halt zwangsläufig.

Noch eine weitere Szene, die ich bis heute nicht verdaut habe. Die ganze »*grande famiglia*« ist danach festlich essen gegangen. »Scusa«: Nicht essen, fressen! Fellini lässt grüssen. Um einen riesengrossen runden Tisch sassen hungrige Menschen, - mir kam das wie eine barocke Tafel vor - und stopften sich die Rachen voll. Mir war zum »Kotzen«, ich kriegte nicht mal die dünnste Grissini runter. Der Gipfel des Gipfels waren die überall servierten Platten mit Fleisch in allen Variationen. Wie konnte man jetzt ein Stück Fleisch essen? In meinem Kopf war nun die unauflösbare Verbindung, dass dort ein »Stück totes Fleisch« von uns gegangen war und hier und jetzt das andere appetitlich verzehrt wurde. Pfui, Teufel und Ave Maria in einem!

Ein Mann mit fettigen Mundwinkeln kam an meinen Platz und fragte mich, warum ich denn nicht essen würde, ob es mir nicht schmecke? Tutti a fresco! Blitzartig flüchtete ich aus dem Saal der fleischfressenden Meute. Tränen schossen aus meinen Augen, als müssten sie alles Geschehene aus meiner Seele spülen. Wie in Trance verharrte ich so.

Während der kurzen Zeit, in der ich Tony kannte, hatte ich ihn extrem ins Herz geschlossen - und er mich. Sein Sinn für Familie, und seine warmherzige Liebe zu meiner Schwester stärkten mein Gefühl zu ihm. Der »grosse« Mann im kleinen Auto... unwiderbringlich tot. In diesem Moment fühlte ich den grossen Verlust, der sich nur dann in einem Menschen ausbreitet, wenn er einen echten Freund verliert.

Silvia war während dieser drei Tage in meinem Gedächtnis wie ausgeblendet. Nur eine kleine Erinnerung habe ich an sie, als sie zu mir kam und mich tröstete. Typisch Sisa: Die wahre Heldin in schweren Zeiten.

Die verbliebene Familie nahm meine Schwester sehr schön in ihrem Kreise auf - doch Sisa wäre nicht Sisa, wenn sie nicht alleine kämpfen und sich dadurch ihre Existenz selbst aufbauen wollte. Sie zog nach Brescia um und arbeitete dort als Krankenschwester. So blieb uns beiden an unseren Autos wenigstens das gleiche

Kennzeichen: »BS«. Ihre Welt war das Leben im Land der Musik und Mode und meine der Käse und Tunnel und des »Chhhhh.«

Einen Monat nach der Beerdigung rief mich Sisa an. In ihrer Stimme war ein kleines Schmunzeln herauszuhören, als sie folgenden Text zitierte, den ihr damaliger Freund aus Jordanien geschickt hatte:
»Liebe Silvia, ich gratuliere dir von Herzen zur Tötung deines Mannes. Dein Maid.«
Wenn das kein ungewollter »schwarzer Humor« war... Und es war so typisch für seine Art.

. Die italienischen Aktionen .

Nur 500km voneinander entfernt - ich im Norden meines Landes und Silvia im Norden ihres Landes -, lebten wir sozusagen ein stinknormales Leben. Die Tatsache, dass wir uns jetzt, wann immer wir es wollten, besuchen konnten, schien perfekt. Ich brauchte nur zwei, drei Tage frei zu haben, schon flitzte ich in die Gegend, wo mir die Jungs: »Bella tedesca« nachriefen. Das war lustig!
Die Slowakei zu besuchen, war für uns vorläufig kein Thema. Ich, anerkannter Flüchtling, konnte ohne Sanktionen sowieso nicht zurückkommen und Sisa, die eigentlich hinfahren könnte, wollte nicht. Sie sah dafür keinen Grund. Somit schlugen wir noch tiefer unsere Wurzeln in den fremden Ländern.
Die Tatsache, dass wir unsere Mutter in der Heimat hatten, war ein einbetonierter Fakt, an dem man nichts ändern konnte. Wir konnten es nur erträglich akzeptieren. Mama hatte dank damaliger Freunde und »saftigem Schmiergeld« eine Wohnung und Arbeit erhalten. So landete sie nicht im Knast. Aber den Reisepass hatten ihr die Genossen vorsorglich für fünf Jahre konfisziert. Unser Kontakt war so nur per Telefon möglich und auch das nur selten und in einer Geheimsprache verpackt. Warum sie immer nur mich anrief und Silvia nie, weiss ich bis heute nicht.
Meine Schwester hatte das italienische Leben unterdessen so zu ihrem gemacht, schnell und natürlich, dass ich manchmal das

Gefühl hatte, sie hätte da schon mal gelebt. Als ich wieder mal bei ihr zur Besuch war, hatte sie mich regelrecht mit allem verwöhnt. Wir gingen in verschiedenen Restaurants essen und sie stellte mir ihre Freundinnen vor. Und nicht zuletzt pflasterten wir im Stile einer typischen donna italiana als »Bellezza« und »Grandezza« unseren Weg. Das bedeutete, sie wühlte nach meiner Ankunft argwöhnisch mit zwei Detektivaugen meine Reisetasche durch: Und sie stellte fest, alles was sie vorfand, war entweder veraltet, nicht passend oder einfach für eine junge Frau nicht schön genug. Offenkundig waren mir in der Schweiz schrittweise solche betont weiblichen Attribute abhanden gekommen…. »Chhhhheibe Züg!«

»Mit sowas kannst Du in Italien keinen Schritt laufen.«

Sie klärte mich auf, dass bei einer Frau die Frisur zu den Kleidern abgestimmt gehörte. Ich trug Jeans, T-Shirts und einen Haarschnitt wie Kim Wilde in den achtziger Jahren. Praktisch und einfach. Wie ein Flattergeist. »So nicht!«, betonte sie. So war mein nächstes Ziel, der Frisör.

»Fuuuuuu«, ich bekam eine richtige Lektion. Aber sie hatte Recht. Ich konnte mich nicht erinnern, ein Kleid oder einen Jupe, einfach etwas weiblich-umschmeichelndes, getragen zu haben. Aber auf meine Haare war ich immer schon stolz, von denen hatte ich mir nur 0.3mm Länge wegschneiden lassen. ☺

»Recht hast du, sorella mia«, ich tastete mich vorsichtig und zugleich mit diesem praktizierten italienischen Halbwissen klug an meine Schwester heran. »Aber weisst du, daheim ziehe ich mir einfachheitshalber meistens eine Jeans und Pulli an, setze mich ins Auto und fahre so ins Spital. Dort trage ich dann die Uniform. Abends falle ich todmüde ins Bett, spreche mit niemandem und gehe nirgendwo hin. Also wozu die Parade? So schufte ich vom Morgen bis zum Abend. Da wird einem nichts geschenkt. Ich schlafe und schaffe nur wie ein Depp. Keine Ahnung, ob ich überhaupt ein Kleid in meinem Schrank habe: »Du hast Recht, ich muss mir da was Schönes kaufen, sonst habe ich meine Klamotten am Ende nur, damit ich nicht nackt bin.«

Ein Blick in Sisa's Kleiderschrank, vollgestopft mit allerfeinster Damenmode, bestätigte mir ihre Worte. Ich fand dort sogar mehrere dünne Lederhandschuhe und eine Schachtel mit einem Hut darin.

»Meine Güte, Silvie, dir muss man nur noch eine lange Zigarette in die Hand drücken und Marlene Dietrich lässt grüssen«, nahm ich sie hoch.

Sie hörte mich aber nicht, denn sie war eben damit beschäftigt, die Spaghetti durchzusieben. Der Strahl des kalten Wassers liess meine Stimme nicht durch und der aufsteigende Dampf aus der Pfanne blies ihr den Pony hoch. Sisa hatte kurze, gerade Haare - Haare streng wie die Spaghetti. Ich sag doch, geborene Italienerin! Wir speisten den ersten, den zweiten, den dritten Gang und danach kam der Abgang. Uns erwartete Camilla, Sisa' s Freundin. Eine hypermoderne, extrem geschminkte Zahnarztgehilfin mit Mäusegebiss. Sie schüttete sofort ihr Herz aus, weil sie schon seit zwei Tagen einen Anruf von einem verheirateten *Amante* erwartete. Sie sei ganz nervös deswegen - das war nicht zu übersehen. Ich fühlte mich bei dieser überaffektierten Frau nicht ganz wohl. Die ständige Gestikulation mit den Händen - wie eine Diva - fand ich dermassen übertrieben; und doch fand ich mich schliesslich selbst darin wieder, wie nach zwei Minuten auch meine Hände mit mir zu »sprechen« begannen. Es kam einem Drama von Vittorio Alfieri gleich. Sie rauchte eine Marlboro nach der anderen. Als sie bemerkte, dass ich immer auf die Seite ausweiche, wenn sie ihren Stinkrauch ausblies, fing sie an, sich genauso theatralisch dafür zu entschuldigen und den Rauch auseinanderzufuchteln. Was natürlich nichts nützte, aber das machen ja alle Raucher so.

Nachdem sich Camilla reichlich »ausgekotzt« hatte, lud sie uns am Sonntag zu einer Schifffahrt über den Gardasee ein. Das Schiff gehörte wieder einem anderen *Amante*. Mir egal.

Also gut, wir versprachen, zu kommen.

Zuhause fragte mich Sisa, was für eine Badebekleidung ich denn dafür hätte und sie wolle sie natürlich auch sofort sehen. Dazu hielt sie einen Minivortrag zum Thema: Sommer, Sonne, Schiff und Blamage.

Als erstes fiel sie fast in Ohnmacht über meine nicht rasierten Beine. Was, nicht rasiert, soll ich sie etwa rasieren? Bin doch keine Balletteuse. Diese mutigen Selbstfragen sprach ich nur im Inneren aus, für mehr verliess mich der Mut.

Also ging ich ins Badezimmer und rasierte mir die Beine knieabwärts und dachte, damit hat es sich. Weit gefehlt, denn die nächste Empörung stand schon im Raum. »Dadi, ganze Beine, kapierst du? Ganze. Tutti quanti!« Und für die Härchen an den grossen Zehen legte sie vorsorglich eine Pinzette an den Toilettendeckel.

Am Samstag gingen wir also in die Stadt. Die Suche nach passender Badekleidung hatte sich als einfach und erregungslos erwiesen, was man vom Sonntag nicht behaupten konnte...

Die »frischgestrichene« Camilla stand mit einem Haufen anderer junger Frauen im Schatten vor dem Schiff. Alle warteten nur auf uns. Wir waren die einzigen Blondinen dort. Ich kannte natürlich niemanden, Silvia auch nicht, und auch den kleingewachsenen Bierbauch Luca, Macho und Inhaber des Schiffes Namens »Amore« nicht. Ich ging unbeirrt an Bord, sass oben auf dem winkelspitzen, glatten Oberdeck des Schiffes, Sisa zog es in Unterdeck, mit besagter Camilla ihre Marlboro zu inhalieren. Ab und zu schaute sie zu mir hoch und schrie:

»Dadi, halte dich fest, okay? Halte dich gut fest!«

Luca fuhr wie um die Wette, und ich hüpfte bei jeder Welle in die Luft. Mir gefiel das, meiner Schwester weniger, so kam sie zu mir und machte mich nochmals darauf aufmerksam, ich solle mich wirklich gut festhalten, weil meine Hände von der Sonnencreme rutschig seien. Sisa hatte Recht. Ich flog wie auf dem Trampolin nach oben und unten, aber ich lachte nur; mir machte das Hüpfen Riesenspass. Auch meine frisch rasierten Beine fühlten sich frei.

Nach einer Stunde legten wir eine Matrosenpause ein und Luca lud die ganze Weiberwelt zu einem kleinen Imbiss ein. Melone und Schinken, ein Prost auf alle mit dem Prosecco! Als richtiges Mädchen aus dem Tatra-Gebirge, fragte ich Sisa selbstverständlich nach einem Stück Brot zu dem Schinken. Sie brach in Lachen aus, dabei spritzte der Sekt wie eine Dusche aus ihrem Mund heraus. Dann gab sie mir zur Kenntnis, Schinken mit Melone sei ein Sommeressen, leicht verdaulich und erfrischend. Dazu stopft sich niemand hier noch ein Stück Brot hinterher. Ach so, dachte ich und bestellte ein Kokoseis, ich hatte noch Hunger.

Die anderen Mädchen, die hier auch ihren sonnigen Sonntag genossen hatten, habe ich mir ganz genau angeschaut. Ich muss schon sagen, sie alle hatten Beine, glatt wie eine Lambrusco - Flasche.

Der Abschied von meiner Schwester war hart und traurig. Das schafften wir beide nicht ohne zu Heulen.

Zu Hause wartete niemand auf mich. Niemand war da, dem ich meine neue Kleiderkollektion zeigen konnte und der mich deswegen bewundern und sagen würde, wie toll ich doch aussähe. Dazu waren uns die Italiener mit ihrer Mode zwei bis drei Jahre voraus. Infolgedessen hatte ich hier etwas vorzeitiges, geradezu trendiges an, so glotzte man mich an, als wäre ich geradewegs aus dem Science Fiction Film namens »Majka aus Gurunu« entsprungen.

DAS PRAKTISCHE FRAUCHEN

● Geopolitik des Teppichs ●

Bei der Arbeit im Pflegeheim stand mir eine tolle Kollegin zur Seite. Sie hiess Karolina, war Tschechin und lebte fünf Jahre länger hier, als ich. Sie war verheiratet, Mutter zweier Söhne und leistete nur Nachtschicht. Mit ihr hatte ich enorm viel Spass gehabt und trotz absolut verschiedener Charaktere waren wir Freundinnen geworden.

Eines Tages nahm sie mich kurz auf die Seite und drückte mir ein Zettelchen in die Hand. Ihr Mann kenne eine junge Serviertochter, sie sei aus Bratislava, ich solle sie doch bitte anrufen, denn sie kenne hier niemanden. Hier sei die Telefonnummer. In der Schnelle sagte sie noch, sie heisse Jana.

Ich hatte mich allerdings mehr für die Männerwelt als für die Weiber interessiert. Das schon als Kind. Das Abenteuer mit Jungs stand meinem Naturell einfach näher als das Zischeln mit den Mädchen. Zwei Monate ignorierte ich entsprechend diesen Zettel. Unterdessen war ich wieder mal in »Bella Italia« gewesen und erfreute mich an den schönen Kleidern, die ich von Silvia bekam. Sie trug nichts zwei Saisons nacheinander. Es freute mich umso mehr, dass, noch bevor die in Italien bereits vergangene Mode in der Schweiz ankam, ich ein Model wie von einem anderen Stern sein würde. Dann kam mir der Zettel mit der Nummer wieder mal unter die Finger. »Also, gut«, sagte ich mir, ich rufe sie an, mal schauen…

Freitag um 19h vor dem McDonald. Mein Kennzeichen: Blond und erbsengrüner Overall. Mir kam sofort der Overall in den Sinn, die neueste Mode in Italien. Vorher war ich noch zum Frisör gegangen. Nun stand ich also an der vereinbarten Stelle, mitten im Zentrum. Nach zehn Minuten fing ich an, leicht nervös zu werden, Pünktlichkeit war mein Vorname, nie zu spät kommen, mein

Nachname. Dann bemerkte ich ein Dreierpaket, das sich mir näherte: Ein lachender Mann mit extrem krummen Beinen, so als sitze er noch auf einem unsichtbaren Pferd; neben ihm eine schlanke Frau, dicht gefolgt von einem kleineren Mann, mit dicker Haarpracht. Aber ich erwartete nur das Mädchen.

Die Drei blieben direkt vor mir stehen.

»Ahoj, ich bin Martin«, sagte der mit krummen Beinen und streckte mir die rechte Hand entgegen, »das sind Jana und Rischo.« Aha, 1:3!

»Aston Martin?«, servierte ich gleich einen Minischerz. Die beiden reichten mir ihre Hand, und Rischo dazu auch eine spontane Korrektur: »Richard, nicht Rischo!«

»Es freut mich, Daniela.«

Mit Detektivaugen inspizierte ich genauer die Drei, vor allem Jana, die der eigentliche Grund des Treffens war. Ich war hier das vierte Jahr, und ausser Karolina kannte ich niemanden und sie kam gleich mit zwei Männern angereist. »Wer ist hier alleine?«, fragte ich mich.

Wir nahmen im nächsten Restaurant Platz. Jeder bestellte ein kleines Bier. Es war der 24. August, bald Zahltag in der Schweiz, in meinem Geldbeutel lachte mich deswegen wehmütig die letzte 20-er Note an. »Das wird schon reichen«, dachte ich mir, ich kann gut mit Geld umgehen und abgesehen davon sind die Jungs Slowaken. Nach unserem Bonton lassen die Männer nie eine Dame die eigene Konsumtion zahlen. Ich war neugierig, ob sie die Schweizer Unsitte - jeder zahlt für sich selbst -, schon übernommen hatten. Hatten sie nicht, das freute mich.

Das Treffen war furchtbar langweilig. Jana sprach kein Wort, ich musste alles aus ihrer Nase herausziehen. Sie zeigte kein Interesse daran, mich kennenzulernen, sass wie ein Frosch an der Quelle und ging mir voll auf den Geist. Dafür war der Krummbeiner sehr aktiv. Und Richard? Der sprach nur in Gedanken mit mir. Also super Party!

Martin und Jana waren eigentlich ein Paar, und emigrierten sogar zusammen. Aha, sie spielt ein trauriges Dasein vor. Von wegen alleine?! Dumme Kuh! Und er hat mir bei dem Treffen mit den Augen fast den Overall ausgezogen. Geht alle zum Teufel, so ein falsches Spiel findet ohne mich statt, denn ich bin keine der gezinkten Karten - und wenn schon Kartenspiel, dann die Herzkönigin! Ich stand auf, sagte, ich müsse schon gehen, und schliesslich verabschiedete ich mich von dem unmöglichen Traumtrio. Der bis jetzt im Koma liegende Richard war plötzlich hellwach geworden und schlug mir vor, mich noch ein Stückchen zu begleiten. Er, Typ - Alain Delon -, war mitaufgestanden. Der Weg zu meinem Auto verlief neben dem McDonald`s Restaurant und ich bekam nach dem Bier eine Hungerattacke.

Bei der Bestellung stellte sich raus, Richard war ein Vegetarier, was für mich etwas ganz Neues war. Ich kannte bis jetzt keinen Vegetarier, ausser ein paar der Dinosaurier vom Schulunterricht. Sobald wir uns setzten, erklärte er noch, dass er zufällig die beiden im Tram angetroffen hätte. Martin sei bloss ein flüchtiger Bekannter, kein Freund. Die »Salz«arme und »Pfeffer«lose Jana habe er jetzt zum ersten Mal gesehen. Er wurde von beiden überredet, mit ihnen mitzugehen, es würde sicher jede Menge Spass geben.

Seine Zunge rollte die nächsten zwei Stunden praktisch pausenlos und ich durfte in den Genuss eines Vortrages zum Thema: Geopolitik der Schweiz, kommen. Dass er weise und belesen war, daran zweifelte ich keine Sekunde, aber die »furztrockene«, Knäckebrot-ähnliche Debatte war nach zwei Stunden nicht mehr zu ertragen. Der spinnt wohl! Aber lieber Politik als Religion. Ich liess ihn also weiterreden und reden…ass meinen dritten Hamburger und biss genussvoll ins Fleisch!

Draussen wurde es dunkel und es schien, ein Gewitter würde bald über uns hereinziehen und mich erlösen. Demnächst wäre ich entweder explodiert oder eingeschlafen. Wie ich mich kenne, hätte ich der ersten Option sicher den Vortritt gegeben. Ich fing an, wie eine echte Italienerin zu jammern, zu gestikulieren und fast zu weinen an, weil mein nigel-nagel-neuer-aus-meinem-ersten-Lohn-gekauften-weisser-Teppich nass werden würde, weil ich die Balkontüre offen gelassen hatte, und bei dem starken Regen ginge er sicher ganz kaputt. Auf dieses Spaghettinidrama war er voll reingefallen.

Der Besserwisser hatte mir aber vorgeschlagen, er käme mit mir nach Hause und helfe mir. der Teppichkatastrophe zu entkommen. So quasi als Retter in der Not.

In letzter Sekunde erreichten wir meine Wohnung - der Teppich war somit gerettet! Richard schaute sich mein unkonventionell eingerichtetes Zuhause an - ich lächelte. Ich weihte ihn in die Tatsache ein, die Sachen hätte ich alle gratis bekommen und darüber, dass ich erst seit ein paar Wochen da wohnte. Ausserdem. für mehr sei weder Zeit noch Geld vorhanden gewesen. Natürlich wolle ich mir alles irgendwann neu kaufen und anders einrichten, vorerst müsse dies aber noch genügen. Wohne eh' alleine hier, also was soll`s...

Daraufhin sagte er zu mir, dass er ein umgekehrtes Problem hätte. Er habe seine Wohnung vor zwei Monaten gekündigt, er bräuchte dringend einen Tapetenwechsel. Eine andere Bleibe habe er aber bis jetzt noch nicht gefunden. Jetzt kriege er langsam Angst, wohin mit all den Möbeln. Komisch, er hatte Angst um die Möbel, nicht um sich selbst, was war das für Einer?

Ich nahm eine Flasche Cinzano aus dem Kühlschrank und stellte sie auf den Tisch, der aus dem Schrankregal und ein paar Ziegeln zusammengebastelt war. Aber schön mit weissem Damasttischtuch überdeckt. Mama würde sich freuen. Richard zog die Nase hoch, so was Klebriges trinke er nicht. Trank er doch. Und noch einen. Bis die Flasche leer und er fast voll war.

Es war schon recht spät. Er ging ab und zu auf den Balkon, um zu rauchen und ich machte unterdessen etwas zu Essen. Improvisierte Vegiplatte aus Käse, Oliven und Grissini-Stäbchen. Bei der Knabberei erfuhr ich -, er war ein Bergsteiger. Oh Gott, nur keine Instruktionen über Felshaken, Karabinerhaken, Knoten und Kletterei in den Himmel. Die Zeit war dazu zum Glück zu knapp, aber die bekam ich später und zwar einen halben Tag lang.

Dafür zeigte er unverhohlen eine extrem intensive Begeisterung gegenüber meiner Unterwäsche, dem dazugehörigen Körper nebst Hormonen.

»Na sag mal, hast du ein Tempo drauf! Wirst du nach Mitternacht in einen Frosch verwandelt oder warum so die Eile?!«

Er riss mir wie ein Grizzlybär meine Kleider vom Leib. Noch schneller war er nackt, nur die Socken hatte er angelassen.

Wir lagen also da, auf meinem nigel-nagel-neuen-aus-meinem-ersten-Lohn-gekauften-weissen-Teppich ... Auf dem Boden war es

ein wenig kühl; ob er deswegen die Socken anbehalten hatte? Ich konnte mir gerade noch die Aufschrift merken – »SPORT«.
Und so haben wir Sport getrieben.
In tiefer Nacht, nach vollendetem Sechs(x)kampf sind wir eingeschlafen. Ich kam zum Schluss, dass Sex mit sportbegeistertem »Cinzano« besser schmeckt, als mit »übergriffigem« Anästhetikum.

• Wie der Brunnen ohne Wasser •

Der Sportler blieb zum schlafen bei mir, ich musste um sieben Uhr auf der Arbeit sein. Meine Kolleginnen fragte ich aus, was so ein Vegetarier isst, was sollte ich ihm kochen? Pilze, war die bunte Antwort. Das Synonym für helvetische Pilze, heisst Champignons aus der Migros. Also ging ich sie kaufen. Daheim wartete auf mich eine Überraschung, als wäre David Copperfield mein gestriger Gast gewesen. Die Küche war aufgeräumt, Geschirr gewaschen, Tisch zum Essen gedeckt. Auf dem Tisch lag eine fertige Mahlzeit. Schildkrötensuppe für mich, Linsensuppe für ihn, Brot und Cremeschnitten als Dessert für beide. Voila!
»Hej, super, ich denke, dich behalte ich.« Meine Freude war sichtbar.
Wir haben gegessen, was bedeutet, er ass, ich tat als hätte ich keinen Hunger, aber die leckere Suppe würde ich sicher heute Abend essen. Ich wollte ihn nicht enttäuschen, so musste ich lügen. Nichts gegen exotisches Essen, aber da kam ich echt an meine Grenzen. Die Turtle Soup würde nie Inhalt meines Magens sein.
Abends schlug Richard vor, seine einzige Freundin in der Schweiz und zugleich die seelenverwandte Hannah zu besuchen. Unterwegs zu ihr hielten wir kurz in seiner Wohnung an. Die Wohnung eines damals 21-jährigen Sportlers sprengte alle meine Erwartungen. Die ganze Einrichtung, die dort vorhanden war, war entweder hell- oder dunkelbraun. kaffeebraun, schoggibraun, einfach-braun...ohne Zwischentöne! Im Wohnzimmer eine Wandtapete mit dem Motiv eines Herbstwaldes. Feuchter Fussweg und runtergefallenes Laub. Meine Psyche meldete eine akute Depressi-

on. Wie konnte ein junger Mann nur so leben? So leben sonst nur Pensionäre kurz vor der Einäscherung. Da muss »Mann« ja davonlaufen, klar, braucht er deswegen einen Tapetenwechsel oder ein Medikamentenrezept. Hier würde sogar ein Toter verrecken oder aufstehen und davonlaufen.

Die Küchenutensilien, Flaschenöffner, Teller, Tassen, WC-Papierhalter, Schuhlöffel, alles im Braunton. Ach du lieber Himmel. Hier war ich also zum ersten aber auch zum letzten Mal. Nichts wie weg aus dem braunen Mausoleum!

Im Auto sagte ich ihm gleich meine Meinung:

»Jetzt verstehe ich, warum du dort nicht mehr wohnen kannst. Aber die Farben hast du ja freiwillig gewählt. Richard, du lebst, sprichst und denkst wie ein alter Mann. Mensch, Rischo, erlaubte ich mir den Namen zum ersten Mal so auszusprechen, du bist jung, du brauchst helle Farben um dich herum, die machen dich heiter und klar. Das Leben hier ist anders als bei uns, hier brauchst du ein mehr an Relaxen plus Abwechslung. Ich weiss wovon ich spreche, ich bin vier Jahre da, du erst zwei.«

Auf einmal war er still. Aha... Das überraschte mich, ich sprach auch nicht mehr weiter.

Unsere nächsten Begegnungen waren reich an gegenseitigem Informations- und Speichelfluss, ich erfuhr andere interessante Dinge über ihn. Zum Beispiel die Tatsache, dass er Maler von Beruf war. Oder, dass wir in Bratislava nur paar Strassen voneinander gewohnt hatten und wir uns trotzdem nie begegnet sind. Dafür stieg er hier in genau das Tram ein, dass ihn direkt zu mir navigieren sollte. Was soll man zu diesem Universumgeheimnis noch sagen?

Vielleicht nur das: Manchmal müssen wir weit weg der Nase folgen, um das, was unmittelbar vor ihr liegt, zu entdecken...

Nach zwei Wochen habe ich eine Möbelbrigade organisiert, die alles aus Richard's Herbstloch zu mir gezügelt hatte. Natürlich mit ihm. Ich wollte ihm helfen und zugleich auch mir - ich war von Kindheitsbeinen an eine praktische Person und stellte gerne Möbel um!

Richard war ein sehr weiser Mann, und obwohl er mir mit seiner Klugscheisserei manchmal auf den Geist ging, hatte ich ihn sehr lieb gewonnen. Viele Dinge aus seinen Erzählungen verstand ich nicht, aber ich wollte alles wissen. Ich wollte sie und auch ihn verstehen. Mein Wissensbrunnen war leer und nach und nach merkte ich, dass gerade er meinen schier unversiegbaren Wissensdurst stillen konnte.

Zu der weiteren Leidenschaft bei ihm gehörte, wie ich schon erfuhr -, die Bergkletterei. Sprach er über diese Sportart, hörte ich fast atemlos zu. Detailliert erklärte er jedes Materialstück, was wozu gut ist, sogar den Preis nannte er mir, den er zahlen musste, oft auf dem schwarzen Markt. Er lehrte mich, wie man ein Rucksack packte. Das Prinzip des Packens liegt darin, dass Dinge die man am wenigsten braucht, zuunterst kommen. Jedes Kleidungsstück wird separat zusammengerollt und wie die Weinblätter nebeneinander gelegt. Die runde Form des Rucksackes muss dabei immer bleiben, also keine scharfen und spitzigen Gegenstände dürften nach aussen drücken. Der Schlafsack und Isomatte werden aussen vor befestigt. Das Seil und Bergsteigermaterial hängen seitlich aussen, damit sie mit blosser Hand erreicht werden. Alles muss kompakt sein. Und noch was: Eine Tafel Bitterschokolade und ein Paket Sultaninen dürfen in keinem Rucksack fehlen.

Ich ertappte mich mehr als einmal dabei, dass sich die praktische Art zu Denken und zu Handeln fast unmerklich in mein Leben geschlichen hatte – und so wurde sie nach und nach irgendwie zur automatischen Richtschnur auch für mich.

Dazu erhielt ich vielfach eine fachkundige Diashow mit eigenen Bildern. Als Dank dafür kaufte ich ihm später einen nigel-nagel-neuen Diaprojektor.

Ich fühlte mich wohl und sicher mit ihm. Nach seinen klugen Worten wurde ich fast süchtig. Was ich ihn auch fragte, er wusste stets eine Antwort darauf. Seine Wohnung wurde leergeräumt, meine hatte sich vollgefüllt. Nicht nur die Wohnung, mein ganzes Leben erreichte durch Richard einen riesen Reichtum. Das war fantastisch!

Mein farbiges Mobiliar verschenkte ich weiter, mitsamt manchen Stücken aus Richard's braunem Leben. Im Prinzip hatten wir viele gemeinsame Urteile gefunden, bis auf die Sportsocken. Auf eine seltsame Weise verschwanden sie nach und nach aus unserem Leben. Ich hatte natürlich etwas nachgeholfen. Bitte, nicht verraten ☺ Sex ist kein Sport, obwohl, na ja, manchmal… Bei mir ist das vor allem Liebe und Zuneigung. Als Wiedergutmachung kaufte ich ihm mehrere Paare eleganter Herrensocken und ein Paar mit der Aufschrift »SoftLOVE.« Für alle Fälle...

. Die Dame und der Philosoph .

Mein neues Leben mit Richard brachte auch eine andere willkommene Belebung in Form seiner Eltern. Sie wohnten in Bratislava und der telefonische Kontakt mit ihnen erheiterte meine Seele. Durch ihre Stimme fühlte ich mich näher meiner Heimat zugewandt.

Mit meiner Mutter hatte ich schon längere Zeit keinen Kontakt…, dafür war der mit Richard's Eltern umso intensiver.

Für den nächsten Sommer hatten wir Richard's Mutter zu uns eigeladen. Sie war pensioniert und auf das Treffen mit ihrem jüngsten Sohn hatte sie sich wahnsinnig gefreut. Auch sie durfte nur mit einem Einladungs- und zugleich Garantiebrief hierher einreisen, so hatte ich alles für diese blödsinnige Schikane erledigt und bald darauf begrüssten wir uns auf dem Flughafen in Kloten.

Ach du meine Güte! Die Dame mit grossem »D« war in der Tat eine Grand Dame und der Inbegriff vollkommener Eleganz. Sie trug einen weitläufigen Hut, Sommerhandschuhe, rauchte viel und das alles mit einer Nonchalant der höchsten Klasse. Ich wusste, dass sie Damenschneiderin war, sie nähte den feinen Damen der Klasse 1a Festroben, aber so was hatte ich wirklich nicht erwartet.

Die nächste Überraschung war, dass die gebürtige Tschechin perfekt und akzentfrei slowakisch sprach. Jeder Sprachkritiker wäre neidisch gewesen. Wir hatten abgemacht, ich dürfe Tante zu ihr sagen. Unser schönes nationales Spezifikum, das uns Slawen erlaubt, in jedem Landsmann eine Tante oder Onkel zu haben, den wir als solche und solchen so anzusprechen pflegen. Wir sind sozusagen alle eine grosse Familie…

Sie zu duzen, habe ich aber vehement abgelehnt. Ich hatte Respekt vor ihrem Alter, und überhaupt, sie war nicht meine Freundin.

Richard's Mama war sehr gesprächig, damit will ich sagen, sie kriegte von morgens bis abends ihren Mund nicht zu. Wenn ich das Richard sagte, lachte er nur und fügte hinzu,»Ja, ja, ich weiss das, habe es aber schon fast vergessen«. Unsere gemeinsamen Ausflüge und das gemeinsame Kochen waren sehr lustig und amüsant. Die Tante-Dame blieb bei uns drei Monate lang. Dies wurde zur Tradition und so durften wir die intensive Sprachlawine von da an jeden Sommer geniessen.

Den nächsten Sommer haben wir zuerst den Vater eingeladen und das war eine Klasse für sich. Der Onkel - Traditionen muss man pflegen -, war auch ein bewundernswerter Mensch. Als er noch arbeitete, war er als Fernsehredakteur und Ansager tätig. Nach einer halben Stunde war mir klar, woher Richard die klugen Sprüche, die perfekte Aussprache und das philosophische Getue her hatte. War nicht etwa der Cicero sein Vorfahrer?

Der Onkel war ein Mann der »guten alten Schule« gewesen. Stets höflich und charmant, ich liebte ihn sehr. Er sprach perfekt ungarisch und deutsch, slowakisch auf höchstem Niveau. Er philosophierte gerne, dabei hielt er sich mit der rechten Hand am Kopf, als Betonung für die Schwere seiner Gedanken. Ein wenig Schauspielerei war, so glaubte ich, auch mit dabei.

In diesem Zusammenhang verriet mir Richard, warum er nicht wollte, dass seine Eltern zur gleichen Zeit zu uns kämen, wir wären nämlich vermutlich durchgedreht.

Der sogenannte Onkel rauchte nicht, das war super! Das Übel hatte er längst hinter sich gehabt. Er rauchte in seiner Jugend so stark, dass er sich einen Lungenflügel buchstäblich weggeraucht hatte. Richard war seinem Vater auch äusserlich ähnlich, beide hatten drei tiefe Falten auf der Stirn, quer über derselben. Wie Lino Ventura.

Richards Vater sprach mir seinen Dank aus - verschönerte ich doch das Leben seines Sohnes. Die Wahrheit war aber ganz woanders, ich benötigte Richard viel mehr, als er mich. Dazu kam, dass ich durch Richard und seine Eltern erfuhr, was mir an Familienleben nicht vergönnt war – und vor allem, was an dessen Stelle getreten war.

Richard war ein harter Kerl, er war ein Felsen, nicht kaputt zu kriegen. Obwohl ihm eine blöde Tapete Angst bereitete, konnte er zugleich ein Egoist sein, der über Leichen ging. Sein Vater ebenso. So merkten sie beide nicht, was ich im Herzen trug. Richard war das pure Gegenteil von mir. Er liebte Sport, Hazard, Zigaretten, Fernsehnachrichten auf allen Kanälen und Sex. Er unterwarf sich nichts und niemandem, wollte alles alleine lernen und erfahren.

Ich pflegte, ausser Gelegenheits-Badminton keine Sportart, war fast süchtig nach Harmonie und Sicherheit, liebte Familienfilme, wehrte mich gegen Zigaretten und Sex… Na ja, dann und wann für den gesunden Hormonhaushaltspiegel, warum nicht? Aber bitte ohne Socken. ☺

Das alles nahm ich mit allen zehn Fingern gerne entgegen, denn das alles war besser als die Einsamkeit, die ich hasste wie die Pest. Ein Gefühl der Leere, das von nun an eher der Vergangenheit angehörte und das jetzt durch Tante D. und Onkel P. einem Füllhorn voller wohltuender Gefühle von Zusammengehörigkeit und Gegenliebe gewichen war: Ich war angenommen - ich schien angekommen zu sein.

. **Der grosse Sprung** .

An einem ganz normalen Vormittag läutete der Pöstler bei mir. Zweimal. Das ist die bilaterale Abmachung zwischen der Post und der Bevölkerung dieses Landes, was bedeutete, den Zustellboten zu begrüssen und etwas Eingeschriebenes in Empfang zu nehmen. Ich erhielt einen grossen Briefumschlag. Neugierig warf ich einen Blick auf den Absender, der mir unbekannte Frauenname sagte mir gar nichts. Ich bedankte mich und der Überbringer wünschte mir obligatorisch »Guten Appetit« und noch einen »Schönen Tag«. Den offiziellen Akt hätten wir also hinter uns. Ich nahm zwei Stufen gleichzeitig, knallte die Türe zu, warf mich auf mein Bett, und fing an zu lesen. Die Post beinhaltete die Kopie meines Krankenschwester Ausweises.

Yes!!!

Ich freute mich, wie seinerzeit die kleine »Dada« an Weihnachten, nichts wissend, wer mir so ein unerwartetes Geschenk geschickt hatte.

Wenige Tage später rief mich meine Mama an und stellte sofort die Frage, ob ich einen grossen Umschlag bekommen hätte. Aha, sie war der Weihnachtsmann! Dieses Telefonat dauerte eine ganze Minute. Sie wollte nur sicher sein, dass ich den Brief auch ordnungsgemäss erhalten hatte. Meine Freude war riesig! Mein Diplom, mein Name, mein Titel, ich BIN diplomierte Krankenschwester. Ich hatte Gewissheit. Da stand es schwarz auf weiss. Mama wusste, wie erniedrigend ich mich gefühlt hatte, als ich meine Fähigkeiten amtlich nicht nachweisen konnte und die niederste Arbeit auf der Station verrichten musste. Mit diesem wertvollen Stück Papier, hatte sie bei mir stark gepunktet. Danke, Mama!

Nach dem Mittagessen lief ich mit diesem Schatz in der Tasche zum anderen Schatz - zum Richard. Ich war so überglücklich, ich jauchzte und winkte mit dem Diplom in der Hand wie am 1. Mai, sobald ich ihn auf der Baustelle sah. Er kam schnell runter, fragte mich besorgt, was passiert wäre, denn ich hatte ihn in der Arbeit noch nie besucht. Ich schüttete meine Nachricht wie aus dem Ärmel. Auch er freute sich, gab mir zwei farbige Küsse an die Wangen und ich düste wieder heim.

Diese neue Tatsache katapultierte mich in der Krankenschwestern-Karriere ganz steil nach oben. Bis jetzt arbeitete ich immer nur als Hilfsschwester, danach als Pflegerin. Ich stieg mit dem Alter, so auch mit dem Wortschatz im Schweizer Dialekt. Langsam aber stetig. Jetzt war endgültig ein Richtungswechsel eingeleitet. Jetzt konnte ich jedem zeigen, dass ich eine vierjährige Fachschule mit Matura absolviert hatte.

Bis Richard nach Hause kam, hatte ich einen Plan für meine nächsten Schritte ausgearbeitet. Richard teilte ich meinen Entscheid mit, nach einer kurzen Verdauungspause haben wir beide »Ja« zu diesem Plan gesagt.

Gleich am nächsten Tag rief ich mehrere Spitäler an und verschickte meine Bewerbungsunterlagen für die Funktion einer diplomierten Krankenschwester.

Nach einer Woche bekam ich die Zusage eines mittelgrossen Spitals, und zwei Monate später fing ich dort an zu arbeiten. Dort konnte ich mich praktisch qualifizieren und vom SRK in Bern erhielt ich die Anerkennung, endlich als vollwertige schweizerische Krankenschwester arbeiten zu können. Jupiii! Jupiii, war auch der Lohn! Wir zogen um, kauften neue Möbel und eines Abends, sitzend im Vorgarten unserer Zweizimmerwohnung - jetzt schon auf zwei gleich farbigen Stühlen -, sagten wir uns, wie gut es uns gehe. Da dachte ich wieder an das Datum meines Geburtstages. Mein weisser Teppich lag schön im Wohnzimmer unserer Maisonette-Wohnung ausgelegt.

• Die Steinpilzmentalität •

Richard konnte sich als Maler über Mangel an Arbeit nicht beklagen. Arbeit, politisieren, Sport und SPORT waren sein Zuhause. Spital, Haushalt und die Liebe zu ihm - das meinige. Uns ging es sehr gut.

Ab und zu trafen wir uns mit Hannah oder besuchten ein Lokal, wo sich die Tschechoslowaken trafen. Diese Treffen fanden immer am Donnerstag statt. Gründe, warum die Leute dort hingingen, waren verschieden. Entweder lebten sie allein, wollten mal die Muttersprache hören, Humor erleben, oder einfach Kameraden sehen… Es waren aber auch solche Exoten darunter, die wollten jammern oder mit etwas angeben. Ich ging nur wegen Richard dort hin, denn ich war nicht imstande, einen Hektoliter Bier zu trinken, jammern musste ich nicht und angeben schon gar nicht. Eine traurige Tatsache war die, dass viele eifersüchtig auf uns waren. Ja! Wir waren ein schönes, verliebtes Paar, wir hatten eine geregelte Arbeit, eine schöne Wohnung, ein klasse Auto, und vor allem uns selbst. Das schon war ein Dorn im Auge mancher Landsleute, die schon im 1968 emigrierten, doch bis jetzt nicht auf eigenen Füssen standen, weil sie mit dem Kopf immer noch in ihrer alten Heimat geblieben waren.

Aber die Tatsache, wie hart Richard arbeitete und wie schwer er es nahm, dass er selbst nach drei Jahren Leben in der Schweiz noch keinen endgültigen Bescheid über seinen Bleibestatus hatte, wussten nur Hannah und ich. Nach einer Weile beendeten wir die nichtsbringenden Besuche bei den Kohlköpfen.

Manchen gesellschaftlichen Aktionen sind wir aber treu geblieben. Im Herbst fand ein Treffen statt. Offen, für alle naturliebhabenden Tschechoslowaken die im Ausland wohnhaft waren. Der Ort des diesjährigen Treffens war in der Schweiz, in Graubünden, wo der National Park angesiedelt war. Ein ganzes Wochenende stand uns bevor.

Hannah kam mit uns. Das erste Treffen vor Ort war in der Beiz. Kein Problem. Dann gingen wir alle in Gruppen zu Fuss in das Zentrum des Geschehens. Von einem feinen Duft begleitet, liefen wir der Nase nach. Hannah glaubte, der käme vom Feuer. Richard korrigierte die Aussage, es dufte nach frisch gebratenen Pilzen. Im Epizentrum des Kochstudios stand ein halbbetrunkener Naturliebhaber, und stolz zeigte er dem »Publikum« seine Pfanne mit bruzelnden Steinpilzen in Zwiebeln und Speck.

»Vor einer halben Stunde schliefen sie noch im Moos«, sagte der Finder des Schatzes sichtlich stolz.

»Du Idiot, weisst du nicht, dass im National Park Pilze pflücken verboten ist?«, hörten wir eine unbekannte Stimme sagen.

»Und du, fährst du etwa nicht an's Meer, um in den Wellen zu baden...? Park hier, Park dort, habe Hunger und fertig Schluss. Natur gehört jedem. Lieber fresse *ich* sie, als irgendein Wildschwein«, kam als Abwehr vom Pilzrevolutionär. »Nur den Apfel von Eva nehme ich nicht, so blöd bin ich nicht wie der Adam.«

Nach dieser Art der Selbstverteidigung sind wir alle in riesiges Lachen ausgebrochen, das die Lust auf gebratene Pilze noch aufs Unerträglichste steigerte.

Ich muss mit Scham gestehen, auch wir haben der Versuchung nachgegeben und brieten eine kleine Menge selbstgepflückter Pilze. In der Schweiz herrschten auch da strenge kantonale Vorschriften über die erlaubte Menge an handgeschöpftem Gut. Wer aber aus einem Land kommt, wo es erlaubt war, die Pilze haufenweise aus dem Wald und nicht aus der Migros zu holen, kann so was nur sehr schwer nachvollziehen.

DER STEINADLER

• Alles was Flügel hat, kann auch fliegen •

Im Jahre 1987 ist in der Schweiz der Boom ums Gleitschirmfliegen ausgebrochen. Klar, dass Richard einer der ersten war, der von dieser Sportart wie betäubt wurde. Sie vereinte alles, was er gerne hatte: Risiko, Freiheit und Ehrgeiz. Und so haben wir jedes freie Wochenende die »buntfarbenen Plakate aus Stoff« ein- und ausgepackt. So nannte ich die Fluginstrumente. Mal waren wir auf einem Hügel, mal auf der Wiese daneben. Ständig wechselten wir unseren »Picknickplatz«. Richard besass den schönsten, neusten und teuersten Gleitschirm. Und auch die treueste Freundin, auf die andere Kollegen neidisch waren. Ich war immer bei ihm und unterstützte ihn, wovon die anderen Piloten nur träumen konnten.

Aus Richard wurde ein ausgezeichneter Pilot. Mit enormer Kraft und Ausdauer bereitete er sich auf die erste Schweizer Meisterschaft für das folgende Jahr vor.

22. Mai, Nachmittag

Richard stand oben auf dem Startplatz, wartete per Funk auf die Erlaubnis, seinen dritten und somit Finalflug vorzuführen.

24. Mai, Morgens

»Gib mir bitte Kamm und Spiegel.«

Das waren Richard's erste Worte, die er zu mir nach der Verlegung von der Intensivpflegestation auf die sogenannte »normale Station« sagte. Kamm hatte er gekriegt, einen Spiegel hatte ich nicht bei mir gehabt.

»Wie geht`s dir Richard?«, stellte ich die erste Frage, die mir in diesem Moment einfiel. Dabei konnte ich mir allzu gut vorstellen, wie es einem geht, der die letzten 36 Stunden einen Kampf zwischen Leben und Tod geführt und diesen nur zur Hälfte gewonnen hatte.

»Ist mein Scheitel gerade?«, kam die nächste absurde Frage von meinem Steinadler aus seiner High Fashion Welt.

»Klar, Richard, klar«, kam die leicht nervöse Antwort aus meiner, ganz anderen Welt...

6. Juni, Nachmittag

»Pfui Teufel, diesen Abfall da, kann man nicht fressen! Endlich wurde das Zwiebackfondue abgestellt; füttern die mich mit Omeletten, Rühreiern oder hartgekochten Eiern. Dummköpfe, sie denken, da ich Vegetarier bin, fresse ich nur Eier. Ein Irrenhaus ist das hier! Alle hocken in diesen komischen Rollstühlen, mir sagt keiner, was los ist!«, waren die Begrüssungsworte meiner Liebe, für die ich litt wie ein krepierender Hund.

Seit dem 22. Mai schlief ich nur ein Minimum und funktionierte Maximal. Ich ging meiner Arbeit nach und versteckte mich im eigenen Schneckenhaus. Dachte über die nächste Zeit nach... Täglich musste ich irgendwelche komplizierten Formulare ausfüllen, Kraft raubende Telefonate erledigen, Frage und Antwort stehen. Und ich fragte mich, wer die Riesen-Summe für den Helikopterrettungsflug bezahlen sollte? Die Summe war grösser als mein Monatslohn! Jeder brauchte etwas von uns, nur niemand fragte, ob wir was brauchen. Verkehrte Welt.

Mit Krämpfen im Magen besuchte ich jeden Tag meinen Freund in der »Fabrik für Gesundheit« und war dabei seiner unvorhersehbaren und stark wechselnden Laune ohne Schutzweste ausgesetzt. Nach aussen trug ich eine fröhliche »Alles wird gut Maske« - ich wollte gegenüber meinen nächsten Menschen nur Freude, Liebe und positive Perspektive verbreiten.

Mein Allerliebster war merklich abgemagert, seine Haut an Händen und Beinen schälte sich wie eine Schlange. Das als Reaktion auf seinen momentan abnormalen Körperzustand. Er durfte nichts machen, ausser liegen, und davon mehr, als jedem lieb sein konnte. Und abwarten, nachdenken, sich kaputtvisualisieren, was ihm die nächste Zeit bringt. Aus dem Bett hingen verschiedene Schläuche, neben seinem Kopf blinkte ein Monitor und auf dem Nachttischchen lag ein Heft mit stündlich eingetragenen Zahlenwerten. Das Zimmer war noch mit fünf anderen Männern belegt. Sie strahlten Freude aus den Federn, sobald ich den Raum betrat. Ich trat zu jedem einzelnen an dessen Bett, begrüsste ihn und fragte, wie es ihm ginge. In der Schweiz keine übliche Geste von einer fremden Person. Alle hatten irgendeinen Unfall gehabt und diese Rehabilitationsklinik wurde zwangsläufig für eine lange Zeit zu ihrem zweiten Zuhause ...

Nach einer innigen Begrüssung mit Richard sagte ich ihm, der Arzt würde auf mich warten, deshalb müsste ich sogleich gehen, käme aber danach sofort wieder.

»Und sage ihm, er soll die Scheisseierdiät absetzen, sonst springe ich aus dem Fenster!«, rief mir mein Eierfeind nach.

»Schön wär`s!«, dachte ich mir und bekam noch das Lachen der Zimmerinsassen mit.

Der behandelnde Arzt hatte genug vorhandene Untersuchungsresultate, damit er mich in die Realität des Gesundheitszustandes meines Lieblings versetzen konnte. Natürlich wollte ich alles wissen, obwohl ich vor jeder Antwort zugleich eine Riesenangst gehabt hatte. Am Ende war ich auf so eine kalte Dusche doch nicht genug vorbereitet. Richard's Diagnoseblatt war länger als sein Lebenslauf. Vorläufige Aufenthaltsdauer: Sechs Monate.

Ich sagte kein Wort, hörte angespannt zu, meine Wangen waren mit den traurigsten Tränen gefüllt. Schwer wie Felsbrocken hingen sie fest und vermochten sich nicht mit einem erlösenden Schluchzer lösen. Mein Kopf hing nach unten, die Energie, die ihn immer hoch hielt, war nur vage vorhanden. Auch die war sehr wahrscheinlich in einer Reha-Klinik. Nach diesem schmerzlichen Referat ging ich auf die Toilette und wusch mir das Gesicht mit kaltem Wasser um ins Hier und Jetzt zurückzukehren, denn so konnte und wollte ich nicht vor Richard treten.

Als ich zu Richard ging, war soeben die Physiotherapeutin bei ihm. Wie schön, dachte ich mir, so gewinne ich noch mehr Abstand und kann etwas frische Luft atmen gehen. Vor uns lagen lange Monate, welche den ohnehin schon harten Charakter meines Freundes prüfen sollten. Er konnte nur noch stärker werden, denn gebrochen war er schon, und zwar genau in der Mitte der Wirbelsäule. Seine Rückenmarkverletzung hatte weitreichende Folgen, die er in seinem »Rucksack mit der Bitterschokolade« bis zum Ende seines Lebens tragen würde.

Obwohl mir nach Singen nicht zumute war, erinnerte ich mich in diesem Moment an ein Lied:

»In meiner Seele fliegt im Gewitter ein Schmetterling;
ob er sich dabei das Kreuz bricht?...
Kann sein, vielleicht schon morgen,
aber heute ist heute.«

Richard schlief, als ich das Zimmer betrat; so gab ich ihm nur einen flüchtigen Kuss auf die Lippen, der dem Flügelschlag eines Schmetterlings nicht unähnlich war. Und ich bin dann mit meinem Rucksack voller medizinischer »Weinblättern« leise und unauffällig aus seiner jetzigen Welt davongezogen. Wie gut – ahnte ich in jenem Moment nicht, was alles auf uns zukommen würde.

• Die Nachtbeichte •

Nach Hause fahren, konnte ich jetzt unmöglich. Die Leere in der Wohnung hätte mich erstickt. Mein Kopf war voller Gedanken und mit vielen Fragezeichen besetzt. Unklare Zukunftsaussichten, die innerhalb eines Augenblickes alles verändert hatten, belasteten mich. Vielleicht war es ja besser, Richard weiss nichts davon.
Meine immer vorhandene innere Kraft musste ich diesmal in einem Labyrinth aus Schmerz, und Verzweiflung suchen. Sie war auf einmal wie eine im Wasserglas liegende Brausetablette nach einer Minute weggerauscht. Ich suchte nach einem Menschen, nach einer guten Seele, die mich jetzt in ihr Herz aufnehmen und aufheitern könnte. Mir fiel meine Mutter ein, die ihre Kraft in den Tabletten suchte, die sie aber nur noch mehr schwächten. Für mich als Kämpferin, eine absolut unakzeptable Methode bei der Problemlösung. Ich stöberte also weiter in meinen Gedanken, aber war zu keinem Resultat gekommen. Nur die Einsamkeit war bei mir und hielt mir die Treue wie ein ungebetener Gast der immer wieder auf Besuch kommt. Trotzdem setzte ich mich ins Auto, wollte schnell dem Ort des Schreckens, der unsere Zukunft auf den Kopf gestellt hatte, entfliehen.

Ziellos fuhr ich durch die Gegend, bis ich plötzlich in der Strasse ankam, in der der Tierarzt praktizierte, zu dem ich ab und zu mal mit Rolf' s Hund ging. Ein feiner Kerl mit grossem Herz war dieser Veterinär, wir lachten viel miteinander. Er lebte alleine, sein Herz gehörte nur den Tieren. In seinem Büro brannte Licht - wie eine kleine Sonne in dunkler Nacht. Irgendeine Kraft zog mich aus meinem Auto heraus. Ich drückte die Klingel mit der Anschrift: Dr. med. vet. Jonas Horvath. Die Türe ging auf, ich betrat den Eingang. Jemand kam die Treppe runter - er war das. Wir hatten uns drei Jahre nicht gesehen, trotzdem erkannte er mich sofort. Nur meinen Namen wusste er nicht mehr. Ich musste wie ein Häufchen Elend ausgesehen haben, denn er begleitete mich sofort - mit einer Hand an meiner Hüfte führend -, ohne weitere Worte in sein Büro. Ob was mit dem Hund sei, fragte er. Kurz klärte ich ihn auf, ich hätte keinen Hund, mir gehe es aber im Moment nur hundsmiserabel, aber damit ginge man sicher nicht zum Tierarzt, das wüsste ich, nur wohin sonst? Zu wem... Ich sei ratlos.

»Setz dich und erzähl, ich höre dir zu«, ermunterte mich mein Beichtvater. Ich vergass, dass wir uns duzten, obwohl er 20 Jahre älter war als ich.

Ich merkte sofort, hier darf ich, hier muss ich alles aus mir ausschütten, als wäre ich ein überquellender Wassereimer gefüllt aus meinen Tränen. Meine Seele brauchte dringend ein Ventil. So fing ich an, der Reihe nach alles zu erzählen, von Grund auf, von dem Moment an, als Richard da oben stand und seinem Schicksal entgegenflog.

Diese Veranstaltung hätte eigentlich gar nicht stattfinden dürfen, weil das Wetter zu unsicher war. Vor dem letzten Flug waren die Flugbedingungen so schlecht gewesen, die Sicherheitsverantwortlichen hätten alles abblasen sollen. Taten sie aber nicht, die letzten Piloten wollten sie schnell runter haben, dann wäre es damit sowieso Ende des gesamten Wettbewerbes gewesen. Dazu mussten sie aber fliegen, denn wegen starkem Wind wurde auch die Seilbahn eingestellt, runter konnten sie nur mit dem Gleitschirm kommen. Klar, wenn er zu diesem dritten Flug nicht qualifiziert gewesen wäre - wäre alles anders ausgegangen. Aber klar, Richard wollte alles geben und sein Können präsentieren. Er flog also los, ich stand unten am Ziel, beobachtete die ganze Flugszene. Meine

Nerven lagen blank wie Stromkabel ohne schützende Isolierung. Eine Zeitlang sah es noch so aus, als ob er es schaffe, bis eine Böe ihn stark nach oben gerissen hatte. Mein Herz stand still. Er schaffte irgendwie tiefer zum Landeplatz zu fliegen, wo ihn die nächste Böe erreichte, die ihn wiederum stark nach unten drückte und zugleich eine unerwünschte Eindrehung des Schirmes verursachte. Richard - guter Pilot -, hatte zwei Möglichkeiten, entweder liess er sich auf die Tannenäste quer durch den Bauch aufspiessen, oder er versuchte ein letztes Manöver, und dreht den Schirm ganz stark auf die andere Seite. Die Natur nahm die Überhand, es war für alles »Gute« zu spät, Richard wurde mit ca. 60km/h gegen den Hang geworfen, wegkatapultiert, in der Luft gedreht und nochmals in den Hang geprallt. Diesmal definitiv.

Ich hörte seine lauten Schreie. Beobachter in der Nähe eilten zu ihm. Doch keiner half, alle glotzten nur und fotografierten den stark leidenden Verletzten. Ich machte mir mit den Ellenbogen freien Platz, schob die herzlosen Unmenschen auf die Seite. Einem habe ich sogar seine Kamera weggeschlagen, er war Redakteur und am meisten an solchen Fällen interessiert. Er tat seine Arbeit, für die er bezahlt war, als Mensch stand er aber auch da. Ein Riesenchaos entstand.

Die Sanitäter eilten endlich hinzu, befreiten den vor Schmerz schreienden Richard von den Leinen, schnitten Kleiderstücke auf, fixierten sofort seinen Kopf. Bereiteten eine Sandliege vor, um den ganzen Körper zu fixieren.

An dieser Stelle musste ich meine Erzählung beim Jonas unterbrechen. Ich schnappte nach Luft, durch die Erzählung versetzte ich mich so stark in die damalige Situation, ich hörte die Stimme des Schmerzes in meinen Ohren, als wäre das eben jetzt erst passiert. Jonas reichte mir ein Taschentuch und schenkte warmen Tee ein. Er selbst war die Ruhe in Person und seine lieben Augen ermöglichten mir, weiter zu erzählen. Ich erzählte ihm alles. Einfach alles. Auch das, was ich vor dem Rennstart sagte, als ich den auf dem Landplatz wartendem Helikopter sah: »Ich hoffe, der kommt nicht zum Einsatz.«

Meine Befürchtung hatte sich in brutaler Realität bestätigt, der Helikopter flog ausgerechnet meinen Richard in das Spital Sitten im Wallis. In dieser Gegend spricht man Französisch, ich verstand kein Wort. Als ich im Krankenhaus eintraf, verstand auch mich niemand, und zeigte nur minimalstes Interesse an meinem besorgten Zustand. Der Franzose spricht deutsch selbst dann nicht, wenn er das könnte. Ganz anders als der deutschsprachige Schweizer, der würde sich die grösste Mühe geben den Hilfesuchenden zu beruhigen und ihm zu helfen. Merde!

Nach einer Weile traf ich doch einen Arzt, der nicht vergass, dass er ausser François auch ein Homo sapiens ist. Er meinte, Richard müsste vier Monate lang da bleiben, die Rückenmarkverletzung würden sie in diesem Spital behandeln. Konservativ, nicht operativ. Das hatte mir gar nicht gepasst. Irgendetwas war da faul! Das gab ich ihm natürlich sofort zu spüren, was ihn veranlasste, mir seine Joker Karte zu zeigen, er habe in Amerika studiert, also…! Dann musste ich die Klinik verlassen, es war schon nach 22 Uhr.

Ich fuhr ins Hotel, wo wir unsere Sachen hatten, packte alles zusammen. Schlief nur kurz. Bereits um 6.00 Uhr stand ich wieder im Spital. Richard fand ich in einem Einzelzimmer, auf einem Sandwichbett liegend, wo er alle zwei Stunden wie ein Spannferkel um 180 Grad gedreht wurde. Die Wand schmückte ein Holzkreuz, und Richards Blut war mit 2 mg Valium gefüllt. Um sein Handgelenk trug er eine Schnur, die zur Patientenglocke führte. Ich dachte, das darf doch nicht wahr sein! Das ist ein Sterbezimmer. Ein Zustand wie im alten Rom.

Als ich ihn da so liegen sah, musste ich auf allen Vieren gehen, denn er war gerade mit dem Gesicht zum Boden positioniert. Ich zog an besagter Schnur, die Glocke gab das Signal an, aber keiner kam. Ich ging auf den Flur, suchte das Pflegepersonal. In einem Kämmerchen war jemand, ich versuchte Sprachkontakt herzustellen, vergebens.

Mich packte so eine Wut, zugleich Hilflosigkeit, denn Richard schrie bereits wegen seiner starken Schmerzen. Diese Situation startete bei mir eine Notaktion. Ich rannte in die Telefonkabine, die im Flur war, wählte die Privatnummer unseres Hausarztes. Ich hatte verdammtes Glück, denn trotz Feiertagen, war er zu Hause. Sofort veranlasste er die nächsten notwendigen Schritte, und nach 1.5 Std. landete auf dem Dach des Spitals ein Helikopter und flog meinen Richard nach Basel in die Uniklinik. Ich unterschrieb noch irgendwelche Papiere in Französisch, keine Ahnung was, einfach weg von da!

»Au revoir - Pissoir!«

Ich »flog« mit meinem Opel GSI hinter her.

Die Operation hatte acht Stunden gedauert. Ein Rückenwirbel war komplett auseinandergebrochen, dazu eine Hirnerschütterung, vier gebrochene Rippen, und ein Fuss war auch verletzt. Den musste man operativ nicht behandeln, nur ruhigstellen. Das Schlimmste war natürlich die Rückenmarkverletzung. Die grösste Chance einer Genesung ist eine Entfernung der Splitter innerhalb der ersten vier Stunden; meinen Richard hatten sie aber erst nach 28 Stunden operiert! Aber immerhin, denn die »Auf dem Rost das Fleisch zu braten- Therapie«, hätte ihn für immer in das Cabrio mit 1PS gesetzt.

»Also, das ist wirklich eine ernste Situation«, beurteilte Jonas die Lage. »Wenn ich das richtig verstanden habe, hast du das gerade eben alles realisiert?«

»Nein, Jonas«, antwortete ich, »heute hat mir der Arzt die Augen geöffnet und die Zukunft ein wenig näher gebracht. Die Zukunft, die sehr unsicher und ungewiss sein wird. Ob er jemals auf eigenen Beinen stehen wird…?«

»Aha, jetzt verstehe ich das...«

Bei Jonas blieb ich bis zum nächsten Morgen. Er bestellte eine grosse Pizza für uns zwei, packte mich in eine warme Decke ein und hörte geduldig alles, was ich sagen wollte. Liebevoll reichte er mir ein Päckchen Taschentücher und öffnete die Schachtel Mon Chèri. Er hatte sich so in meine Lage versetzt, ich hatte ihn tierisch lieb gewonnen. Hier konnte ich hemmungslos weinen.

»Jonas, wie spät ist es eigentlich, es ist langsam hell draussen?, schrie ich plötzlich los. »Du musst bald arbeiten und ich hocke noch da, du Armer. Du wirst ganz kaputt sein!«

»Keine Sorge mein Sonnenschein, für dich bin ich gerne müde. Das war wichtiger als mein Schlaf.«

Diese Worte lösten den nächsten Wasserfall bei mir aus.

• Gerechtigkeit über alles •

Kurz vor dem Unfall hatte ich meine Arbeitsstelle gewechselt und fing bei einem Millionär zu arbeiten an, der nach seinem Autounfall komplett gelähmt geblieben war. Ein ganzes Jahr war er in genau der gleichen Rehaklinik hospitalisiert, wo jetzt mein Richard lag. Seine Therapie wurde abgeschlossen und er bewohnte eine Traumdachwohnung und brauchte eine 24-stündige Pflege durch diplomiertes Personal. Ich sollte zu diesem Team also dazugehören.

Ich arbeitete vier Tage in der Woche von acht bis sechzehn Uhr. Finanziell war das ausreichend für uns zwei. Die Arbeit war aber auch aufreibend, weil die Betreuung solcher Patienten ganz spezifisch war.

Aber für mich war das eine Berufung: Nach Jahren in der Geriatrie wollte ich was anderes lernen. Manche Handgriffe waren echt kräftezehrend, mein Körper war solche Bewegungsabläufe nicht gewohnt. Vor allem meine Handgelenke wurden stark strapaziert und nach Monaten bekam ich eine starke Sehnenscheidenentzündung. Mein Arzt verpasste mir an dem rechten Vorderarm einen Gipsverband, der mich arbeitsunfähig machte. Mein reicher Patient bekam reichlich Angst und Wut, feuerte mich auf der Stelle. Den gut gemeinten Vorschlag, den Nachtdienst zu übernehmen, wo ich meine Hand maximal schonen könnte, verneinte er, hörte mir glaube ich, gar nicht zu. Nicht nur, dass er völlig durchgedreht war, er verweigerte mir sogar meinen dreimonatigen Lohnausfall, auf den ich Anrecht hatte.

Richard sagte ich von dem ganzen hyperaktiv- gelähmten - Theater kein Wort, ich wollte ihn nicht noch mit meinem Kram belasten. Charmant übermittelte ich ihm aber die Neuigkeit: Angesichts der Tatsache, dass er daheim auch meine Hilfe brauchen würde, nütze ich jetzt die Gelegenheit und würde eine andere

Stelle mit besserer Arbeitszeit annehmen. Notlüge ist in der Not erlaubt; sagt ja der Name schon.

Mit dem Kündigungsschreiben ging ich sofort zum Arbeitsamt, die leiteten meinen Fall an das nächste Gericht weiter, welches ohne Wenn und Aber veranlasste, dass der nette Herr mir das gesamte Geld innerhalb von drei Tagen auf mein Konto überweisen musste. Ende der Durchsage. Der Millionär war plötzlich ganz arm dran. Im Land, wo die Gesetze Gold wert sind, kann auch eine hundsgewöhnliche Krankenschwester mit Gerechtigkeit einen reichen Mann »in die Knie zwingen«. Und das ist richtig so!

• Rotkäppchen und der vegetarische Wolf •

Richard hatte vorerst eine Passivtherapie erhalten, das bedeutete, dass er sein Bett sechs Wochen lang nicht verlassen durfte. Sein Geist war oft schon willig, seine Muskeln dagegen noch schwach, manche Bewegungen streng verboten. Auch das Essen musste er im Bett liegend einnehmen. Der Teller lag dann auf seinem Brustkorb, und damit er wusste, was er drauf hatte, schaute er rückwärtig in den hinter seinem Kopf befestigten Spiegel. Nach kurzer Zeit merkte ich, er stirbt lieber, als das Essen dort zu konsumieren. Und so kochte ich jeden Tag, was er gerne mochte und marschierte zu ihm mit einer Thermoskanne bewaffnet, wie ein modernes Rotkäppchen. Manchmal musste ich ihn wie einen Spatzen füttern, aber das tat ich aus reiner Liebe zu ihm. Ich war überzeugt, das Gleiche hätte er auch für mich getan.

Nach zwei mühsamen Monaten wurde er mobilisiert, zuerst durfte er nur langsam aufsitzen. So erwartete er mich eines Tages mit einem extra für ihn hergestellten Korsett und mit der Zigarette in der Hand sitzend im Rollstuhl. Kreideweiss. Ich schob ihn in den Garten, denn seine Arme mussten streng neben dem Körper anliegen. Wir sassen dort und ich hörte seinem schmerzenden Herzen zu. Richard wusste jetzt über seinen Zustand Bescheid. Was er aber nicht wusste, war die Zukunft, denn die konnte niemand vorhersehen, geschweige denn vorhersagen. Jede Rückenmarkverletzung ist individuell und die Heilung verläuft auch genauso.

Ohne Garantie. Die Rekonvaleszenz wird mehrere Monate dauern und jeden noch so kleinen Erfolg soll er schön geniessen.

Wieder einmal hatte sich gezeigt, dass Richard' s starker Charakter ihn in unserem kleinen Duo-Rudel zweifelsfrei zu einem Alphatier machte; ohne zu zögern rang er mir jegliche Energie ab, prüfte unermüdlich meine Geduld und haderte nie mit seinem Schicksal. Was ungebrochen war, war sein Lebenswille.

»Also, dann freuen wir uns«, sagte ich angesichts kleiner Fortschritte einmal zu ihm und wagte eine vorsichtige Umarmung.

»Und freue dich noch mehr, denn Morgen kommt deine Mutter zu uns.«

»Was? Meine Mama kommt, damit sie sieht was für ein Krüppel ich bin?«

Wäre Richard nicht steinhart gegenüber sich selbst, er hätte bestimmt geweint. Aber er war wie aus Marmor gemeisselt. Mich irritierte das nicht, ich wusste, auch ein »Marmor« ist nur ein Mensch und sagte das, was wir in dieser Situation beide zu hören brauchten:

»Hab keine Angst, Liebling, es wird alles wieder gut sein. Schau, jeder Tag bringt etwas Positives. Jetzt kannst du schon sitzen, deine Beine bewegen, du weisst, dass dein rechter Fuss gebrochen war. Halte also durch, zusammen schaffen wir das!«

Richards Viertel Millimeter grosser Hauch vom Lächeln tat mir gut und ich war sehr dankbar für diesen Moment, in dem wir beide alleine zu zweit waren. Wir nutzten die Zeit im Garten, dann meldeten sich seine Schmerzen wieder, es war Zeit für eine Spritze. Obwohl sie nur er bekam - den Stich spürte jedes Mal auch ich...

Richard's Mutter habe ich sofort und schonungslos über den Gesundheitszustand ihres Sohnes informiert.

»Gut, dann backe ich jetzt etwas und wir fahren zu ihm«, beeilte sie sich, die Zustandsbeschreibung kurzerhand zu einer eher unbedeutenden Bienenstich-Verletzung zu erklären. Und sie nahm damit dem Thema den dunklen Hauch. Sie sprach verdächtig wenig, rauchte dafür umso mehr, so als müsste sie den bedrohlichen Nebel in ihrem Kopf in ihre Lungen saugen. Nach einer Woche sagte sie mir beim Abschied:

»Kopf hoch Mädchen, er ist ein harter Brocken, langweilig wirst du es mit ihm bestimmt nicht haben.«

Recht hatte sie.

. Der unbrechbare Gebrochene .

Es wäre nicht mein Richard gewesen, würde er nicht immer wieder etwas Neues im Schilde führen. Es waren vier Monate seit dem Unfall vergangen und seine Angst, abhängig von anderen Personen zu bleiben, war enorm. Er musste wissen, woran er war. Eines Tages, »das Rotkäppchen« kam wie jeden Tag gegen 16 Uhr zu ihm, teilte er mir mit Freude mit, er habe bis 22 Uhr Ausgang. Er wolle… ja, er müsse dringend weg von da. Er könne diese Krüppel-Institution nicht mehr riechen. Ende, aus!

Die Wahrheit war aber ganz woanders. Mit grosser Mühe war er vom Rollstuhl auf den Beifahrersitz umgestiegen. Hinter dem Rücken musste er immer so eine Metallstütze haben, die nahmen wir also mit; den Rollstuhl stellten wir für Paar Stunden in die Ecke neben der Rezeption. Adieu…

Ich startete unser Auto, gab Gas, Richard schrie sofort: »Haaaalt, nicht so schnell, bist du verrückt?!« Jedes, noch so kleines Steinchen auf dem Strassenbelag erschütterte seine empfindliche Wirbelsäule - hatte nicht daran gedacht. Schliesslich fahre ich seit vier Monaten immer alleine im Auto. »Das sticht mich jedes Mal wie mit einem Messer, das musst du wissen.« Kein Wunder, er hatte in seiner Wirbelsäule vier Titanschrauben und zwei Platten, als internes Fixationsmaterial…

Er gab mir die Anweisung an, ich solle bitte die Waldstrasse nehmen, hoch in das nächste Dorf. Auf halbem Weg sollte ich anhalten. »Und jetzt?«, fragte ich mitten auf der Strasse. »Jetzt steig aus und hilf mir rüber zu rutschen. Bitte«.

»Spinnst du?«

»Ja…, nein…, lass mich mal, hilf mir lieber.«

Wie ein Lehrling fuhr er die ersten Meter langsam, dann gab er Gas und schaltete in »Zwei, Drei.« Der fuhr wie ein Wahnsinniger, aber ich verstand es, sein Adrenalintest-Auto war ein Freiheitssymbol geworden. Als er Gas, Bremsen und Kupplung reichlich getestet hatte, blieb er stehen.

»Okay, das sollte gehen. Autofahren liegt also drin.« Dann half ich ihm wieder, seinen ursprünglichen Platz einzunehmen und mit zitterigen Händen hielt ich mich am Lenkrad fest, als wäre ich jetzt der Lehrling.

Den nächsten Freitag dann, die zweite Überraschung - jetzt hatte er ein Wochenende Ausgang rausgekämpft. Wieder die ganze Tortur mit sitzen, langsam fahren, dazu noch verschiedene Lagerungskissen mitnehmen für die Nacht im Bett. Hannah`s Freund Leo, wartete bei uns daheim, und half, alle Hilfsmittel hochzutragen. Was sich aber diesmal der Richard ausgedacht hatte, übertraf jegliche Vorstellung. Er war im Wohnzimmer und sass im Rollstuhl. Das 1 PS-Car durfte er jetzt schon selbständig bedienen. Auf einmal blieb er zwischen den Balkontüren stehen - sitzen besser gesagt. Die nächsten paar Minuten übernahm er die Regie und wies uns die »Statisten« Positionen zu. Ich sollte mich vor ihn stellen, Leo hinter ihn. Nichts machen, nur so stehen.

»Und was wird das jetzt, Mr. Polanski? Mich trifft der Schlag Richard, hast du immer noch nicht genug Scheisse am Hals?« Er liess sich ob meiner Empörung gar nicht stören.

Er geht wirklich über Leichen, und die nächste werde ich sein, sagte ich mir, als ich beobachtete, dass er die Bremsen jetzt angezogen hatte. Dann fing er an, seitlich mit beiden Händen etappenweise den Türrahmen zu erklimmen. Entgegen dem ganz strengem Verbot, auf den Beinen zu stehen. Er durfte zwar mit der Physiotherapeutin und den Krücken für ein paar Sekunden die Beine strecken, aber noch nicht drauf stehen. Langsam und zitterig »kletterte« er wie ein Faultier seitlich hoch. Leo und ich atmeten kaum. Stets den verrückten Richard vor Augen habend. Ihn davon abzuhalten, wäre genauso unmöglich, als wollte ich einen russischen Tank mit der Schrotflinte stoppen.

Und dann kam der Moment, ebenso erfreulich wie abschreckend: Richard war aufgestanden. Die Beine zitterten enorm, aber er stand. Er stand und weinte. Hielt den Rahmen und schaute irgendwo nach vorne.

Leo schwitzte sein ganzes Hemd durch, wir beide fingen erst wieder an zu atmen, als der unverbesserliche Patient erschöpft im Rollstuhl sass.

»Dir ist nicht mehr zu helfen!« Auch ich war erschöpft, selbst bloss alleine vom Zuschauen und von der Anspannung, die über allem lag… Ich liebte ihn, und gab ihm einen grossen Kuss auf seine Stirn. Aus Achtung vor seiner Willenskraft, aus Stolz und letztendlich aus Erleichterung.

Leo ging zum Tisch, machte wortlos eine Flasche Sekt auf. Prost! - und jetzt weinten wir alle drei zusammen. Danach sind die beiden Herren nochmals auf den Balkon gegangen, jetzt, um eine posttraumatische Zigarette auszukosten. Richard hielt in der linken Hand die Zigarette und die rechte war in Siegerpose krampfartig als Faust geschlossen. Wie ein Mantra wiederholte er entschlossen: »Ja! Auch das Laufen sollte möglich sein. Ja! Ich werde Laufen können!«

Richard war Marmor, Richard war Held und seine Tränen waren nicht aus Stein!

Nach diesem Sportereignis musste er sich hinlegen, er war total erschöpft. Für seine Beine war das nach vier Monaten die erste Lektion. Für uns tägliche Routine, für ihn die Erstbesteigung des Matterhorns. Welche nächste Steigerung hatte Richard noch auf dem Plan?

Ich hatte ein neues Doppelbett gekauft, mit einer Bettrahmenhöhe, die Richard jetzt brauchte. Jonas hatte mir mit allem geholfen: er brachte es mir nach Hause, baute es zusammen und mit einem Freundschaftskuss auf die Wange fügte er noch hinzu, sollte ich sonst noch was für Richard brauchen, einfach anrufen. Wenn ich ihn nicht gehabt hätte, ich weiss es nicht…

Als Richard das Bett betrachtet hatte und sich darauf hinlegte, überfiel ihn grosse Trauer. Er bat mich, ihn sofort in die Klinik zurückfahren, hier würde er sich fremd fühlen.

»Heim komme ich nur auf eigenen Beinen, anstatt auf fremden Rädern.«

Ohne Worte sind wir weggefahren. Nicht nur, dass ich seine Gefühle verstanden hatte, ich wusste auch, jetzt meldete sich sein Ego zum Wort.

• Marie-hu(rr)a na •

Nach fünf Monaten hat man ihn aus der Reha-Klinik nach Hause entlassen. Einen Monat früher als ursprünglich gedacht, weil er eine private Krankenschwester als Freundin hatte, und sein allgemeiner Zustand es zuliess. Richard hatte sein Wort gehalten, er kam tatsächlich ohne Rollstuhl nach Hause, seine Beine hatten Unterstützung in den Krücken gefunden. Er lief l a n g s a m, aber er lief.

Das erste Wochenende hatte er bereits verplant. Wir unternahmen einen kleinen Ausflug. »Klein«, bedeutet für ihn, eine Woche in Tirol wandern. Mit beiden Krücken testete er jeden Strassenzustand, seinen »neuen Körper« und meine alte Geduld.

Das Wochenende drauf stand die nächste Aktion auf dem Programm. Panoramaflug über die Alpen. Er musste die Gegend, wo der Unfall passiert war, von oben sehen. So war es auch. Die Krücken blieben am Startplatz liegen, der Helipilot blickte uns komisch an, solche Passagiere hatte er sicher nicht jeden Tag in der Kabine. Sein Problem!

Das alles war nur ein Vorspiel zu dem absoluten Gipfelereignis, noch mal mit dem Gleitschirm zu fliegen. In diese Aktion mussten aber auch andere Leute involviert werden. Ein erfahrener Pilot suchte das ideale Gelände zum Starten und auch zum Landen zuerst aus. Ein Flug war nämlich nur im Winter möglich, denn nur mit den Skiern konnte Richard starten, denn schnell laufen konnte er nicht.

»Dadi, keine Angst«, beruhigte mich mein Partner, »Keil muss man mit einem Keil rausschlagen, und dann, dann ist wirklich Schluss. Das verspreche ich dir hoch und heilig, aber jetzt muss ich.«

Na, dann: Meinerseits noch ein kurzes Stossgebet in den Himmel, und es konnte losgehen. Heilige Maria!

Richard war tatsächlich geflogen. Erfolgreich. Hurra!

An dem Abend habe ich mit ihm den ersten Joint geraucht.

DIE EHEVERGNÜGUNG

. Schrauben als Geschenk .

»Kinder aufstehen!« jagte uns Richard' s Mutter aus den Federn. »Heute ist eure Hochzeit, und ihr seid noch im Bett?«

»Mami, hör auf zu stressen und mach mir lieber einen Kaffee«, entgegnete Richard in seiner typisch zurückhaltenden Art – er wollte sich unter keinen Umständen von seiner Mutter das Tempo diktieren lassen.

»Ich trinke bereits meinen Dritten« entgegnete Mutter, so als könnte das geradezu als Beweis dafür herhalten, dass das frühe Aufstehen irgendwie belohnt würde.

»Erst?« fragte mein gepfeffertes Ich schnippisch?

Ich sprang trotzdem aus dem Bett, denn ich wollte mich vergewissern, ob es doch nicht zu spät sei. Beim Blick auf die Uhr fragte ich verständnislos die stressproduzierende Frau, warum sie uns so hetze – es sei gerade mal neun Uhr. Der Hochzeitstermin war indes erst auf sechzehn Uhr angesetzt.

»Ja eben, deswegen«, sagte sie ganz nervös und nestelte währenddessen nach ihrem Feuerzeug: Ihr ständiger Kaffeegenuss, – ohne die notwendige Zigarette, einfach undenkbar - und die ewige Suche nach ihrem Feuer trieben mich fast zum Wahnsinn.

Alle Hochzeitsgäste trafen bei uns ein, und wir begrüssten sie mit dem traditionell slawischen Gebrauch – dem Verzehr eines Stückes Brot als Symbol für das Leben und Salz für die Gesundheit. Jonas und Karolina waren unsere Trauzeugen. Meine zukünftigen Schwiegereltern diskutierten rege und hoffnungsfroh mit Richard' s Arzt, der glücklicherweise vor einem Jahr im richtigen Moment am richtigen Ort gewesen war. Sonst…, wer weiss, was wäre wenn…?!

Richard hatte das ganze Jahr über sehr diszipliniert trainiert und heute stand er da, ohne ein Hilfsmittel zum Laufen benutzen zu müssen. Aber für die verletzten Zentralnerven im Rückenmark konnte man definitiv nichts machen. Die hatten sich von ihrer Funktion für immer verabschiedet und verweigerten definitiv gewissen Muskeln die Information, sich gefälligst zu bewegen. Selbst Arnold Schwarzenegger wäre nicht imstande gewesen, solche Wunder zu vollbringen und sie zum Leben zu erwecken: Denn was tot ist, ist halt tot. Seine Titanschrauben waren unterdessen aus der Wirbelsäule entfernt worden, die schmückten jetzt unseren Gang in einer schönen schwarzen Schatulle aus Holz mit Glasdeckel, goldig umrahmt: Memento mit glücklichem Ende. Die Hochzeitzeremonie war insgesamt eine sehr lustige Angelegenheit. Angefangen hatte alles durch den falsch eingetragenen Termin des Zivilbeamten; infolgedessen standen wir ratlos eine Stunde früher vor der verschlossenen Türe des Zivilamtes. Der nette Herr, hatte sich unseren Termin nämlich eine Stunde später in seiner Agenda eingetragen. Dieses Missverständnis hatte ihn stark verunsichert und ebenso durcheinander war auch seine Ansprache; so wechselte er beispielsweise mehrfach innerhalb eines Satzes vom Dialekt ins Hochdeutsch. Genauso durcheinander brachte er die Vornamen mit Nachnamen. Ich hörte seine Worte nur durch einen Schleier, denn ich hatte etwas Wichtigeres zu tun: Meine Lachmuskeln musste ich angesichts dieser grotesken Situation im Griff behalten, so dass ich nicht explodierte. Entsprechend abgelenkt, verpasste ich den Moment, in dem man das Ja-Wort von mir erwartete. Wie gut, dass mich mein zukünftiger Ehemann mit dem Ellenbogen rechtzeitig in die Realität zurückholte, sonst würde ich vermutlich noch bis heute weiter lachen.

Als ich meinen frischgebackenen Ehemann anschaute, war auch sein leidender Zustand nicht zu übersehen. Er schwitzte extrem stark, er tupfte seinen Schweiss von der Stirn, ein Zeichen dafür, dass er wie immer mit seinem Metabolismus kämpfte. Ganz abgesehen davon muss man festhalten, dass Richard ohnehin ein »Sauna-Typ« war. Er würde selbst dann noch mit zwanzig Schweissperlen auf der Stirn gesegnet sein, wenn er im Kühlschrank eingesperrt wäre.

Schön, mit dem laut vernehmbaren Ja-Wort hatte ich jetzt auch einen Namen, dessen Schreibweise nicht so problembehaftet war, wie dies mein lediger Name bei den Mitbürgern gelegentlich verursachte.

Jetzt war Zeit fürs Gratulieren. Und da erlebte ich einen Schock ganz anderen Kalibers. Jonas gratulierte mir, gab mir dabei einen Wangenkuss und flüsterte unverhohlen ins Ohr:

»An dieser Stelle sollte ich stehen!« *Mein Schatz* hatte er sich wohl vorsorglich gespart, genauso wie ein Griff an meinen Po...

Es hat etwas gedauert, bis ich begriffen hatte, was mir da gerade Ungeheuerliches zu Ohren gekommen war. Seine Aussage musste sich erst noch einen Weg durch meine vor Schreck zusammengezogenen Hirnwindungen suchen. Das Zentrum für Logik kämpfte mit dem Hypocampus darum, ob ich nicht einfach lauthals lachen oder ...

Etwas später, als sich mein Neuronensturm gelegt hatte - wir sassen gemütlich beim Nachtessen - da nutzte ich den Moment aus und ging zu Jonas, der eben auch eine kleine Esspause eingelegt hatte. Mit strengem Blick, fragte ich ihn, was das vorhin eigentlich sollte!

Mutig gestand er mir, mich vom ersten Augenblick an gemocht zu haben, und dass diese Zuneigung unerwartet dem Gefühl der Liebe zu mir gewichen sei.

Den kalten Sekt, mit dem wir diese Beichte besiegelten, benötigte jetzt vor allem ICH. Nur aus Respekt vor Richard und seinem Schicksal blieb es bei einer platonischen Liebe. Für immer!

Nach fast einem Monat erhielten schliesslich auch meine Mutter und ein paar Verwandte die endlich vorzeigbaren bildhaften Eindrücke darüber, dass mein Leben nunmehr um zwei Neuigkeiten reicher geworden war: Nämlich um die Hochzeit und den Namen Neumann. Schwesterherz Silvia hatte ich selbstverständlich schon lange vorher telefonisch in alles eingeweiht.

. Zwei neue Reisepässe .

Unsere Hochzeitsreise führte nach Irland. Richard's überhaupt erste Auslandsreise, seit er vor sieben Jahren in die Schweiz gekommen war. Aussergewöhnlich war sie auch deswegen, weil wir sie schon drei Monate vor der Hochzeit angetreten hatten. Richard hatte es einfach nicht mehr aushalten können, er musste seinen neuen Pass endlich in die Freiheit entlassen, die diesem gebührte.

Am Flughafen in Dublin wurde er von dem Zöllner aufgefordert, auf die Seite zu gehen, denn sie waren zum ersten Mal mit einem Buchstaben »F« auf einem Pass konfrontiert! (Dieser Pass wurde Personen in der Schweiz immer dann zugeteilt, wenn sie nur vorläufig aufgenommen wurden.) So standen wir für Aussenstehende plakativ erkennbar entweder als »Fremde« oder als »Freunde« vor ihnen und begehrten Einlass. Was mochten die Zöllner davon gehalten haben? Stand das »F« stellvertretend für »freedom«, wollte dieser Mann etwa »forever« in Irland bleiben oder war es doch nur der schnöde Hinweis darauf, dass Richard und ich als »F« wie Fischer ins Land einziehen wollten? Dem Zöllner gefiel nämlich der riesige Behälter mit den Fischerruten, den mein Fischer abenteuerlustig über die Schulter geworfen hatte. Nach ein paar Minuten hörte ich den Zöllner sagen: »You are a good man.«

Zwei Wochen lang schaukelten wir mit dem Hausboot auf dem Fluss Shannon. Es war ein wunderschöner Urlaub, aber einmal reichte. Ich bevorzugte festen Boden unter den Füssen.

Dieses Jahr damals, war ein Jahr voller Ereignisse. Nicht nur für uns zwei. In unserer Heimat hatte sich im Herbst ein politischer Systemwechsel vollzogen: Die sogenannte »Samtene Revolution«. Ein gewaltfreier Start in die Demokratie!
Richard war ausser sich. Täglich telefonierte er mit seinen Eltern; hauptsächlich mit dem Vater hielten sie Fachgespräche. Man konnte meinen, die beiden seien die Anführer der Aktion.
Die Vorstellung, dass man in unsere Heimat bald so ganz »normal« fahren könnte, war fantastisch, traumhaft, ja unglaublich…
Ich hörte Richard, wie er seinem Vater sagte, jetzt sollte er eigentlich zuhause sein, um die Bevölkerung zu unterstützen und allen sagen, wie schön es sei, in Freiheit zu leben, sich frei bewegen und reisen dürfen… Für diese Freiheit müssten sie jetzt kämpfen und nie wieder loslassen. Er tat das auch, mit der einzigen symbolhaften Handlung, die damals möglich war. Er flüchtete aus dem Regime, das alles vorschrieb und nichts erlaubte.

Richard gab den Reisepass mit dem Buchstaben »F« zurück und nahm seinen neuen slowakischen an. Er spürte sofort, dass das amtlich geprägte »F«, einem neuen gewichen war: Es stand für seine FREIHEIT! Er konnte sich frei fühlen, frei reisen und frei nachhause zurückkehren. Ein paar Monate später fuhr er dann tatsächlich zum ersten Mal nach seiner Emigration wieder in die Heimat. Diesmal als wirklich freier Bürger der Tschechischen und Slowakischen Föderativen Republik, wohnhaft im Ausland.

Richards Mut war wieder mal grenzenlos. So viel Courage hatte ich damals noch nicht.

• Das grosse rosa Plus •

»So wie das aussieht, sind Sie in der sechsten Woche«, sagte mein altersweiser Gynäkologe.

»Was!? Wie kommen Sie darauf?«, entrüstete ich mich und fuhr entgeistert fort: „Ich und schwanger?"

»Ja Sie. Oder sehen Sie hier noch eine andere Frau?«, vergewisserte sich mein Gegenüber.

»Aber ich kam nur zu einer normalen Kontrolle, mir fehlt sonst nichts«, wehrte ich mich.

»Ich habe auch keine Krankheit festgestellt. Sie sind nur schwanger«, der »Opa« versuchte lustig zu sein.

»Nur schwanger?« lachte ich und fügte ungläubig hinzu: »Und von wem bitte schön, wenn Sie sagen, sechste Woche?«

»Das müssen Sie schon selbst wissen«, beendete die komische Debatte ein inzwischen doch leicht verwirrter alter Herr.

Oh Gott! was für einen Blödsinn hatte ich soeben rausgelassen, man könnte meinen…, dämmerte es mir.

»Tja, wissen Sie…Ich denke…Ich will nur sagen…Mir ist nicht ganz klar… Wie ist das möglich, schon in sechster Woche? Mein Mann war vor sechs Wochen gar nicht da! Und Jungfrau Maria bin ich sicher nicht, oder?«

»Tja, den Geburtstermin rechnet man von der letzten Periode, wissen Sie? Sind Sie nicht zufällig Krankenschwester?« Super! Das nächste Eigentor. Nichts, wie weg von da! Diese Blamage!

Entgegen aller Vorschriften, kein Alkohol während der Schwangerschaft zu trinken, brauchte ich jetzt einen doppelten Cognac. Das Kind wird das schon verstehen... In der Tasche hatte ich den Schwangerschaftstest, mit dem rosafarbenen Plus drauf. Corpus delicti.

Drei Tage sah ich das Resultat an und fragte mich: Na, wirst du ein XX oder XY sein? Ich als Frau, konnte das Geschlecht des Ungeborenen sowieso nicht beeinflussen, weil die frauliche DNA die Konzentration nur auf eine weibliche Auswahl zulässt. Auch der Mann wird in gewisser Weise ausgebremst, denn es bleibt bis zum Schluss offen, welche Spermie zuerst »daheim« ist, die darüber bestimmt, ob man rosa oder blaue Strampelhöschen kauft. Aber er trägt zumindest das »doppelte Angebot« im Samen bei sich. Wäre mein Vater jetzt noch am Leben, hätte er eine saftige Standpauke von mir erhalten, zum Thema: »Warum Tochter und nicht Sohn?« Anstatt sich am 8.8. damals über die vermeintlich genetischen Unzulänglichkeiten meiner Mutter zu echauffieren, sollte er das geschlechtsgebende Desaster lieber mit »seinen zwei androgenen Anhängern« ausdiskutieren.

Aber Gott sei Dank: Die alleroberste Hand über das Ganze behält die Natur!

Ich konnte die Tatsache, dass ich schwanger bin, nicht glauben. Dann liess ich auf leichte Art mein Leben Revue passieren: Ich bin verheiratet, habe zu Hause einen liebevollen Mann, der gerade eine zweite Ausbildung macht, wir wohnen in einer schönen Dachwohnung, in der Garage stehen zwei Autos und jetzt werden wir noch Eltern. Was will man noch mehr? Ich bestimmt nichts! Ich war überaus glücklich, auch wenn etwas nachdenklich. Der Gesundheitszustand meines Mannes war stabil und der Hektoliter Morphium gehörte endgültig zur unstabilen und schmerzvollen Vergangenheit.

Richard kam über das Wochenende aus der Schule nach Hause. In einer festlichen Atmosphäre verkündete ich ihm meine frohe Botschaft. Er freute sich so, wie ein Stein sich freuen kann. Er zeigte keine Emotionen, aber im Inneren, war er zum Beissen süsswie eine Likörpraline.

Danach erzählte ich unsere Neuigkeit meiner Schwester und den Schwiegereltern.

. Einer aus Millionen .

Meine Schwangerschaft verlief absolut problemlos. Nach dem kritischen dritten Monat begannen wir langsam, das Kinderzimmer herzurichten. Nach beendeter Arbeit überraschte mich Richard mit einem Gutschein für einen dreitägigen Aufenthalt in Wien. Für mich ganz allein! Nach Wien zu fahren, war schon lange mein Traum gewesen. Ich fühlte mich privilegiert und rief sofort meine Schwiegereltern an, um abzumachen, dass wir uns dort treffen würden.

Ich hatte gleich mehrere Gründe zur Freude: Ich würde mich bis auf sechzig Kilometer meiner Heimatrichtung nähern, und ich würde endlich ein echtes Wienerschnitzel verkosten können.

Nach der Ankunft im Hotel legte ich nur schnell meine Tasche ab und ging sofort wieder raus. Es war Ende November und die österreichische Metropole empfing mich wie im Russischen Film. Leise rieselte der Schnee, die Strassen ruhten weiss und mondän... Vor meinem Hotel stand ein Fiaker mit rastendem Kutscher. Kitschiger konnte dieser Anblick nicht sein. Instant Weihnachtsmärchen! Vorsichtig stieg ich also auf das Gefährt hinauf und bat den Kutscher, er möge mich bitte in das erste Restaurant fahren, in dem ich ein echtes Wienerschnitzel bekäme, weil ich vor lauter Sehnsucht schon Schneeflocken vor meinen Augen sah.

»Gnädiges Fräulein, das kriegen sie hier überall«, entgegnete der Herr in schwarzer Uniform ungläubig.

»Ich bin Frau, bald auch Mutter, kein Fräulein mehr«, korrigierte ich ihn höflich aber nur innerlich, »*Also, fahren Sie los!*«

Das Schnitzel war grossartig! Gross und dünn wie mein Teller. So eins hatte ich noch nie gegessen. Kein bisschen Fett war dran. Halt echtes Kalbsfleisch! Meine Mama machte kleine, dicke, mit ziemlich viel Fett dran. Halt echtes Schweinefleisch!

Den Weg ins Hotel zurück, wollte ich in diesem traumhaft schönen Wetter auskosten, so wählte ich den Gang zu Fuss. Weit würde es nicht sein, dachte ich mir, denn mit dem Fiaker waren wir nur kurze Zeit gefahren. Aber irgendwie hatte ich mich verlaufen. Ich stand plötzlich unter einer Brücke, und ich war mir sicher, dass wir diese Brücke keinesfalls passiert hatten. So ging ich in die andere Richtung. Auch dort hatte ich nichts wiedererkannt. Aus meiner Tasche entsprang der Stadtplan, den ich auf die Schnelle aus der Rezeption mitgenommen hatte. Wie klug von mir! Den riesigen Stadtplan in den Händen drehte ich fortwährend nach oben und unten, als wäre es das Steuerrad eines riesigen Schiffes. Plötzlich stiess ich während des Laufens auf etwas Weiches.

»Oh, Pardon« sagte ich, als ich einen eher kleinen Mann vor mir sah. Erstklassiger Pelzmantel und ebenso echte Pelzmütze - ergab die erste Inspektion. Er mochte ungefähr vierzig Jahre alt gewesen sein, seine Augen wirkten wie zwei Knöpfe aus schwarzer Kohle. Komisch, ich hatte gar keine Schritte gehört, er stand plötzlich da, wie ein Geist. Direkt vor meiner Nase.

»Grüss Gott, kann ich Ihnen irgendwie helfen?« fragte er mich.

»Ich suche mein Hotel, aber ich mache ständig Pirouetten!«, gab ich zu, ohne rot zu werden.

Er fragte mich, wie das gesuchte Hotel heisse; ich nannte den Namen, und er zeigte mit dem Finger in eine ganz andere Richtung. Nur 50 Meter von uns entfernt, leuchtete der Namenszug des gesuchten Hauses. Beide lachten wir. Ich schüttelte den Kopf, typisch ich, die ich mich sogar in einem Lift verlaufe...

Der unbekannte männliche Wegweiser fragte mich nach dem Grund, dieses Hotel aufzusuchen.

»Ich werde ein paar Tage dort wohnen und jetzt hatte ich einfach Lust, in der Stadt endlich das sagenumwobene Wienerschnitzel zu verspeisen, und vor lauter Schnitzelgenuss hatte offenkundig jetzt mein Kompass gestreikt.«

Er lachte wieder, diesmal noch lauter. An meinem Akzent hatte er sofort bemerkt, dass ich keine Einheimische war. Auf dem Weg zu der Rezeption reichte er mir seine Visitenkarte und empfahl sich, mir die Stadt zu zeigen; er würde überdies auch die ganzen drei Tage zur Verfügung stehen, falls ich es möchte. Das war ein klarer Beweis: Die Österreicher sind Gentlemen, wie es sich gehört!

Am anderen Morgen um zehn Uhr wartete er auf mich mit seinem Auto vor dem Hotel. Welche Automarke er hatte, weiss ich nicht mehr, aber an die lustige Kennzahl seines Autos kann ich mich sehr gut erinnern (...nicht ganz ohne Grund, wie sich noch zeigen sollte). In meinem Kopf ging durch, welche Kennzeichen ich mir wohl auswählen würde, wenn ich sie denn schon selbst bestimmen dürfte... Sicher etwas mit »8«.

Ich teilte ihm übermütig mit, ich sei schwanger und wolle die ersten Kleider für das Kindlein mit dem unbekannten Geschlecht hier in Wien kaufen. Für ihn war das kein Problem, so sind wir ins Zentrum gefahren. Kreuz und quer suchte ich wie »Pretty Woman« die Läden ab, kaufte schöne Sachen ein, mein verfügbarer Bodyguard wartete immer draussen auf mich. Dann tranken wir Kaffee hier, Kaffee da, redeten über Götter und Göttis. Am Abend lud er mich zum feinen Nachtessen ein. Ich bestellte... Was? Zur Abwechslung wieder ein Wienerschnitzel. Überall, wo er mich hinzog, wurde er herzlich mit den Worten: »Servus, Jack!« begrüsst.

Den nächsten Tag traf ich mich mit meinen Schwiegereltern und das war eine grosse Freude! Am Abend aber lud mich der Stadtführer zum Italiener ein, wo er mich als »verlorene« Touristin dem Personal vorstellte. Diese peinliche Geste habe ich gerne in Kauf genommen, denn mein pragmatisches Denken konzentrierte sich mehr auf die Vorteile seiner Gesellschaft. Ich hatte Glück, so einen Kavalier hier zu treffen, denn allzu viele tolle Kerle sind auf dieser Welt nicht anzutreffen.

Am letzten Tag wollte er mir ein selbstgeschriebenes Buch schenken. Dafür musste er aber kurz nach Hause gehen, ich folgte ihm ebenso kurz nach oben. Eine ganz normale Wohnung war das, dachte ich mir, als ich mich so umschaute, bis auf eine Sache. Im Korridor hing an der Wand eine kleine schwarze Schatulle, in der ein goldenes Kondom eingerahmt war. Darunter die Aufschrift: »Der goldene Schuss!« Mir war diese Schatulle nur deswegen aufgefallen, weil eine ähnliche bei uns zu Hause an der Wand hing, aber natürlich mit einem anderen speziellen Inhalt.

Während er das Buch gesucht hatte, war er plötzlich spürbar nervös geworden. Diese überraschende Wende in seinem Benehmen war mir unangenehm, worauf ich ihm sagte, »Ich warte lieber draussen«, und bin unverzüglich zum Auto zurückgelaufen. Die nächste Panik kriegte er während der Fahrt zum Flughafen. Mir war das erneut sehr unangenehm, aber ich dachte an das Naheliegenste: »Kein Wunder bei diesem verrückten Verkehr hier«, ohne genau ergründen zu wollen, was hinter seiner Unruhe lag.

Bis zu meinem Abflug wartete er mit mir in der Halle. Er schrieb mir noch eine Widmung in das Buch, im Gegenzug gab ich ihm so eine kitschige Glaskugel mit dem künstlichen Schnee drin, als Symbol dafür, dass wir uns beim Schneefall kennengelernt hatten.

Dann wünschte ich mir, schnell weg zu sein und freute mich auf das Wiedersehen mit meinem Mann. Jack war immer noch nervös, gab mir zum Abschied noch die Information auf den Weg mit, er würde mich ganz sicher in der Schweiz besuchen. Ganz sicher!

• Von Schönheit zur Pracht •

Es wird bestimmt ein Bub sein, meinten die Kollegen, denn nur ein Mädchen stiehlt der Mutter ihre Schönheit. Ein Stück Wahrheit konnte sich hinter dieser Behauptung schon verbergen, denn tatsächlich fühlte ich mich, als wäre ich die schönste und glücklichste Schwangere auf der Welt. Ich war Dreissig, mental reif für das erste Kind. Meinen Bauch streckte ich beim Laufen über die Fussgängerstreifen noch mehr nach vorne, jeder sollte sehen, wie schwanger ich war und ich deshalb so leger laufen dürfte.

Zu der Zeit arbeitete ich als Arztgehilfin in der Ambulanz einer Privatklinik, was eine erfrischende Abwechslung weit weg von der geriatrischen Station war. Ein Dorn im Auge mancher Diakonissen dort war, dass ich entgegen Ihrer Weltansichten, Sandalen ohne weisse Socken und lange farbige Ohrringe trug; und damit nicht genug, war mein Gesicht geschminkt und ich lachte ständig. Da ich aber nicht unter ihrer Obhut war, konnten sie nur zuschauen und meine Erscheinung zähneknirschend hinnehmen. Ihre Reaktion stand im paradoxen Missverhältnis zu allen Patienten und Ärzten, die eine solche gepflegte junge Person geradezu selbstverständlich als »visuelle Medizin« betrachteten.

So langsam sollten wir einen Namen für unser erstes Kind aussuchen. Richard war zuständig für die Namensgabe bei Mädchen, ich für den beim Bub. Meiner Mutter sei Dank.

Klar, jeder wünscht sich ein gesundes Baby zu kriegen, ich hatte da einen Bonus mit Extrawunsch im Sinn; ich hatte mir vom Universum einen Sohn gewünscht. Er sollte später lange Haare tragen, kaputte Knie und zerrissene Hose haben. Ein richtiger Lausbub sollte er sein, mit Freiheit und Mut in den Adern!

Das Fruchtwasser verlor ich zu Hause, als ich die Pilzfrikadellen machte. Wir assen sie noch zum Mittag und fuhren dann ganz gemütlich in die Geburtenklinik.

»Schere! Zange!, Papi muss draussen bleiben, das Kind hat einen schnellen Puls!«, - erreichten kurzatmige Befehle unsere Ohren. Nach schier unendlichen drei Tagen Presswehen konnte ich kaum noch atmen. Dann kam eine farbige XL-Hebamme zu mir, versuchte mit einer armlangen, übermächtigen Harakiri-Bewegung die missliche Lage meines Ungeborenen zu korrigieren; sie warf sich schliesslich mit ihrem ganzen Gewicht auf meinen inzwischen ungeliebten Bauch, um die Geburt nach vorne zu treiben. Ich fühlte mich auch in die Zange genommen – der Begriff Zangengeburt gewann plötzlich ungeahnte Bedeutung. Ich dachte, jetzt schlägt meine letzte Minute. Mir war alles egal, der Bauch musste leer sein, das war jetzt der einzige Wunsch, den ich hatte; länger hielte ich es einfach nicht aus!

»Und was haben wir da? Ein Määäädchen!«

»Auch das noch!«, war meine erste Reaktion mit tiefem Ausatmen, und danach heulte ich hemmungslos los.

Das Määäädchen weinte nicht, es schrie wie am Spiess. Pausenlos und volle zwei Stunden gab sie ihr erstes Konzert. Vor Anstrengung war sie rot wie eine überreife Cherry Tomate, zog ihre Beinchen dabei immer wieder hoch. Richard musste während der Geburt draussen warten, pflegte also das, was die meisten Raucher in diesem Moment tun können-müssen. Er lief Hin und Her und hielt seinen Nikotinspiegel aufrecht. Als man ihn in den Raum, überfüllt mit Ärzten und dem Schreien des Babys holte, und ihm mitteilte, dass es ein Määäädchen sei, war er der überglücklichste Vater auf dem Planeten Erde, denn er war wieder Sieger. Er hielt seine gewünschte Tochter wie eine vierstöckige Torte aus Marzipan in den Armen. Die Lebensgrüsse der neuen Erdenbürgerin nahm er auf Diktafon auf. Ich, komplett erschöpft, schaute den beiden nur kraftlos zu. Aber über alldem schien für uns die Sonne, denn wir waren glückliche Eltern eines gesunden Würmchens namens Luise geworden.

»Weine nicht mehr meine Kleine, mit uns wirst du es lustig haben«, waren die ersten Worte ihr gegenüber, und ab diesem Moment liebte ich die Cherry-Luise über alles.

Und Kevin wird halt nicht der Lausbub, sondern der Teddybär heissen, der grösser noch als der Kinderwagen war!

DIE SCHÖNE UND
DAS BIEST

• Oh wie schön ist die Heimat... •

Noch im selben Jahr sind wir zum ersten Mal als kleine Familie in die Slowakei gefahren. Es war zwischen Weihnachten und Neujahr. Nach dreizehn Jahren würde ich wieder zu Hause sein. Das Wiedersehen mit meiner Mutter stand bevor. Wahnsinn!

Der Grenzübergang war ganz harmlos verlaufen, nichts erschütterte mein Wesen. Die Rüttelstösse liessen aber nicht lange auf sich warten.

Wir hatten uns bei den Schwiegereltern niedergelassen. Mit Richard planten wir, wann wir unsere Freunde und Bekannte besuchen würden. Auch unsere Alleingänge waren das Ergebnis gemeinsamer Absprachen. Schliesslich mussten wir Rücksicht auf unser Kind nehmen, denn Luise war erst acht Monate alt gewesen.

Für mich war hier vieles neu. Das Haus, in dem wir gerade wohnten, weckte bei mir kein Gefühl zu Hause zu sein aus. Denn das war Richard' s Zuhause, mir war diese Strasse und die Villa total fremd. Ich lebte in einem anderen Quartier. Damit ich also meine Heimatgefühle bekomme, musste ich mein damaliges Zuhause sehen, meine Strasse und mein Haus, in dem wir wohnten und von wo aus ich mit dem neuen Koffer den Weg nach Jugoslawien angetreten war. So nahm ich die Luisa mit, setzte sie in den Kinderwagen und startete die kleine Wiedersehen-Rundreise.

Den ersten Schlag mit dem Knüppel verpasste mir die Tramchauffeuse. Wie eine russische Giftnudel flog sie einem Düsenjäger gleich in den hinteren Teil des Trams ein, und schreiend stellte sie mir diese absurde Frage:

»Wie sind Sie hierhergekommen?!«

»Zu Fuss«, gab ich retour nach dem Motto: Wie man in den Wald ruft, so schallt es zurück.

Als ich sah, dass meine Antwort sie ein wenig verunsichert hatte, vervollständigte ich meine Informationen:

»Und apropos, den Buggy habe ich selbst gehoben, bin daran gewöhnt. Also, wo ist das Problem?«

»Sie müssen aber zuerst mich fragen, ob ich überhaupt genug Platz für so einen Wagen in meinem Tram habe, und erst wenn ich ja sage, dürfen Sie einsteigen! Und zwar nur in das vordere Teil des Trams. Ist Ihnen das klar?«

Aus Inhalt und Intonation ihrer warnenden Durchsage wurde mir klar, dieser Droschkengaul beherrschte die Vorschriften ihres Arbeitgebers wie ein Katholik das Vaterunser.

Aus Inhalt und Intonation meiner Reaktion war klar, wie stark ich solche Gesetze und Manieren verabscheute. Ich lachte laut drauf los und gab dem Schreihals auf anderem Niveau deutlich zu spüren, dass ich mir solche Moreske nicht gefallen liesse, und mit so einem Ton dürfe sie höchstens die Kamele in ihrem Vorgarten anschreien, aber nicht ihre Kunden. Lieber liefe ich weiter zu Fuss, als mir so etwas bieten zu lassen. Als Extrabonbon hörte ich mich noch anfügen, warum ich in das vordere Teil einsteigen sollte, wenn ich ja sehe, dass dort schon zwei Kinderwagen sind. Hinten im Tram war alles frei, jeder Normaldenkender steigt also dort ein. Schneller, als sie meinem logischen Denken folgen konnte, nahm ich den Buggy, mein Kind und stieg wieder aus. Weiter ging ich zu Fuss, was das nächste Abenteuer mit sich zog.

Die Bürgersteige in der Hauptstadt hörten plötzlich irgendwo auf. Einfach so. Entweder war ihre »Endstation« ein Baum, der Strommast oder der Steig löste sich einfach in Luft auf. Die Belagsqualität war auch katastrophal, so viele Löcher sah ich zuletzt im Film über den Zweiten Weltkrieg. Ich musste verdammt aufpassen, dass ich die Räder an dem neuen Buggy oder meine Schuhabsätze nicht abbrach.

Auf einmal sah ich vor mir etwas wie eine Oase. Eigentlich war das nur ein kleiner Lebensmittelladen. Die Vorstellung, nach so vielen Jahren meine Lieblingsschokolade geniessen zu können, löste bei mir noch süssere Begeisterung aus.

»Halt, Stopp mit dem Wagen! Sie machen mir den Boden dreckig.« – so die nächsten unerhörten Heimatgrüsse, anstatt »Guten Tag, was wünschen Sie?«, diesmal von einer Frau mit

Dialekt und Strenge in der Stimme, - so was waren meine Ohren nicht mehr gewohnt.

»Wie bitte? Soll ich etwa die Räder waschen?« fragte ich überrascht.

»Nein! Draussen lassen!«

»Was?, Ich soll mein Kind mit dem Wagen wie einen Hund draussen warten lassen?«

»Es passiert schon nichts.« Zack, Bum! Fertig, Schluss! Ende der Diskussion!

Ich wartete keine Sekunde mehr, nahm die Lula aus dem Buggy, setzte sie gekonnt auf meine linke Hüfte, den Wagen hängte ich mir über den linken Vorderarm, und mit der Rechten schnappte ich zwei Schokoladen aus dem Regal. Der herzlosen Kreatur rief ich zu:

»Da staunst du, was? So macht man das!«

Solche arroganten Szenen machten mich rasend, könnte ich in dem Moment doch explodieren, wäre ich ein gigantisches Feuerwerk gewesen.

Ich bezahlte die Minirechnung und verliess mit Maxienttäuschung die unmenschliche Umgebung. Mir kam ein Satz in den Sinn, in dem es heisst: Heimat sind Hände, in denen du weinen kannst. Es stimmt, mir war jetzt zum Weinen danach.

Vor Jahren weinte ich in der Schweiz, jetzt heulte ich in der Slowakei. Hier passte wunderbar die Frage aus der Tschechischen Hymne: Wo ist meine Heimat?

Och, Luly, wo sind wir nur gelandet?

Wenigstens der Schokoriegel KOFILA enttäuschte mich nicht. Der war genau so lecker wie damals.

• Fischsalat mit Sirup •

Halb kaputt bewältigte ich das Strassenterrain und mit langsamem Tempo näherte ich mich dem Ort, an dem ich damals gewohnt hatte. Ich empfand die Strasse zu schmal und zu kurz. Unser Haus hatte mit den Jahren nichts am Charme gewonnen, wie das manche Häuser taten, nein, unser Haus war unterdessen dreckig und schmuddelig geworden. Und die Kabel...Meine Güte! Die ganze Stadt war kreuz und quer von Haus zu Haus mit irgendwelchen Kabeln verbunden. Wie ein Spinnennetz unter dem Himmel sah es aus. Daran hatte ich gar nicht mehr gedacht, in der Schweiz verlaufen die Kabel unterirdisch.

Oh, wie hässlich! Oh, wie schön! Eine Welle der Erinnerungen spülte mich unter Viktors Balkon, und nur so aus Plausch pfiff ich unser damaliges Sendezeichen. Aber niemand hatte aus dem Fenster rausgeschaut. Wie gut, dachte ich mir, würde »jemand« auf den Balkon rauskommen, ich wüsste nicht, was ich tun würde, denn dieser Balkonausflug war ganz unbeabsichtigt. Aber meine Beine hatten einen anderen Plan. Sie führten mich weiter zu dem Briefkasten, an dem mich eine Frau sehr nett fragte:»Wen suchen Sie da?«

»Niemand«, sagte ich immer noch unentschlossen. Dann stotterte ich doch den Namen, worauf ich von der Dame eine komplette aktuelle Meldung bekam.

»Sie wohnen auf dem Dritten. Sie ist nicht daheim, sie arbeitet, dort hat sie einen eigenen Frisörsalon«, und zeigte mit dem Daumen hinter ihren Rücken. „Er ist vom Schaffen vor einer halben Stunde heim gekommen, sitzt er nicht schon in der Beiz, dann ist er noch da oben. Aber wenn sie sich beeilen...« Noch genauere Informationen kann nur das FBI liefern.

So so, ich merkte, das slowakische Nachbarzentrum funktionierte immer noch einwandfrei.

Dass SIE, seine Frau sein sollte, hatte ich sofort gedacht, aber dass ER und Beiz etwas gemeinsam haben sollten, war mir fremd gewesen.

»Gehen Sie schon, gehen Sie!«, hetzte meine Courage die allwissende Nachbarin und freute sich über den nächsten Tratschgeruch, der wie eine frisch geräucherte Wurst in der Luft zu riechen war.

Ich ging also hoch. Stand bald vor der Türe mit dem Namensschild Familie Simek. Ich atmete mehrmals tief durch, dann drückte ich die Hausglocke. In dem Moment wollte ich es nicht geschehen lassen, denn mit meinem Körper passierten interessante Sachen: die Knie schlotterten, den Puls spürte ich bis zu den Ohren, ich wollte verduften. Mit Überschallgeschwindigkeit schossen brennende Fragen in meinen Kopf. Wie sieht er jetzt aus? Erkennt er mich überhaupt? Schlägt er mir nicht die Tür vor der Nase zu? Was hätte ich an seiner Stelle gemacht? Oder…?

In dem Moment ging die Tür auf und nach so vielen Jahren konnte ich endlich meine ehemalige Liebe sehen, die vor fünfzehn Jahren so begeistert und weichgekocht von meinen roten Haarschleifen war. In Jogginghose und dickem Bauch stand er in einem überwärmten Flur und glotzte mich wie ein Koboldmaki von den Philippinen an. Meine Stimme unterbrach eine unendlich dauernde Sekunde der Stille.

»Ahoj, ob du vielleicht der Kleinen die Flasche mit Sirupwasser auffüllen könntest?« versuchte ich den Stress mit einer Königskarte zu übertrumpfen und reichte ihm die leere Trinkflasche.

»Meine Dada!« kam wie ein Geschoss aus dem Revolver, und sofort lud er seinen Vorwurfsnachschub auf: »Also Moment, was soll das? Du erscheinst da wie ein Blitz aus heiterem Himmel und gehst auf mich los mit einem billigen Sirupwasser-Trick?«

»Kann auch Hahnenwasser sein, solltest du keinen Sirup haben«, spielte ich die Unkomplizierte.

»Ist das dein Kind?« fragte er und starrte die Luise an.

»Hmm…«

Sein Gesichtsausdruck wurde weich und mit einem Lächeln lud er uns ein, reinzukommen.

»Bist irgendwie aus dem Häuschen«, ich blinzelte.

»Kein Wunder, du kannst einen aber auch zu Tode erschrecken.«

Danach taute er wie ein Eiszapfen in der Mikrowelle auf, und erst dann merkte er, was um ihn geschah. Er schrie auf: »Dadaaaaaaaa, Oh Gott!« Er drückte mich, ich dachte er lässt mich nicht mehr los. Meine Luise verzog das kleine Gesicht und fing an, ganz fürchterlich zu weinen.

»Ich pfiff unten den Fischsalat, hast du nichts gehört?« fragte ich Viktor, sobald ich die Lula beruhigt hatte.

»Das warst du? Klar, habe ich das gehört, aber ich dachte, das sind schon die ersten alkoholbedingten Halluzinationen.«

Ich musste lachen, fand aber auf die Schnelle keine passende Farbe zu seinem schwarzen Humor.

Eine ganze Stunde schütteten wir unsere Herzen aus. Endlich konnte ich ihm alles sagen. Dass er nicht ganz glücklich in seiner Ehe war, hatte ich ihm angesehen, da dachte ich an die Nachbarin von vorhin... Wir wechselten unsere Telefonnummern und dann machte ich mich auf den Heimweg. Zum Abschied sagte er noch, es sei schön zu wissen, dass ich immer noch die Gleiche geblieben war, aber etwas Neues habe er doch bemerkt: Ich hätte ein anderes Benehmen, man spüre - ich lebe in einer »besseren« Welt.

Den langen und mühsamen Weg zu den Schwiegereltern ging ich wieder zu Fuss. Ich musste dringend meinen weltverbesserten Kopf abkühlen.

. Wo bin ich daheim? .

Am nächsten Tag ging ich meine Mutter besuchen. Jetzt war ich so weit. Richard blieb diesem Besuch fern, er hatte immer noch ein schweres Herz meiner Mutter gegenüber, da sie sich damals von mir nicht verabschiedet hatte und machte sich aus dem Staub. Mama rechnete natürlich damit, dass wir alle zu ihr kämen; die Tatsache, dass ich nur mit Luisa kam, hatte sie deshalb nicht kalt gelassen.
Sie bewohnte eine kleine Einzimmerwohnung. Überall war es sauber und schön eingerichtet. Bis auf die kitschigen künstlichen Blumen, die ich schon als Kind furchtbar fand. Eine Blume musste riechen und einen Lebensprozess durchmachen, nicht einfach ohne Wasser in der Vase vor sich hin vegetieren. Beim Betrachten der verschiedenen Dinge mit roten Tupfen, musste ich schmunzeln. Typisch Mama.

Sie war wieder schön und gepflegt.
Ich hatte Angst gehabt, in was für einem Zustand ich sie vorfinden würde, denn die letzten Erinnerungen an die Zeiten, als sie noch in der Schweiz war, waren alles andere als schön. Sie stand jetzt vor mir und ich empfand Reue ihr gegenüber. Ihre Enkelin sah sie jetzt zum ersten Mal. Sie schaute sie ununterbrochen an. Lula schlief, denn bei meiner Mutter zuhause war es sehr über-

wärmt und das machte sie schläfrig. In der Schweiz sind die Wohnungen nicht so brutal überhitzt wie hier. Im Gegenteil – fast konservierungsfähig kalt.

Mama hatte viele feine Sachen gebacken, unter anderem mein Lieblings Kokosgebäck. Alle diese Köstlichkeiten stimmten mich aber traurig. Mein tief sitzendes und schmerzliches Selbstmitleid machte mir klar, dass, egal wie süss die vor mir liegenden Delikatessen auch sein mögen, meine letzten Erinnerungen an die Mama bitter geblieben waren. Ich konnte dagegen nichts unternehmen.

Mama betrachtete die Kleine als Weihnachtsgeschenk, das habe ich ihr vom Herzen gegönnt. Aber meine Gefühle ihr gegenüber waren wie tiefgefroren. Mehrmals nahm ich sanft Anlauf und wollte sie umarmen. Ich konnte mir nur zu gut vorstellen, wie sehr sie sich wünschte, meine Nähe und Liebe zu spüren, aber auf halbem Weg zog mich eine stärkere Kraft wieder zu mir zurück. Ich konnte einfach nicht über meinen Schatten springen. Wie gut, dass meine Lulinka da war, sie spielte die erste Geige und mit ihrem unschuldigen Lächeln rettete sie manche peinliche Situation.

»Also mach`s gut Mama, und achte auf dich«, waren meine Abschiedsworte für wer weiss wie lange Zeit. Aber ich hoffte, es würden nicht wieder 13 Jahre vergehen, bis ich wieder hierherkommen würde.

Bei den Schwiegereltern war die Atmosphäre ganz locker und lustig. Silvester haben wir bei Richard` s Freunden auf dem Lande verbracht. Um Mitternacht erklangen die Glocken. Es war eine ganz besondere Nacht, die Tschechen und Slowaken waren unabhängig geworden – durch eine samtene Revolution. Auf diese Art und Weise bin ich besonders stolz. Harmonie und Frieden sind die Erythrozyten meines Ich`s.

Als wir von der Feier heimkamen, lief ich als Erstes zu meiner Tochter hin, gab ihr einen Kuss und sagte leise:

»Willkommen in der eigenständigen Slowakischen Republik, meine kleine Slowakin.«

Ich verliess 1980 als Fräulein die Tschechoslowakische sozialistische Republik - im Jahr 1992, kam ich als verheiratete Frau mit einem Kind in die Tschechische und Slowakische föderative Republik. Und nach einer Woche Aufenthalt, verliess ich 1993 die Slowakische Republik. Drei Begriffe für ein Vaterland genügen.

Oder? Das Schicksal kennt eben keinen Ort: Heimat ist überall und nirgendwo!

Wir gingen von Daheim nach Hause… Das muss man zuerst können.

. Jack the „no-Ripper" .

Als perfekte Hausfrau und Liebhaberin fein riechender Wäsche, die ich immer säuberlich und akribisch in die Schränke gelegt hatte, war ich gerade wieder mal am Bügeln, als ich aus dem Fernseher folgende Nachricht vernahm: »Allerlei Hinweise zur gesuchten Person oder dem Auto mit dem Kennzeichen JACK 1, richten Sie an die nächste Polizeistelle oder melden Sie sich direkt bei uns im Studio.«

Was?!

JACK1?!

Dieses Kennzeichen hatte doch das Auto meines Retters in Wien!

Ich lief wie eine Wahnsinnige aus dem Arbeitszimmer ins Wohnzimmer, das Dampfbügeleisen noch immer in meiner Hand. Das Stromkabel riss aus der Steckdose, so schnell und hastig war ich. Richard sass ganz bequem in seinem Ledersessel, aber seine angenehme Lethargie wurde jäh unterbrochen, als ich wie ein Drache vor dem TV zum Stehen kam. Seinen Protest der Ruhestörung unterbrach ich mit dem drohenden Gerät in der Hand, er solle still sein! Ich hypnotisierte den Bildschirm in der Hoffnung noch mehr Informationen zu bekommen, weil ich nichts verstanden hatte.

»Was ist mit dir los?«, fragte Richard gereizt.

»Das, das, das ist doch der Jack. Der, der mich in Wien begleitet hatte.«

»So soo…«, reagierte mein Mann mit sonorer und ungläubiger Stimme.

Ich aufgebracht: »Was ist überhaupt passiert, dass sie ihn suchen? In dem Auto hat er auch mich herumkutschiert.«

»Ach so«, seine trockene Bemerkung.

»Kannst du gefälligst aufhören mit dem blöden soooo… und mir sagen, was er getan hat, dass sie ihn suchen?«

»Was getan? Dir nichts…aber sonst hat er einen Haufen Frauen ermordet.«

»Ja, sicher!«, war meine ungläubige und auch unbeteiligte Antwort.

Ich kannte meinen Richard schon »ein paar Wochen«, so dass ich mit Sicherheit sagen konnte, er log nicht. Das Blut in meinen Adern gefror und aus dem Dampfbügeleisen tropfte das Wasser, denn die Kraft in meiner Hand liess nach. Ich versuchte diese Information zu verdauen, Richard auch. Er schaute auf den Boden, als würde er eine sehr komplizierte mathematische Aufgabe lösen, und dann verriet er mir das Ergebnis seiner Gedanken:

»Lässt man dich irgendwo alleine, ist eine Katastrophe damit vorprogrammiert!«

»Was für eine Katastrophe? Woher sollte ich wissen, dass ich ihn nach zwei Jahren im Fernsehen als gesuchte Person sehen werde? Kannst du mir das mal sagen, wenn du schon so weise bist?«

»Das konntest du natürlich schon nicht wissen, aber dass du aus anderthalb Millionen Menschen, die in Wien leben, ausgerechnet einen, ja DEN Massenmörder auswählst, das bist typisch du!«

Bevor ich ausflippen konnte, fütterte er mich mit weiteren Vorwürfen:

»Zum Glück wissen wir alle, dass Hitler tot ist, sonst würdest du in München sicher noch ihm begegnen.«

Er ging auf den Balkon, um eine Zigarette zu rauchen, und ich ging ihm nach, denn ich wollte diese Diskussion nicht so im Raum stehen lassen.

»Weisst du eigentlich, was du da sagst?! Anstatt, mich zu beruhigen, - schau wie ich zittere -, lachst du mich aus.«

Richard liess aber nicht locker: »Dada, der Typ war schon mal im Knast. Er kriegte lebenslänglich. Das bekommst du nicht für den Diebstahl eines Kaugummis. Er sass für Mord, aber nach 16 Jahren liess man ihn laufen. Die letzten zwei Jahre war er frei, jetzt wurde er durch Interpol in Miami festgenommen.«

»Also haben sie ihn oder ist er noch frei?«, fragte ich erschrocken und noch mehr Angst bekam ich vor der zu erwartenden Antwort.

»Alles weiss ich nicht, habe zu spät das TV angeschaltet, aber anscheinend haben sie ihn.«

Wieder im Wohnzimmer schaltete ich das TV aus. Die plötzliche Ruhe im Raum war mir unangenehm. Noch unangenehmer waren die Erinnerungen an die letzten Worte, die mir Jack am Flughafen sagte: »Ich komme dich besuchen. Ganz sicher!« Sie hingen nun wie ein Fluch in der Luft und änderten nun ihre Bedeutung in eine Todesdrohung!

Ich musste wieder auf den Balkon raus, drinnen war es nicht auszuhalten.

Richard hatte die nächste Zigarette angezündet.

»Das kann nicht er sein!«, schützte ich »meinen« Jack und setzte zu dessen Verteidigung fort:

»Rischo, das kann ich einfach nicht glauben, ich war fast drei Tage mit ihm zusammen. Jeder kannte ihn, grüsste ihn mit seinem Vornamen. Er war wie ein Superstar. Ich kann mir nicht vorstellen, dass so ein Kavalier wie er es war, der in einem eleganten Wiener Kaffeesalon Frauen aus dem Mantel hilft, anschliessend ein Desinfektionsmittel kauft, damit er das blutverschmierte Messer von der soeben ermordeten Frau wegwischt.«

»Er mordete nicht mit dem Messer, sondern mit den Händen, meine Liebe. Jede Frau hat er mit ihrem eigenem BH erwürgt. Solche Scheissdinge hast auch du im Schrank!«

»Du bist unmöglich, weisst du das?«

»Und du naiv, leichtsinnig und unvorsichtig!«

»Apropos, ich wollte nicht nach Wien, du hast mich dorthin geschickt. Genau so könnte ich jetzt dir die Schuld geben.«

»So, jetzt bin ich schuld! Super! Das habe ich davon, dass ich dir einen netten Urlaub gönnen wollte.«

Ich konnte nichts mehr sagen, mit einem Krampf im Magen düste ich auf die Toilette, übergab mich und setzte so den Schlusspunkt unter diese absurde Unterhaltung.

Am nächsten Morgen suchte ich meinen ehemaligen Chef auf und bat ihn um die Übersetzung meines Briefes ins Englische, den ich heimlich in der Nacht geschrieben hatte. Empfänger war das

Gefängnis in Miami. Er hatte erst Mühe zu verstehen, was ich will, wer den Brief erhalten sollte…

»Aber sonst bist du in Ordnung?«

»Ja«, schmunzelte ich ein wenig, zum Spassen war ich nicht gerade aufgelegt. »Sorry, aber zu wem soll ich sonst gehen, wenn nicht zu dir. Alle anderen würden denken, ich bin nicht ganz in Ordnung«, war mein Gegenargument, dann brachen wir beide in Lachen aus. Anschliessend fing er an, den Brief zu lesen. Ab und zu schaute er zu mir auf, schüttelte den Kopf, ich signalisierte ihm mit meiner Hand, er möge weiterlesen.

»Du bist verrückt!« war seine erste Reaktion.

»Das musste ich mir schon den ganzen gestrigen Abend von meinem Mann anhören, von dir erwarte ich, dass du mich unterstützt.«

»Unterstützen!? Der Mann ist ein Mörder, und du schützt ihn noch.«

»Nein, nicht schützen, ich kann das einfach nicht glauben und ich muss wissen, ob das stimmt. Falls das alles stimmt, will ich auch wissen, warum er *mich* nicht getötet hat. Verstehst du mich?«

„Das ist nicht dein Ernst, oder? Er gibt das niemals zu. Fraglich ist überhaupt, ob er den Brief jemals bekommt. In Amerika funktionieren Gesetze anders als in Europa."

»Du hast schon Recht, aber ich muss das wenigstens probieren, sonst werde ich keine Ruhe haben. Bitte, mach das für mich, übersetz die paar Sätze und schicke das ab.«

»Also gut, ich mache das, weil du es bist«, war seine Antwort, er kannte mich zu gut, dass er nicht mit meinem Rückzug rechnen konnte. Zuhause nahm ich Jack`s Buch in die Hand und las zum hundertsten Mal in 24 Stunden seine Widmung: »Alles im Leben ist eine Zeitfrage, und somit relativ!« stand da in unschuldigen Lettern geschrieben.

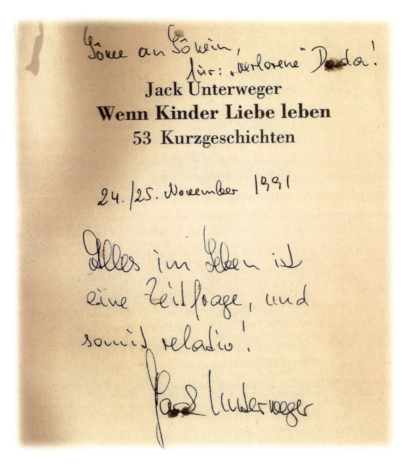

Jack's Widmung

Und zum hundertsten Mal kriegte ich Gänsehaut.

Was wollte er damit sagen? Dass er mich besucht, wenn »meine« Zeit gekommen war? Oder war das nur eine Floskel, die er als Schriftsteller oft benutzte? Oder???
Jeden Tag brachten Zeitungen neue und neueste Informationen über ihn, und ich dachte nach, ob ich auf die Polizeiposten gehen sollte, um alles preiszugeben, was ich erlebt hatte. Dass ich es

135

überlebt hatte... Ich hatte Angst, und die war mein ständiger Begleiter die nächsten Wochen. Obwohl ich wusste, Jack sitzt im Gefängnis, weit weg von mir entfernt, dachte ich trotzdem darüber nach, ob er sein Versprechen, das ich jetzt als Drohung empfand, eines Tages umsetzen würde - um zu beenden, was er in Wien nicht getan hatte. Ich war kurz vor dem Durchdrehen.

Eines Tages räumte ich alle meine BH' s aus dem Schrank und warf sie energisch fort. Alle, die mit so einem verstärkten Haltedraht eingefasst waren, denn mit einem solchen Draht wurden die besagten Frauen erwürgt. Im Mülleimer befand sich kurzerhand jetzt schöne Unterwäsche im Wert von - egal...

Jack' s Buch konnte ich nicht wegwerfen. Aber ich konnte es nicht mehr sehen, so versteckte ich es im Bücherregal ganz nach hinten. Mir graute vor ihm. Das Buch trug die Fingerabdrücke der blutigen Finger eines Frauen-Massenmörders. Da spielte es auch keine Rolle, dass die meisten Opfer Prostituierte waren - alle waren Frauen. Eine Frau wie ich!

Ich musste mich von meinen nervenaufreibenden Hirngespinsten lösen. Ich konnte nicht ständig daran denken, was wäre wenn..., sondern ich konzentrierte meine Gedanken auf das Wesentliche: Ich lebe! Und meine Tochter lebt auch, und das war das einzige was zählte. Damit blätterte ich um in dem Horrorroman, und schaute weiter nach vorne. Aber so richtig beruhigt hatte ich mich erst nach zwei Jahren, als die Medien die Nachricht über Jack' s Tod verbreiteten. In der Nacht nach dem Urteil, in der er wegen neunfachen Mordes zu erneuter lebenslanger Haft verurteilt wurde, erhängte er sich in der Zelle in Graz mit der Kordel seiner Jogginghose, auf die ihm eigene Art: Sein üblicher und ihm einzig bekannter Knoten hatte ihn enttarnt; er wurde posthum als Henkersknoten bekannt.

Auf meinem Brief bekam ich keine Antwort.

PS: Leb wohl Jack, du wirst mir nicht fehlen!

Das Gefühlstestament

Als ich meinen dreissigsten Geburtstag feierte, flüsterte mir meine Arbeitskollegin, die damals fünfzigjährige Chefsekretärin, im Vertrauen zu:
»Dreissig, ist das reifste Alter einer Frau, aber erst ab vierzig fängt das schönste an.«

Hiess das, ich müsste noch zehn Jahre warten…?
In den letzten Monaten verspürte ich in mir ein mentales Wachstum. Die unfreiwillige Emigration, Richard`s Unfall mit seinen Folgen, und genauso das Erlebte und Überlebte in Wien hatten mich viel selbständiger und erwachsener werden lassen. Nicht zu vergessen die seelische Evolution, die sich durch die Geburt meines Kindes in mir vollzogen hatte und die irgendwie jede Frau höchstweiblich und vollendet erscheinen lässt.

Und so stand ich heute als ganz andere Person da, gegenüber dem damaligen fast unsichtbaren Fräulein mit dem Ferienkoffer am Busbahnhof.

Teil meines neuen Entwicklungsurwaldes war eine kurze Tätigkeit als Model für eine Frauenzeitschrift. Auf den Fotos war ich mit neuen Frisuren abgebildet. Die Frisuren waren so futuristisch, dass mich mein Opa auf diesen Fotos nicht erkannt hatte, dafür hätte ich eine Rolle in »Star Wars« ergattern können.

Klar, er hatte schon sein stolzes Alter, aber ich dachte, er würde mich noch in der dunkelsten Nacht erkennen.

Das Leben fliesst… Was nach ihm übrig bleibt, ist wie das Wasser unter der Brücke. Du weisst nie, wen du darin nochmals wiedersiehst…

Ich

Eines Tages bekam ich die Nachricht, mein Opa sei gestorben. Mit ihm starb auch meine Hoffnung auf die Möglichkeit, ihn wieder zu sehen, ihn umarmen und vom ganzen Herzen sagen zu können, dass er der Allerbeste und liebste Grossvater der Welt sei!

Die Chance, es zu tun, wurde unwiderruflich weggespült. Für seine Liebe zu uns hätte er zu Recht eine Goldmedaille verdient.

Die Folgen des Gleitschirmunfalls meines Mannes verfolgten uns auf Tritt und Schritt. Wir mussten solchen Dingen standhalten, die den meisten Leuten das ganze Leben lang erspart blieben. Wir hatten nur uns zwei und so waren wir gezwungen, alle Aufgaben nur auf unsere, zugegebenermassen, oft zu schmalen Schultern zu verteilen.

Natürlich war alles von Richard' s Gesundheitszustand abhängig - und dieser änderte sich fast täglich. Unser gemeinsames Leben hatten wir mehr oder weniger geschlechtergerecht aufgeteilt: Ich schmiss den Haushalt und den unendlichen Papierkram und arbeitete im Spital. Richard arbeitete zwei Tage im Architekturbüro und hatte die Aktivitäten in der Slowakei gepflegt. Seine Aktivitäten - wohlgemerkt. Er liebte die Kunst und konnte sehr gut verhandeln. Er war zudem Fischer, und neu auch Jäger geworden und vor allem ein Besserwisser höchster Güte. Bei der Betreuung des Töchterchens hat uns stundenweise eine Frau aushelfen müssen.

Als Luise drei Jahre alt war, organisierte ich in der Slowakei ein Familientreffen. Die Vorbereitungen, die sechs Monate gedauert hatten, hatte ich gekonnt nach Schweizersystem durchgeführt. Das bedeutete, zuerst denken, dann planen und in der Reserve Plan B und Hohes C zu haben. So war es auch.

Zu diesem Treffen mietete ich für ein Wochenende eine grosse Jägerhütte mit viel Umschwung, die mir mein Jäger-Onkel in der Nähe seines Wohnortes empfohlen hatte. Die Hälfte meiner Familie erkannte ich bei der Versammlung am Samstagmorgen nicht. Klar, aus uns Kindern waren inzwischen Erwachsene geworden, die nun eigene Kinder hatten. Da der Kontakt mit denen nicht so rege war, wenn überhaupt, hatte ich manche Gesichter als äusserst fremd empfunden. Wären wir uns irgendwo auf der Strasse begegnet, hätte ich sie gar nicht erkannt und niemals meiner Familie zugeordnet. Wir haben ein Spannferkel gebraten, Hirschgulasch verspeist - Hirsch von meinem Onkel persönlich geschossen -, Hauswein getrunken und viel, viel gelacht.

Gesungen haben wir natürlich auch. So richtig in Stimmung geriet meine Mutter, die mit ihrem Bruder, also meinem Onkel, klassische Tramperlieder sang. Und natürlich stimmten wir Kinder fröhlich mit ein. Alle fanden auf Anhieb den Draht zueinander und verhielten sich wie Kinder so sind – lebendig frei, ohne Vorurteile und so spontan wie ein Sommergewitter.

Am Abend sassen einige von uns lange am Lagerfeuer. Ich liebte das und konnte stundenlang in die fantastische Röte der Feuerflamme schauen und dazu Geschichten erzählen. Am liebsten lauschte ich aber den Geschichten der anderen und stocherte dabei mit einem Stück Holz in dem Feuer und ordnete die »aus der Reihe tanzenden« Steine oder Holzstücke so, dass sie Feuer fingen. Ich weiss, ich war unmöglich, sogar am Feuer schaute ich nach Ordnung und System.
Als die Zeit schon weit fortgeschritten war, was solche Treffen erst so richtig stimmungsvoll machte, fingen wir an, über unsere Kindheit zu sprechen - Lebensansichten, Wünsche, Phantasien und tranken dazu ein feines Bier. Jeder besass eigene Weltansichten, ich vielleicht etwas andere als die Einheimischen, und so quittierte die ältere Generation meine Erzählungen oft mit besonders nach Verblüffung klingenden Stoffseufzern; diese sollten wohl darauf hindeuten, dass sie Zeit zum Durchatmen brauchten, um mir zu sagen, ich möge mich vielleicht nicht mehr ganz so vorbehaltlos einbringen. Fazit des Ganzen: Manchen von ihnen muss ich die nächsten 15 Jahre nicht unbedingt am Lagerfeuer wiederbegegnen. Auf der Strasse geht's schon. ☺ .
Richard ahnte solche Unvereinbarkeiten und war aus diesem Grund dem Treffen ferngeblieben. Er konnte mit meiner Familie »nichts anfangen«, obwohl er sie noch weniger als ich kannte. Aber eben, das war Richard live.
Silvia kam auch nicht zu diesem Anlass. Sie hatte dafür aber andere, nicht so spiessige Gründe gehabt. Ihr Leben hatte sich sehr

bleiern über sie ausgebreitet und angesichts des eher schicksalhaft schweren Verlaufs, war der Platz für gute Laune ihr wohl einfach zu klein geworden. Sisa war Mutter einer Tochter geworden, die nur ein paar Monate älter als unsere Luise war, aber die Kleine hatte ernste gesundheitliche Probleme gehabt. Ihre neue Partnerschaft war zudem in die Brüche gegangen: Die Last des Schicksals wog mehr als der Zusammenhalt der Ennas Eltern. Nach 14 Jahren Lebens in Italien war Sisa wieder zurück in die Slowakei gekehrt, wo für die Pflege eines behinderten Kindes bessere Bedingungen vorhanden waren. Sie kaufte sich dort eine Wohnung, ein Auto und fing praktisch bei null ihr neues Leben an. Sie stand vor der Wahl, entweder ihre ehemaligen Freunde zusammentrommeln oder einen komplett neuen Bekanntenkreis aufzubauen, denn ausser unserer Mutter war niemand in ihrer Nähe.

Vielleicht ist das das Schicksal unserer ganzen Familie: Fallen – Aufstehen und die Krone wieder richten.

. Nicht zu glauben!

Nach dem Treffen bin ich mit Luisa für zwei Tage zur Sisa gefahren. Ich musste ihr doch über alles einen Bericht erstatten. Sie bewohnte eine sehr schöne Dreizimmerwohnung und freute sich über unseren Besuch. Wie immer bereitete sie etwas Feines zum Essen vor, der Luisa hatte sie ein kleines Geschenk und mir natürlich auch etwas gekauft - meistens grosse, klimpernde Ohrringe. Oh, meine liebe, grossherzige Schwester.

Ich dachte, wenn ich schon mal da bin, wäre es schön, Paul endlich einmal persönlich zu sehen. Er rief mich vor Jahren in der Schweiz an, vermittelte gönnerhaft die starke Sehnsucht, mich live sehen zu wollen… Perfekt, dachte ich mir, jetzt schien der richtige Zeitpunkt dafür gekommen zu sein!

Da ich ein kleiner Nummern-Genius bin, und ganze 15 Jahre lang seine Festnetznummer im Kopf behielt, wählte ich eben dieselbe. Eine Frau nahm den Anruf entgegen. Damit hatte ich nicht gerechnet, aber egal, schnell kam ich zur Besinnung, stellte mich vor und verlangte den Paul. Die nette Stimme gab mir zu verstehen, er sei nicht da, sie teile ihm aber gerne mit, er solle mich zurückrufen.

»Silvia, eine Frau nahm ab.«

»Na und? Seine Frau vielleicht«, war die kurze logische Antwort meiner klugen Schwester, »oder hast du was anderes erwartet?«, hatte sie neugierig nachgebohrt.

Eine halbe Stunde später läutete mein Handy mit einer unbekannten Nummer auf dem Display.

»Grüss dich, meine Schönheit«, sagte die Männerstimme am anderen Ende, ich wusste, er war's!

»Bist ja schneller, als ich dachte«, kam es aus mir heraus.

»Meine Schwester sagte mir, ich soll eine Dada anrufen. Da ich nur eine Dada kenne, war mir sofort klar, nur du konntest es gewesen sein.«

»Genau, die bin ich auch. Ich freue mich, dich zu hören! Hast immer noch die gleiche Stimme wie damals.«

»Und was für eine Stimme sollte ich haben, eine weibliche?«

»Das nicht«, lachte ich laut, »ich wollte damit sagen, dass ich dich an der Stimme sofort erkannt hatte.«

»Du hast ein ausgezeichnetes Gedächtnis. Und was meinst du, würde ich dich auf der Strasse erkennen?«

»Kannst es probieren, bin bei meiner Schwester in Bratislava.«

»Oh la là, das tönt verlockend!«

»Musst dich aber beeilen, Morgen fahre ich schon wieder weg.«

»Das ist weniger gut. Überfälle mag ich nicht, aber diese Chance lass ich mir nicht entgehen. Einmal bist du mir schon davongelaufen.«

»Dann schlag die Zeit und Ort des Treffens vor, ich bin flexibel.«

»Was weiss ich?«

»Aber ich weiss es! Heute Abend um sechs im Hotel Devin. Dort, wo du mir an den Rücken geklopft hast.«

»Was habe ich?...ach jaaa...jetzt weiss ich, ich habe dir etwas weggeklopft, stimmt!«

»Genau, also abgemacht, damit du das ganze Geld nicht vertele-
fonierst, sonst muss du eine Raucherpause einlegen.«

»Du weisst noch, dass ich rauche?«

»Nicht nur das, ich kann das sogar jetzt auch riechen. Bin darauf
sehr sensibilisiert.«

»Mich trifft der Schlag.«

»Erst nach 18-Uhr!«

Paul brach in ein heiteres Lachen aus. Ich wollte nicht aufhören,
mit ihm zu sprechen, aber die Sehnsucht, ihn nach 15 Jahren bald
sehen zu können, war stärker. Ich beendete das Gespräch und ging
»in die Maske«.

Hinter der Türe hörte ich meine liebe Schwester, mir folgende
Lebensratschläge auf den Weg zu geben:

»Sei nicht nervös! Bleib ruhig, hauptsächlich natürlich!«

Natürlich war das alles gut gemeint, aber zu diesem Zeitpunkt
war ich so »aus dem Häuschen« geraten, ich konnte ihre Worte
beim besten Wille nicht aufnehmen.

Ich erschien pünktlich. In jedem Mann sah ich beim Warten
meinen Paul. Vor lauter Aufregung wusste ich auf einmal nicht,
wie er aussieht.

Aber er war nicht da. Trotz Sisa's Ratschlägen wurde ich doch
nervös, unruhig - das Natürlichste, was in solcher Situation jeder
normale Mensch sein kann. Ich würde sagen, das ist das mindeste,
was man in solchen Fällen empfindet, denn Ärger, Empörung,
Hass und Enttäuschung gehören auch zu den »normalen« Emotionen. Ich behielt aber meine Gefühle unter Kontrolle.

Nach einer Dreiviertelstunde des Wartens, rief ich ihn auf seinem
Handy an. Er hat nicht abgenommen.

Deshalb stand ich auf, verliess das Hotel, nahm das Taxi und
fuhr zu Sisa nach Hause. Wortlos ging ich an ihr vorbei, meine
Sprachlosigkeit erklärte sich hier von selbst.

Am Morgen schickte mir Paul eine SMS mit dem kurzen Text:

»Ich hatte Angst vor deinen Augen.«

»Feigling!«, war der noch kürzere Text meiner SMS.

Angst vor meinen Augen hat der Rennfahrer bis heute.

Um diesen Schock besser aus meinem Kopf zu kriegen, gingen wir alle drei am Nachmittag in den Park. In der Nähe von Sisa's Wohnung war ein Eisstand. Irgendwie fehlten uns die Worte. So genossen wir in aller Ruhe die letzten Stunden vor der Abreise, schauten dem unbeschwerten Leben meiner Tochter zu und leckten genüsslich das Vanilleeis. Plötzlich näherte sich uns ein Mann und lächelte schon von Weitem. Sisa sagte schnell, das sei der Autobazar Inhaber, von dem sie ihr Auto hatte. Er hatte sie zu einem Kaffee eingeladen, dessen Einladung war sie bisher aber immer irgendwie ausgewichen. Der Typ sei total unsympathisch, schleimig und aufdringlich, fügte sie noch schnell hinzu, bevor er schliesslich vor uns stand. Ausgerechnet jetzt hatte auch ich gar keine Lust, auf so einen Mann zuzulaufen. Und überhaupt: Schleimer gehörten auch bei mir nicht auf die Liste der 5 Top-Typen eines echten Mannes. Rein zufällig war er in den früheren Jahren auch Autorennen gefahren, er würde den Paul vielleicht kennen…

Er begrüsste uns und Sisa ging sofort in die Offensive und fragte den Mann nach Paul aus.

Tatsächlich kannte er ihn, verraten wollte er aber über ihn nichts, »das tun »richtige« Freunde nicht, ne, ne und übrigens, der Kaffeeausgang sei immer noch aktuell, er rechnete fest mit ihr.«

»Na klar, ich weiss es, hatte aber viel zu tun, doch die nächste Woche rufe ich sie ganz sicher an«, entgegnete kurzatmig meine Schwester. »Im Moment geht uns Paul nicht aus dem Kopf und bevor wir manche Dinge über ihn nicht erfahren, läuft da gar nichts, nur damit sie es jetzt schon wissen«, lautete die komplette Antwort meiner Schwester.

»Na ja, was wollen sie denn so spannendes über ihn zu wissen?«

»Ach, langsam kommt ihr Verstand zurück, schön!«

»Also gut, klar kenne ich ihn, aber auf das Thema Frauen ist er nicht gut zu sprechen. Zwei Exfrauen, fünf Kinder, ne, ne, in seiner Haut möchte ich nicht stecken. Wenn es ihm ganz mies ging, schlief er in der Garage.«

»Er hat sich aber gestern Abend mit meiner Schwester verabredet und der Schuft kam einfach nicht. Er liess sie einfach im Hotel stehen, hatte nicht so viel Anstand ihr mitzuteilen, dass er doch nicht käme, weil er ein Weichei ist. Erst heute Morgen schickte er ihr eine dumme SMS.«

»Tja, nach dem, was er alles mit den Weibern erlebt hatte, kein Wunder, dass er so reagiert.«

»Das gibt ihm aber nicht das Recht, seine ehemalige Kameradin so zu behandeln. Vor ihr muss er keine Angst haben, sie ist verheiratet, sie wollte ihn nach 15 Jahren nur mal wiedersehen und ein paar Worte wechseln, wenn sie schon da ist. Sie wohnt nämlich weit weg. Was ist daran so Angst einflössend?«

»Ach so, die ist das…«, schaute er mich ein wenig abwertend an und drückte dabei das Kinn nach vorne, als er mit dem Kopf zu mir zeigte,»ich kenne die Geschichte, die Frau hat ihn fast um den Verstand gebracht. Wegen ihr war er - soviel ich weiss - im Irrenhaus.« Dann fing der Schleimer so fest an zu lachen, dass sein Bauch wie ein Stück Sulz auf der Achterbahn schwabbelte.

»Was?!« fragten wir beiden Schwestern zugleich.

»Komm Sisa, es hat keinen Sinn, laufen wir weiter«, zog ich sie weg von dieser unangenehmen Begegnung.

»Und vergessen Sie das Kaffeetrinken nicht mit mir…« rief er uns noch nach.

»Mit einem Verräter? Ne, ne!«

Nach einer kurzen Besinnungspause, schaute mich Sisa an und sagte:

»Du, Dadi, stell dir vor, du hast fünf Kinder und ihr wohnt alle zusammen in einer Garage«.

Daraufhin lachten wir zwei, wie pubertierende Teenager und Luisa, obwohl sie die Situation nicht verstehen konnte, lachte mit. Ihr Lachen hat uns so überrascht, dass wir dem unseren noch mehr Dezibel zugaben.

Dann war es wieder an der Zeit, Abschied voneinander zu nehmen. Die klassischen Umarmungen, wenig Tränen und das Winken aus dem Taxi waren nicht mehr so dramatisch wie bisher, weil uns klargeworden war, dass keine Grenzen eine Geschwisterliebe trennen können. Die ist nämlich grenzenlos…

. Die Erinnerungsreise .

Mittlerweile lebte ich schon achtzehn Jahre »draussen«. Genau so lange, wie ich in meiner Heimat zuvor gelebt hatte. Manchmal fragte ich mich schon, wer bin ich? Bin ich mittlerweile durch die Schweizer Papiere, die wir als Familie schon lange besassen, eine Schweizerin…? Aber man wird nicht ein anderer Mensch mit dem Besitz eines anderen Passes. Der Kern bleibt immer gleich, nur die Angewohnheiten ändern sich. Ich spürte trotzdem etwas anderes in mir. Ich konnte es aber damals nicht so richtig benennen, jetzt schon.

Immerwährend wurde ich bei meinen Besuchen in der Slowakei von etwas verfolgt. Nein, nicht von einem Massenmörder, auch nicht von der Polizei oder anderen nervigen Behörden. Was mich gedanklich auf Trab hielt, waren die offenen Gefühlsrechnungen, die ich bei meiner ungewollten Abreise offenliess. Diese Rechnungen hatten den gleichen Absender, wenngleich verschiedene Empfänger. Nur ich konnte sie begleichen und meinem Inneren endlich die verdiente Ruhe gönnen. Genau, das war das, was ich in mir spürte. Offene Rechnungen, Chaos, Unruhe…

Mein Mann hat in einem kleinen, malerischen Dorf ein Häuschen gekauft. Er entdeckte in sich eine Ader als Geschäftsmann und war auf diesem Gebiet sehr erfolgreich geworden. Es sollte die Investition für die Zukunft sein und ab sofort der Ort, an dem wir in der Slowakei unsere Ferien und Feiertage verbringen sollten. Na schön… Nach mehrmonatiger Umbauphase war das Nest bezugsbereit und ich musste sagen: Richard hatte mit seinen Ideen und Sinn für Kunst und Geschichten eine grosse Leistung vollbracht, denn das Haus stand unter Denkmalschutz, was bedeutete, man musste auf viele Vorlagen achten. Dorthin bin ich immer sehr gerne gegangen, da fand ich meine Ruhe, frische Luft, üppige Nachbarobstgärten und Pilze im Wald.

Das Häuschen war eine Kulturoase, unsere geschützte Welt, wo wir bei den tollen Radiosendungen und Eintopfessen mehr uns selbst wahrgenommen haben. Es kam einer Reise in die Kindheit gleich, könnte man sagen, denn die Radiokindersendungen waren immer noch die gleichen, wie zu Zeiten der kleinen Dadilein. Fantastisch!

Was ich nicht so mochte, waren die neugierigen Nachbarn, die uns aus dem eigenen Vorgarten begafften und Hände zusammenschliessend zu uns riefen:»Die Schweizer sind endlich da, wie schön!«

Was die Lula nicht mochte, waren die Zwischenhalts bei den Grosseltern, wo sie von der Oma obligatorisch jedes Mal sanft an die Wand gedrückt wurde um mit dem Bleistift den Strich nach dem Abmessen ihrer Körpergrösse auf dem Türrahmen zu markieren und um zu sagen:»Bist du wieder gross geworden, wie schön!« Und genauso schloss sie dabei ihre Hände zusammen, wie die neugierigen Nachbarn.»Wie schön...!«

Aber sonst waren wir alle glücklich. Richard war, glaube ich, am glücklichsten. Hier verspürte er, den Sinn des Lebens wiederzufinden. Jetzt konnte er sich in diesem Land verwirklichen, sein Herz blühte auf. Er wollte wie ein»richtiger« Mann leben und auf seine Familie schauen. Er war wieder in seinem Element. Er lernte viel, damit er den Jagdschein bekam und wir lernten automatisch mit, denn die Menge an Lehrbüchern, die überall in der Wohnung verstreut lagen, waren nicht zu übersehen und seine ständige Wiederholung des Lernstoffes nicht zu überhören. Ich kannte fast alle Tiergattungen, Vogelarten, Jagdgesetze, ich lernte gar die Lebensweise des Ursus Arctos-des Europäischen Braunbär kennen, sogar eine sehr feine Mahlzeit konnte ich von dem leibhaftig in der Slowakei geschossenem Bären verkosten. Die Fischarten, Haken, Angelruten, Köder und grüne Gummistiefel, das alles bereicherte zusätzlich mein neues»Landleben«.

Richard nahm unsere Tochter mit auf die Pirsch, zum Fischen, sie verbrachten jede erdenkliche Minute draussen in der Natur. Morgens früh, nachts, Sommer, Winter, egal wann, sie war stets mit dem Papi draussen unterwegs. Sie schliefen auf dem Hochsitz, bauten neue Futterkrippen, reparierten die alten, unterhielten sich nur in Zeichensprache, wenn es ganz still sein musste. Ein Leben, von dem viele Kinder nur träumen konnten. Unsere Lula war ein richtiges Wolfskind geworden.

Ich dagegen, war viel mehr drinnen, als draussen, kochte für meine Mannschaft und hielt das Haus sauber. Trocknete ihre nasse Wäsche und hörte den spannenden Erzählungen der beiden zu. Mir machte das aber nichts aus, dass ich auch im Urlaub wie ein

Aschenputtel lebte, ich akzeptierte das leise, und die Hausarbeiten zu erledigen, machte mir keine Umstände. Im Gegenteil, ich war glücklich, wenn ich sah, dass Richard wieder lachte, dass er sich um die Tochter kümmerte, und sie alle nützlichen Dinge im Wald lernte. So ein toller Vater! Vor allem tat ich das aus einer grossen Portion Liebe zu ihnen.

In dem Ort habe ich eine Freundin gefunden. Wir hatten beide Töchter im gleichen Alter, Männer die gerne fischen gingen und dabei fachsimpelten. Es war schön, die Angelika zu haben, denn so langsam fühlte ich mich dort schon einsam. Und das ist das Gefühl, dem ich chronisch auszuweichen versuchte. Oft ging auch ich mit allen in den Wald, nur zum Fischen zu gehen, habe ich mich geweigert, denn Ferien auf zwei Mal zwei Metern zu verbringen, das konnte ich mir nicht als Erholung, sondern lediglich als Strafe vorstellen. Dazu noch die ganze Zeit nur zwei Worte zu sagen, sonst stumm in das stille Wasser zu gucken, nein: Ohne mich! Ich liebte für eine Zeitlang die Dorfidylle und das einfache Leben ohne Schminke und Stöckelschuhe, aber eben, nur eine Zeitlang. Ich war auch gerne alleine, aber ungern einsam.

Immer dann nahm ich ein tolles Buch in die Hand, setzte mich im Garten unter den Nussbaum und las stundenlang die tollen Geschichten. Bücher haben nämlich die magische Fähigkeit, einen aus der Einsamkeit in die bessere Welt zu entführen…

Nach ein paar Tagen des Dorflebens, musste ich da wieder raus und rein in die Zivilisation. Ich nahm das Auto und fuhr, um meine Mama und meine Schwester zu besuchen. Zuerst ging ich immer zu der Mutter, danach zur Genesung zur Silvia. Der Besuch bei Mutter war immer emotional nahrhaft, somit hatte diese Reihenfolge der Besuche schon ihre Berechtigung gehabt. Die beiden Damen wohnten nur 20 Minuten mit dem Tram voneinander entfernt, aber sie warteten lieber bis ich, aus 1200km Entfernung zu ihnen komme, und den Grazien ein Referat darüber ablieferte, wie es der jeweils anderen ergeht. Eine kranke, aber für sie bequeme Kommunikationstaktik.

Ich weiss, Mama hatte es schwer, Sisa aber auch nicht leicht. Aber dass auch ich nicht immer auf Rosen gebettet war, wussten sie nicht. Von wem auch? Meine gute Laune liess alle überzeugen

- wer so lachen konnte, dem musste es blendend gehen, und in einem Land wie die Schweiz fallen eh jedem die »gebratenen Tauben« in den Mund! Aber natürlich ging es mir gut, aber noch lieber hätte ich, wir wären alle wieder zusammen. Egal wo. Schweiz, Schweden, Salomoninseln...

Mama war zwar gebrechlich geworden, sie lief auch langsamer, vorsichtiger; ich denke aber oft, bei der Verfilmung des Lebens meiner Mutter hätte sie visuell noch immer am ehesten Christine Hörbiger verkörpert mit ihren weiterhin langen, altrosa lackierten Fingernägeln, in dem ihr eigenen Senioren-Barbie-Look. Ich denke, bei der Verfilmung des Lebens meiner Mutter, hätte sie die Christine Hörbiger am ehesten visuell verkörpert. Sie kochte ausserdem immer noch sehr schmackhaft und mein Lieblingsessen stand schon auf dem Tisch, bevor ich ihre Wohnungstüre öffnete - Paprika Hähnchen mit selbstgemachten Nocken. Wir schauten die neuesten Fotos an, die ich mitgebracht hatte, die Mama stellte dabei nur wenige Fragen. Sie akzeptierte in der Stille, dass Richard und Sisa sie nur sehr, sehr selten besuchen kommen. Ich war die einzige Brücke zwischen den nahen und trotzdem so weit voneinander entfernten Ufern, an denen meine Mama und meine Schwester ihr ureigenes Leben lebten.

Mama wusste, dass ich von ihr zur Sisa gehe, so packte sie mir viele hausgemachte Leckereien doppelt ein.

»Danke Mami, du bist sehr lieb. Hier, schau mal, hier hast du Geld, geh zur Kosmetikerin, zum Frisör, kauf' dir, was du brauchst...«, ich gab ihr das nötige Geld, aber ich spürte, sie wollte was Anderes. Das, was man in keinem Geschäft kaufen kann. Aber das konnte ich ihr immer noch nicht geben...

So legte ich wenigstens meine Handfläche auf ihre Hand und einen Moment lang verharrten wir in dieser gefühlsnahen Haltung. In der Stille des Momentes war jede mit sich beschäftigt. Zwischen ihr und mir war ein fast 30-jähriger Unterschied, so wie zwischen mir und meiner Tochter. Wir beide waren jetzt Mütter. Zwei Generationen mit unterschiedlichen Muttersein-Ansichten sassen sich vis-à-vis und versuchten wieder zueinander zu finden. Wir mussten uns aber zuerst versöhnen, nur dann konnte der Frieden kommen. Die Versöhnung hatte aber nichts mit dem Generationsunterschied zu tun, sondern nur mit Mamas persönlichem Entscheid, der mich für den Rest des Lebens gekennzeichnet hatte. Man sagt, die Zeit heilt alle Wunden, aber bei mir funktionierte das nicht. Je länger mein Mutter-Dasein andauerte, desto mehr war ich unfähig, zu verstehen, wie sie mich damals hatte verlassen können. Vielleicht kriege ich eines Tages eine Antwort darauf…

»Ich werde für euch alle beten, mein Kind«, unterbrach Mama unser Schweigen mit der Art, mit der sie mich immer direkt ins Herz traf. Sie wusste, dass ich mit dem ganzen Kirchen Klimbim auf Messersschneide war, trotzdem konnte sie das nicht sein lassen. »Warum machst du das, Mama?!«

»Ich wusste ganz genau, du schleppst mir da wieder die toten Vitamine rein«, waren die Begrüssungsworte meiner Schwester als sie die Tür öffnete und die zwei riesen Taschen sah. »Dadi, ich kann die Einmachgläser nicht mehr sehen, schau, noch vom letzten Mal habe ich tonnenweise von dem Zeug da!«

»Ja, was habe ich denn machen sollen? Komm, dann verschenkst du sie jemandem.«

»Sage mir, wem? Hier haben alle die Speisekammer voll mit dem… Alles tot, keine frischen Salate, nix, nur Marmelade und Sauergurken. Auch meiner Kleinen fütterten sie ständig Gulasch und Knödel.«

»Klar, wir sind in der Slowakei, hast du schon vergessen, dass du nicht mehr in Italien bist?«

»Ja, leider, hier dreht sich alles nur ums Fressen!«

»Und in Italien nicht?!«

»Nein, dort geht es um Essen, hier aber ums Fressen!«

»Oh lala, Heute hast du aber eine scharfe Zunge, was ist los?«

»Sorry, Heute ist es genau ein Jahr her, dass Enna gestorben ist.«

Oh Gott! Tatsächlich, es ist schon ein Jahr her. Ich konnte es kaum glauben. Acht Jahre hatte sich meine Schwester um ihre Tochter gekümmert, dann starb sie.

Ins Krematorium ging heute Sisa alleine, sie wusste, seit Tonys Tod verkrafte ich solche Aktionen nicht. Der Schock sitzt immer noch tief in mir, aber ich hatte Zeit, um nachzudenken, solange sie dort war…

Ich dachte über die Ursache der frostigen Kommunikation zwischen unserer Mutter und Silvia nach... Die beiden hatten seit eh und je eine komplizierte Beziehung miteinander gehabt, die bis zu der Zeit nicht besser wurde, bis Silvia die Tochter geboren hatte. Und gerade ihr kritischer Zustand war die zweite Chance für unsere Mutter. So aufopfernd sie sich um die Kleine vor allem während der Wochenenden kümmerte, - denn durch die Woche war sie in einem Heim untergebracht -, so wichtig war es ihr, dass sie wenigstens einen kleinen Teil der Fürsorge an Sisa zurückgeben konnte.

Als Enna starb, verlor die Grossmutter nicht nur ihr Grosskind, sondern auch die Porzellanbrücke, die sie mit ihrer Tochter verbunden hatte. Ob sie es jemals ohne eine Brücke schaffen werden...? Denn im Moment war ich die Brücke, aber mir war klargeworden, dass das, die letzte Verbindungstür sein würde.

. Die gestohlenen Abschiede .

Am nächsten Tag stand bei mir auf dem Plan, mein Erinnerungsdefizit zu füttern, was so viel hiess: Meine Lieblingsorte aus alten Zeiten in der Stadt zu sehen.

Als erstes ging ich in meine ehemalige Krankenschwesternschule, wo alles beim Alten geblieben war. Die mächtige Villa stand unberührt ganz stolz mitten in der Innerstadt. Das Spital, wo ich die dreckigen Matratzen umdrehen musste, war stark runtergekommen. »Nix wie weg von da«, sagte ich mir schon von weitem. Die damalige Milchbar in der Nähe der Schule hiess jetzt McDonald, - oh nein! Ende der Romantik.

Was mich aber sehr angenehm überrascht hatte, waren die klassischen Patisserien. Obwohl mir verschiedene Leuten sagten, die Törtchen schmeckten schon lange nicht wie damals, habe ich sie trotzdem allesamt probiert! Bis ich von der Menge Bauchweh bekam. Und mir schmeckten sie sehr gut, so wie damals. Für mich waren das die besten Desserts, weil sie unsere waren, unsere slowakischen. Fertig Schluss!

Niemand verstand mich, selbst Sisa fragte mich, warum ich wie gestört durch solche Geschäfte pendle, wo ich doch in der Schweiz überall und jederzeit so feine Delikatessen haben kann?

»Silvie, du kannst das auch nicht verstehen. Dein Weggang passierte legal, plangemäss und bewusst. Ich bin ein Emigrant geworden und das zerstörte alle meine Zukunftspläne. Wer diesen Weg nie persönlich gegangen ist, der weiss nicht, warum unser Essen in dieser Situation das Beste und die Emigrationsträume die Schlimmsten sind.«

»Emigrationsträume? So was gibt es?«

»Ja, es gibt so was. Eigentlich sind das keine klassischen Träume, sondern Albträume, wo du am Morgen schweissgebadet aufwachst und zuerst ganz aufgescheucht schaust, wo und wer du bist.«

»Konkret?«

»Konkret kann ich dir einen Traum umschreiben, den ich oft geträumt hatte: Ich fahre ganz schnell mit dem Auto über eine Strasse. Auf einmal sind mitten auf der Strasse die runter gelassenen Schranken. Ich bremse, was das Zeug hält, aber ich weiss, wenn ich eine Vollbremsung mache, dann schnappen sie mich; aber ich will nicht, dass sie mich fangen, so gebe ich noch mehr Gas und fahre noch schneller weiter… Kurz vor den Schranken werde ich wach und habe keine Ahnung, wo ich bin, schaue nach links, schaue nach rechts und traue meinen Augen nicht. Ich brauche einen Moment, bis ich meine Umgebung wahrnehme. Mein Herz schlägt enorm schnell, es dauert eine Zeitlang, bis ich genau weiss, dass ich in Sicherheit bin…

Pfui, diese Träume haben mich jahrelang fertiggemacht! Zum Glück sind sie weg.«

»Das wusste ich wirklich nicht«, sagte meine Schwester mit mitleidiger Stimme.

»Genauso kannst du nicht im mindesten erahnen, warum ich immer wieder diese Orte besuche, wohin es sonst einen »normalen« Menschen nicht immer wieder oder nicht so oft hinzieht: Weil alle diese Orte mich an meine Heimat erinnern, die ich abrupt verliess und von der ich mich nicht verabschieden konnte!«

An dieser Stelle fing ich unwillkürlich an zu weinen.

»Weine nicht, Dadi, du hast das schon hinter dir.«

»Eben nicht hinter mir, es ist immer noch in mir! Du verstehst das nicht! Warum meinst du, trinke ich in jedem Restaurant oft Kofola? Die haben wir doch als Kinder im Park immer getrunken, als der Opa uns etwas Taschengeld heimlich in die Hand gedrückt hat. Weisst du das noch? Und warum esse ich unseren Schafskäse lieber als irgendeinen teuren, edlen, ausländischen? Weil er mich an die Sommerferien auf der Alm erinnert. Kannst du dich noch daran erinnern? Weisst du Silvie, der Unterschied, wenn DU den Käse isst und ICH ihn esse, liegt darin, dass dein Stück aus der frischen Milch hergestellt ist, hingegen mein Stück Käse aus den alten Erinnerungen geflochten ist. Du musstest deine Seele nicht Zerreissen, meine wurde auseinandergerissen. Alle diese Orte und Esswaren sind meine dagelassenen Erinnerungen - meine Hinterlassenschaften. Sind Symbole meiner Kindheit, Jugend, meiner Familie... Ich möchte mit denen einen Frieden schliessen und sie nicht als Last, sondern als eine Zauberkugel betrachten. Nur dann werden sie ein glücklicher Teil meiner Seele sein.«

»Ach so ist das... Ich dachte, nach fast 20 Jahren, die du schon in der Schweiz lebst, bist du im Reinen mit dir und du hättest inzwischen mit allem abgeschlossen.«

»Eben nicht, mein Schicksal liess manche Tore offen und das soll nicht so bleiben, wenn das überhaupt noch geht...«

»Wie meinst Du das genau?«

»Tore, sind einfach durchlässig geblieben, weil ich wortlos von da verschwunden bin: Nicht die Staatstore, mehr die menschlichen Herzenstore oder Vertrauenstore, die noch offen vor sich hinrosten und warten und warten und warten... Die dazugehörigen Schlüssel aber habe nur ich. So möchte ich mich von den Leuten, die an mich glaubten, mich lieb hatten und die ich enttäuscht hatte, verabschieden. Belogen habe ich sie und manchen sicher auch Probleme verursacht. Die alle möchte ich aufsuchen, vor ihnen stehen, ihnen in die Augen schauen und sie um Verzeihung bitten. Mein Name und meine Seele muss ich bereinigen von der Last der nichtverdienten Schuld. Ob sie mir glauben werden und mir verzeihen, liegt nur an ihnen. Ich muss es aber tun! Ein für alle Male mit allem abschliessen.«

Sisa stand einen Moment nur so da. Ich konnte an ihrem Gesicht lesen, dass ihr erst jetzt manche Sachen an meinem Verhalten klargeworden sind. Dann hob sie ihre Schulter hoch, als wollte sie damit sagen: So ist das Leben.

»Und wen hast du noch auf deiner Liste?« Es ist keine Liste, es ist ein Gefühlstestament, das das Leben schrieb, ich muss es jetzt nur noch versiegeln und das Vermächtnis antreten, denn ich bin Alleinerbin.«

»Also wer...?«

»Es sind nur noch wenige Leute da. Opa ist schon tot, meine Familie habe ich gerade miterlebt, Viktor habe ich auch besucht, mit ihm bin ich im Reinen, nur noch meine Klassenlehrerin muss ich sprechen. Sagtest du nicht, du hast sie hier irgendwo in der Nähe gesehen?«

»Ja, genau, sie wohnt in dem blauen Block neben dem Eisstand, mittlerer Eingang. Ihr Name, weisst du. Ist ja schon lustig, du heisst jetzt genau so wie sie. Die Welt ist wirklich klein...«

»Danke dir Schwesterherz!«

Ab jetzt lief alles wie geschmiert. Ich ging in die Markthalle und kaufte 18 Baccara Rosen. Genauso lange habe ich jetzt im Ausland gelebt. Ich stand vor der Tür meiner Klassenlehrerin und klingelte. Sie machte sofort die Türe auf und ich erkannte sie sogleich. Die alte Dame mich aber auch, als hätte sie mich erwartet. Meinen Vornamen wusste sie schneller als ich ihr die Rosen in die Hand drücken konnte. Ich glaubte meinen Ohren nicht. Wir sprachen miteinander, als wäre es gerade gestern gewesen, als ich sie im Kabinett um die Unterschrift für meine Ausreisebewilligung bat.

»Frau Neumann, ich lebe 18 Jahre in der Schweiz, und jetzt stehe ich vor ihnen, weil ich mir das all die Jahre sehr gewünscht hatte. Ich will ihnen nämlich in die Augen schauen und sagen, dass ich nichts von der vorbereiteten Emigration wusste. Bitte glauben sie mir, ich habe sie nicht angelogen, als sie mich damals fragten, ob ich in den Westen flüchten will.«

Sie steckte die Blumen in eine grosse Vase und ich fing an, alles in Kürze zu erzählen. Sie brachte uns Tee und runde Kekse. Ich war glücklich und unendlich erleichtert. Die alte Dame unterbrach mich kein einziges Mal, dann streichelte sie meine Hand und sagte Worte, die ich von dieser Frau niemals erwartet hatte:

»Sei froh, dass Du weg bist. Hier geht's alles den Bach runter.«

Der Weg zur Sisa's Wohnung war kurz, aber für mich schier endlos und schwer. Ich ging langsam und nachdenklich. Eine Last war ich losgeworden, konnte froh und sorglos sein. War ich auch, bis zu dem Moment, als ich einen Anruf erhielt. Der darauffolgende Schock drückte mich fast in den Boden.

»Na sag schon, war sie daheim?«, fragte mich meine neugierige Schwester, als ich bei ihr ankam. Sicher erwartete sie eine ganz andere Antwort von mir, als die folgende:

»Viktor ist gestern gestorben.« Waren die ersten Worte, die ich Sisa sagte. »Soeben hat mich seine Frau angerufen. Bin schockiert. Der scheiss Alkohol!«

»Ich fasse es nicht, Dadi!«

»Ich auch nicht. Aber weisst du was? Jetzt kann ich endlich alle meine offenen Tore schliessen.«

»Die Lehrerin?«

»Alles ok.«

»Und Paul?«

»Der kann mich mal…!«

Psychisch erschöpft setzte ich mich in die Küche und wollte vorerst nur absolute Ruhe haben.

Am nächsten Tag fuhr ich wieder zu meiner kleinen Familie zurück. Dieses Kapitel meines Lebens hatte mich ziemlich müde gemacht. Die alten Tore waren jetzt nicht mehr rostig, ich hatte sie soeben mit einem Gefühlsöl gepflegt und für immer friedlich geschlossen. Jetzt freute ich mich auf den starken Stamm des Nussbaumes, an dem ich mich anlehnte und auf das nächste Buch-kapitel des Liebesromans, wo ich in eine ganz andere Welt eintau-chen würde.

DAS ENDE IN DER MITTE

. Aber bitte mit Sahne .

Unser Töchterchen war inzwischen sechs Jahre alt geworden. Als Eltern waren wir ganz stolz auf sie und standen vor der Entscheidung, wo wir wohnen sollten, damit sie die Schule ohne unnötige Komplikationen beenden konnte. Denn es war nicht unüblich, dass manche Schulabschlüsse in einem anderen Kanton, der eigene Gesetze vertritt, automatisch akzeptiert wurden. Falls das so wäre, müsste das Kind ein Zwischenjahr einlegen oder eine Extraprüfung absolvieren, damit es zur nächsten Stufe zugelassen würde.

Das wollten wir umgehen und so kamen wir nach reichlicher Überlegung und Betrachtung aller Alternativen zum Resultat: Wir bleiben in diesem Kanton weiterhin wohnen, bis Lula 18 Jahre alt wird. Mittlerweile fühlten wir uns alle drei in diesem Kanton wie daheim. Lula, die schon ihren Kindergarten hier besuchte und dort jeden Mittwoch ein Stück »Butterbrot mit Angge«- wie sie das immer sagte -, von Frau Wachtel bekam, wollte auch nicht umziehen.

Richard war ein Visionär. Der nutzte den starken Franken aus und kaufte weiterhin so manche Dinge ein, die mit der Zeit an Wert nur gewinnen konnten. Das hatte er sich als verantwortliches Familienoberhaupt ganz fest in den Kopf gesetzt. Unser Wohnzimmer schmückten inzwischen wertvolle Bilder und auch seine Jagdwaffensammlung hatte mit der Zeit eine stolze Grösse erreicht. Sein »glückliches Händchen« brachten ihm immer wieder gute Geschäfte ein, so wurden wir Besitzer eines weiteren Hauses, das er aber im Handumdrehen mit gutem Gewinn verkaufen konnte. Sollte mir jetzt noch jemand widersprechen wollen, dass »das Geld nicht die ganze Welt regiert«, bin ich bereit, ihm sofort meine Mailadresse zu geben ...

Aber auch ich war tüchtig, obwohl in anderen Bereichen: Immer dort, wo ich mich auskannte und da, wo es mir möglich war. So ging ich meinen beruflichen Träumen nach. Ich wechselte wieder mein Arbeitsfeld und nach der Geburtenklinik, in der ich vier Jahre gearbeitet hatte und ganz glücklich war, ergab sich die Chance, einen Traumjob zu ergattern. Den bekam ich auch! So wurde ich in einer Telefonzentrale angestellt, wo man die medizinischen Notfälle triagierte und zum Teil auch behandelte. Das war super! Hier war ich in meinem Element. Ich beriet die Kundschaft am Telefon, organisierte Notfalltransporte, bediente technische Apparate, die die medizinische Sicherheit der Bevölkerung sicherstellten, aber vor allem, ich sprach, sprach und sprach. Managte alleine bis zu 100 Anrufe pro achtstündigen Dienst. Manchmal sprach ich in zwei Telefone gleichzeitig hinein. Da kam mein Temperament und Gedankenfluss voll zum Einsatz. Ich war für etwa 300 000 Anwohner zuständig. Hier störten niemanden meine auffallenden Ohrringe oder Sandalen ohne Socken, hier galt als Massstab nur die fachliche Leistung in menschliches Gespür verhüllt.

Aber ein Kompliment hörte ich doch, und zwar von der männlichen Bevölkerung; meine Stimme wirke beruhigend, fast leicht erotisch auf sie. In solchen Momenten musste ich immer laut lachen, worauf mir der Anrufer sagte:»Sehen Sie, eben habe ich das wieder erlebt.« Na gut, wenn das die richtige Medizin für sie sein sollte, dann sind sie nicht ernsthaft krank, dachte ich mir.

Lula kam mich manchmal nach der Schule besuchen. Sie wusste, da musste sie ganz still und ruhig sein, denn die Arbeit mit Notfällen war sehr anstrengend, aber auch lustig. Zum Beispiel dann, wenn mich die gebürtige Italienerin am Telefon fragte, wo die Klinik gegen Jucken ist? Sie meinte damit die Dermatologie. ☺

Ich wollte noch weiter kommen in meinem Beruf, denn ich hatte zumindest in dieser Hinsicht einen weiteren Traum. Während meine Privatträume doch stark von Richard abhängig waren, wollte ich wenigstens da meine eigene Chefin sein und Regie führen. Mein Traum war es, komplett alleine arbeiten zu können. Ich besuchte verschiedene Weiterbildungen, erkundigte mich nach Gesetzen und Paragrafen; und nach acht Monaten mühsamer Papierarbeit bekam ich die Bewilligung, die es mir ermöglichte, als selbständige Krankenschwester zu arbeiten. Huraaa!!!

Ich war eine moderne Schwester ohne Kopfhaube und »Fräulein-Rottenmeier-Schuhen«, ich hatte Auto, Laptop, Visitenkarten und ein modernes Handy. Am Vormittag war ich als private Krankenschwester bei meinen Klienten zu Hause tätig, am Nachmittag bediente ich das Telefon in der chaotischen Zentrale. Jahre lang ...-, ganz zu schweigen davon, dass ich noch den Haushalt schmiss, und die Erziehung unserer Tochter stand auch jeden Tag auf dem Programm. Ich bin allen diesen Pflichten sehr gerne nachgegangen, denn ich liebte meine Familie über alles und für eine Ehefrau sind solche Aufgaben ganz normal. Jahre lang!

Mein Mann hatte in dem Architekturbüro, wo er halbtags tätig war, einen sehr benevollenten Chef gehabt. Er liess ihn selbständig seinen Tages-, ja sogar Wochenablauf gestalten, Hauptsache, die Arbeit war am Ende des Monats in gewünschter Qualität erledigt. Das war sie auch und der Chef hatte ihn sehr dafür bewundert, wie er alles unter einen Hut brachte. Halt Richard! So konnte er den Arbeitsplatz für mehrere Tage verlassen und spontan seinen Geschäften nachgehen, nach dem Motto: »Das Eisen schmiedet man, solange es noch heiss ist.«

Aus Tagen der Absenz waren es manchmal auch Wochen geworden und sobald er zuhause angekommen war, wurde er schnell nervös und mit der Zeit seine Laune fast unerträglich für mich. So freute ich mich manchmal, ohne mich zu schämen, dass er schon wieder die nächste Reise plante, denn dann genoss ich meine Ruhe. Das Einzige, was ich nicht mochte, war unnötiger Stress und Nörgelei. Richard war geistig nicht glücklich hier, das spürte ich. Als Ventil seiner schlechten Laune, speiste er mich mit Aussagen ab: »Ich hätte eben keine Ahnung, was sich draussen so abspielt, ich hockte ja nur daheim, die ganz wichtigen Sachen passierten stets ausserhalb meines Sichtfeldes. Glück hätte ich, dass ich einen solchen Mann habe, der das alles wisse, sonst würde es schlecht um uns drei stehen...«, Zack, Bum!, war seine kleinmachende Antwort auf die Frage, wo er wieder hinginge, da er doch erst vor ein paar Tagen angekommen war.

Er habe das passende Grundstück oder Haus für uns noch immer nicht gefunden; bis er das nicht erledigt habe, würde er reisen - er mache das ja für uns und unsere gemeinsame Zukunft, gab er jedes

Mal als wichtiges Argument ergänzend als Antwort dazu. Schluss-endlich müsse man die Chance jetzt nützen und für das Alter vorsorgen.

Ich hingegen dachte jetzt nicht an meine Pension: Mir war es egal, wo ich einst grauhaarig und mit Falten im Gesicht leben würde - viel wichtiger war mir aber, mit wem ich den Herbst des Lebens verbringen würde, wenn es mal so weit sei. Bei dem Wort Herbst kam mir sofort die eine Depression begünstigende Herbsttapete in Richards Wohnung in den Sinn. Und ein kalter Schauer lief mir über den Rücken. Oh Gott, hat er etwa schon die Midlife-Crisis, oder steuerte er bereits zielgerade auf die End-of life-Phase zu?

Es gab noch einen anderen Grund, warum ich manchmal froh war, dass er wegging: Ich war am Ende des Tages sehr müde. Eine neue Firma aufzubauen, war anstrengend. Dazu wollte ich die Mutterpflichten nicht vernachlässigen und stets als starke und gute Mutter für unser Kind da zu sein. Die war ich auch. Meine Hor-mone schliefen unterdessen oft schon, noch bevor sie das Bett sahen. Oder waren sie sogar schon ausgestorben? Aber ich war halt verheiratet, so fühlte ich mich natürlich verantwortlich dafür, auch die Ehepflichten zu erfüllen. Bei aller Liebe, danach stand mir einfach nicht der Sinn. Infolgedessen musste ich mir zwangsweise Vorwürfe anhören: Ich soll mehr Aktivität zeigen, oder ob ER mich zur Abwechslung - einem Palatschinken gleich - mal auf die andere Seite wenden soll? Ich wisse doch wie »es« geht...Ich aber hatte vermutlich vergessen, was es hiess, guten Sex zu haben; viel-leicht sollte ich heimlich noch mal eine Neuausgabe der Bravo lesen. Na Bravo!

Ja, es stimmte, ich war zeitweise wie ein Stück Strandgut im Bett...., aber wenn man auch so behandelt wird...Früher hatte unser Liebesleben wenigstens etwas mit »Sport« zu tun, heutzuta-ge nur noch mit dem »Ort« - das war definitiv einfach zu wenig, noch dazu für eine waschechte Löwin, die mit Gefühlen geradezu überfüllt war. Ein »Tatort« zu sein, nein! Und wenn schon Palat-schinken, dann bitte mit feiner Marmelade dazwischen und reichlich Sahne obendrauf! Wenn ich bitten darf. Aber beides war inzwischen Mangelware.

. zwei Jahre danach .

Richards Reiseaktivität hatte nicht nachgelassen. Ganz im Gegenteil. Er war stets wie ein Columbus auf Entdeckungsreise ... Was nachgelassen hatte, war seine Gesundheit; denn anstatt sich zu schonen, wie ihm das die Ärzte empfohlen haben, hat er einen drauf gelegt. So musste er mehrmals behandelt werden, bekam wieder starke Spritzen gegen seine Rückenschmerzen, die auch mir weh taten, weil er sich eigentlich für uns drei so abwrackte. Aber er hatte endlich das grosse Glück gehabt und fand das lang gesuchte Herbst-Winter-Traumobjekt zum Wohnen! Und ich konnte nur »Heureka!« sagen. Bei der nächsten gemeinsamen Reise in die Slowakei würde er uns das Prachtstück gerne präsentieren. Na dann freuen wir uns! Dem war auch so.

... und du wusstest von nichts? !

Es war Sommer und wir waren wieder in unserem herzigen Häuschen gewesen. Ich konnte wegen meiner Firma nur ein paar Tage wegbleiben. So gingen wir gleich am nächsten Tag mit voller Spannung und Freude das Grundstück besichtigen. Bei der Betrachtung des »Prachtstückes«, wo wir nach zehnminütigem steilen Marsch ankamen, umringt von Wald und Wiesen, fasste ich mich an den Kopf und dachte: »*Das darf doch nicht wahr sein!*«
»Richard, was hast du dir dabei nur gedacht? Hier sagen sich doch Fuchs und Hase gute Nacht! Es gibt weder Wasser und Strom, noch führt eine Strasse hierhin. Bist du verrückt geworden? Für so was gebe ich keinen Groschen aus!«
»Aber schau mal die schöne Aussicht und die Ruhe, Liebling.«
»Ruhe? Hier möchte ich nicht mal nach meinem Tod ruhen!«
Ich hatte genug. Nach zwei Tagen reiste ich ab, denn ich brauchte meine Zeit, um das alles zu verdauen, bis meine Mannschaft wieder in die Schweiz zurückkreiste. »*Einer von uns beiden spinnt, doch ich bestimmt nicht*«, dachte ich mir. Mit seiner unberechenbaren körperlichen Beeinträchtigung, mit der er einen einfachen und sicheren Zugang zum Arzt haben sollte, suchte er sich ausgerech-

net eine Bleibe in einem Urwald? Klar, er musste nicht gerade auf einem Marktplatz das Haus kaufen, aber uns in der Wildnis zu platzieren...?! Wir sind doch nicht bei Forsthaus Falkenau!

Es war genau 15 Uhr und 15 Minuten. Zeit, in die verrückte Zentrale zu fahren und deshalb mein Fahrrad aus dem Veloraum rauszunehmen. Plötzlich sagte mir mein Mann, auf dem Balkon sitzend, die Zigarette geniessend und noch immer in einer Art Erholungsphase von der gestrigen Heimreise, er habe mir was zu sagen.

»Mach aber schnell Rischo, ich muss schon los«, entgegnete ich ahnungslos.

Er drückte noch in aller Ruhe die Zigarette aus und sagte ohne aufzublicken:»Das Objekt habe ich bereits gekauft...Und noch ehe ich es richtig fassen konnte,»platzte die Bombe«:»Es ist allerdings nicht für dich, sondern für mich und meine Freundin. Ich will mich von dir scheiden lassen. Du bist undankbar, und deinen Erwartungen hat das Haus ja eh nicht entsprochen. Du hast es sowieso nicht verdient!«

Da war er, der erstklassige Tritt in den Arsch. Den hatte ich weiss Gott nicht verdient.

Ich weiss nicht, wie ich zur Arbeit gefahren bin, wie ich den achtstündigen Dienst gemeistert hatte. Aber ich hatte ihn gemeistert, und zwar genau nach Schweizer-Art cool bleiben, sachlich antworten, sich nichts anmerken lassen, denn Professionalität gibt Emotionen in solchen Situationen keinen Raum. Privat und Arbeit trennen. Ich funktionierte wie ein Soldat. Befehle ausführen, nichts in die Frage stellen.

Nach der Schicht hatte ich keine Lust nach Hause zu fahren, ich brauchte Luft und Zeit, um nachzudenken, so schob ich das Velo nur ganz langsam neben mir her und nahm Richard's Worte nochmals auseinander. Er will sich scheiden lassen...? Hat er das ernst gemeint...? In der Mitte des Geschehens will er aufhören? Ist er sich seiner Worte denn überhaupt bewusst gewesen oder spielte er nur die beleidigte Leberwurst? Zurück blieb ein geistiges Vakuum.

Mir platzte fast der Kopf. Schock, Trauer, Angst hatten meinen Verstand vernebelt. Ich konnte nicht mal weinen, ich war auf der ganzen emotionellen Strecke blockiert. Der einzige Mensch, der mir da vielleicht etwas Klarheit bringen konnte, war Angelika. Meine einzige Freundin dort. Ich rief sie also an. Schaute dabei nicht auf die Uhr, ich tat es einfach. Sie nahm Gott sei Dank ab und nach der Durchsage meiner Mitteilung prallte sie mir unerwartet und definitiv den Knüppel auf den Kopf.

»Und du wusstest von nichts? Das geht schon über drei Jahre, alle hier wissen das, meine Liebe!«

»Was?! Drei Jahre, und du hast bis heute geschwiegen? Wir haben doch vor zwei Wochen Kaffee zusammen getrunken und du hast mir kein Wort davon gesagt. Warum spielst du mir so ein Theater vor? Woher sollte ich das auch wissen, ich habe Richard geliebt und ihm voll und ganz vertraut. Und du willst meine Freundin sein?! Schäme dich dafür! Du verdienst von dem Wort nicht mal das »F« zu haben – höchstens für ein anders Wort, das so anfängt, aber nicht meinem Niveau entspricht. Mit dir habe ich jetzt abgeschlossen. Unsere Freundschaft lege ich ab sofort und für alle Ewigkeit in den Tiefkühler!«

Selbst in den schlimmsten Momenten hätte ich nie daran gedacht, dass Richard mich jemals betrügen würde…; mich, die auch selbst nie chancenlos bei anderen gewesen, aber nie fremd gegangen war. Ihm, der inzwischen zum Invaliden geworden war, hatte ich die Treue versprochen und in guten und schlechten Zeiten zu ihm gehalten, im bedingungslosen Vertrauen - einer Eigenschaft, die unabdingbar zu jeder Beziehung gehörte. Und er machte jetzt so was?! Was Widerliches und so klassisch Billiges, wie einlagiges Toilettenpapier. Er tat es aber, mehrfach und Jahre lang…

Ich dumme Gans! Wusste von gar nichts! Jahre lang!

Angie schob nicht ohne Ironie besänftigend nach, die Freundin sei sehr jung, aber immerhin – hässlich!

Da schmiss ich voller Wut mein Handy auf den Boden und fing zu weinen an. Verdammt in alle Ewigkeit! Was wollte sie mir mit dem »Hässlichen Entlein« denn bitte sagen…?

Es war Zeit, innerlich abzuschliessen. Das Verfallsdatum unserer Ehe war abgelaufen. Die Scheidungsverhandlung dauerte sieben Minuten. Aus der Traum! Der nächste bitte…

. Die Erdgravitation .

Was man am wenigsten will, das passiert einem am meisten. Wenigstens mir ging es so. Nie wollte ich eine geschiedene Frau sein. Für mich war das eine Niederlage, eine Schande, etwas was die anderen schaffen, schaffte ich nicht. ICH. Aber eben: Die Tatsache war, auch die Lula hatte ab jetzt solche Eltern, die getrennte Wege gingen. Unser einmal geplanter gemeinsamer Weg hat sich gesplittet. Richard plante unsere Zukunft in unserer Heimat. Alles gut und recht. Dafür mussten wir uns aber nicht scheiden lassen und die kleine Familie auseinanderreissen? Wozu? Wo war der eigentliche Grund? Er war der Situation einen Sprung voraus; er war es, der sich dort ein Haus ausgesucht hatte - und wie praktisch - die »Haushälterin« stand auch schon in der Küche und lag gleichzeitig im Bett. Er wollte ein neues Leben anfangen und zwar jetzt und dort; aber ohne uns. Damit hatte ich nie gerechnet. Ich spielte immer mit offenen Karten. Er hielt sie bedeckt.

Luisa litt unter diesen Umständen, denn sie war stolz auf ihren Vater, der so anders als die anderen Väter gewesen war. Stark und mutig. Weise. Jetzt würde er zwangsläufig noch weniger für sie da sein, obwohl er hier noch eine kleine Wohnung hatte. Wir weinten beide. Jede auf ihre Art.

Mein Weinen steckte ich in das Schreiben von Gedichten. Lula weinte nach innen.

Eine Untreue wollte ich keinesfalls akzeptieren. Zugegeben, ein einmaliger Ausrutscher war mir aus Erzählungen nicht fremd; aber Fremdgehen aus Prinzip sollte in jeder Beziehung auf immer fremd bleiben. Auch ich brauchte keinen braven Ehemann, der nach aussen eine Traumhaus-Komödie für die intakte Familie vorführte, während er sich am Ende als Gefühlsgranit erweisen sollte, der einer anderen bereits einen Balztanz vorspielte.

Eins muss man uns beiden aber doch zugute schreiben. Wir führten keinen Ehekrieg, wir liessen den Anwälten keinen unnötigen Geldgewinn zufliessen. Wir gingen in Anstand auseinander und Lula hatte nach wie vor uns beiden »gehört«, auch wenn sie bei mir wohnte.

Klar, es gab Momente, da überfiel mich die Angst, wie es weitergehen sollte, packte mich die Wut über das »Entlein«, die übrigens gelernte Köchin war. (Aha, daher die Palatschinken ☺)

Wenn sie in solchen Augenblicken da gewesen wäre, hätte ich ihr sicher die Augen ausgekratzt, mit der grössten Bratpfanne auf den Kopf gehauen. Was erlaubt sie sich in meine Familie einzudringen. Aber es braucht immer zwei dafür, einen der die Türe öffnet und den anderen, der sie von innen zumacht und bleibt.

Und dennoch: Es gab auch Momente, in denen ich froh war, im Bett nicht mehr dienen zu müssen und die Nummer zwei zu sein. Wenn ich jetzt und heute zurückdenke, also nach einer reifen und langen Zeit, bin ich froh und dankbar, Richard doch kennengelernt zu haben. Ich habe eine tolle Tochter von ihm bekommen und ich kann perfekt den Rucksack packen ☺.

. Pubertät - Folgen mit Folgen verfolgen .

Luisa war ganz schnell selbständig geworden. Sie war bei der Scheidung 11 Jahre jung gewesen und ihr Vater wohnte nicht mehr auf dem helvetischen Terrain, sagte Wilhelm Tell der Rütliwiese »Uf Viederluege«. Er genoss die schöne Aussicht und Ruhe auf dem Hügel mit der hässlichen Köchin, wie sich es aber herausstellen sollte, nicht mehr lange. Aber das ist ab sofort seine Geschichte…

Meine Geschichte ging so weiter. Ich war physisch kräftig, psychisch stark, gesund und auch ich wollte ein neues Leben anfangen. Aber noch war ich nicht bereit, der Stachel sass einfach zu tief. Die heissen Tränen nach der Scheidung sind zwar trocken geworden, aber so manche Träne liess sich gar nicht abtrocknen. Ich bewohnte mit Lula eine andere Wohnung, wir fuhren in einem anderen Auto und hatten das neueste PC Model auf dem Pult stehend. Trotzdem fragte ich mich, wie viele Male muss der Mensch auf die Schnauze fallen und wieder aufstehen; merken, dass dieser Weg nicht der richtige ist. Zwischenerkenntnis: So oft, bis er in seinem Schädel das Gehirn entdeckt.

. Drei Jahre danach .

Die extrem einschiessende Pubertät unserer Tochter brachte mich nicht aus der Fassung, machte aber trotzdem hier und da schon mal ihre Probleme; auch vor Überraschungen war ich nicht gefeit. Nicht nur ich, auch die lieben Nachbarn. Sie war mein erstes Kind. Ohne einen Kurs, namens »Wie überlebt man die Pubertät eigener Kinder, ohne dabei selbst nicht verrückt zu werden« zu besuchen, wurde ich ins kalte Wasser geworfen. So lebte ich in den Tag hinein und war einfach für sie da. Manchmal als Freundin, manchmal als »Luft«, aber immer als Mama mit offenem Herz und Ohr. Lula sprach mittlerweile fünf Sprachen, aber mit mir, oft in keiner. Das Schreiben indes hatte sie nicht verlernt.

Eine Zeitlang schlüpfte ich in die Rolle als Chauffeuse, und reagierte auf folgende SMS von ihr:

»Mamaaa, gell du holst mich in 15 Min. ab?«

»Dadaaa, bring mir bitte sofort die blumige Badehose. Sind in der untersten Schublade.« (alle Schubladen waren ausgeräumt, alle Klamotten lagen kreuz und quer auf dem Teppichboden verteilt. Bei dem Anblick hatte ich den Verdacht, sie wurde auf der Säuglingsstation vertauscht)

»Mamaaa, habe den Bus verpasst, holst mich bitte beim Marco ab? « (fast täglich)

Ich tat das gerne, und musste schmunzeln dabei - im tiefen Herzen beneidete ich sie sogar um so eine flexible Mutter.

Dann war ich wieder eine Köchin.

»Dadaaa, bin hungrig, hast du schon gekocht? Komme in 10 Min.« (habe täglich gekocht)

»Dadaaa, wir haben Hunger, sind schon unterwegs. 5Pers. in 5Min.« (hoffentlich keine Veganer)

Eines Tages machte mir unsere Wohnungstür ein Fräulein mit rabenschwarzen Haaren auf. Von vorne lachten mich ein paar pinkfarbene Strähnchen auf dem Pony an, rundum erstrahlten gänzlich glatte Haare wie ein sauber geputzter Spiegel. Die helle Haut und wunderschöne blaue Augen gaben dem ganzen Gesicht einen wirklich schönen Rahmen. Erst die Stimme offenbarte, es war meine Luisa ☺ und sofort erzählte sie mir eine verrückte Geschichte…

»Sie traf…, sie wurde auf der Strasse angesprochen…, man hatte sie gleich mitgenommen… gefällt's dir Dada?«

Der Apfel fällt nicht weit vom Stamm, was soll ich dazu noch sagen… Auch ich war eine Weile ein Haarmodel; sie setzte also die Familientradition vorbildlich fort. Alle Achtung! Genehmigt!

Nach zwei Wochen kam sie mit blauen Strähnchen, dann kaufte sie sich drei lebende Ratten, die sie auf den Schultern durch die Gegend trug und später kam sie aus der Stadt mit einem Loch in der Nase, das sie bei der Geburt bestimmt nicht hatte. Da war ich mir als Mutter ganz sicher! Ach du meine Güte! Klar hatte sie meine Unterschrift gefälscht, die sie als Bestätigung zur Erlaubnis eines Piercings brauchte. Klar, was denken Sie…?

Die Ratten haben sich nach und nach selbst gegenseitig gefressen. Erst von dem Moment an konnte ich aufatmen und in Ruhe durch die Wohnung laufen.

Im Sommer schickte ich sie als Austauschschülerin zu einer Familie nach England, ihr Englisch aufpolieren. Während der ganzen zwei Wochen bekam ich von ihr nur eine einzige SMS: »Bin erkältet, überall ist Dreck, bitte Handy aufladen.« Auf dem Flughafen habe ich sie bei der Ankunft nicht wiedererkannt.

Sie sah wie ein Papagei aus. Den Emo-Style, der damals in England der Renner war, hatte sie voll ausgelebt. Zum Glück nur modemässig. Sie hatte pink-schwarz gestreifte Kniestrumpfhosen an, einen schwarzen Minirock, ein pinky Sommer T-Shirt, 20 000-farbige Armreifen, 30 000 hängende und geklemmte Ohrringe und 48 765 farbige Haarschleifen in den Haaren, die sie ca. drei Tage lang nicht durchgekämmt hatte. Ich musste blitzschnell überlegen, ob ich mich zu so einem Exoten bekenne, oder ob ich jetzt schleunigst eine SMS schicken sollte: »Falls du das bist, wir treffen uns zu Hause.«

Wir führten einen modernen Haushalt. Damit ich nicht einrostete und mit dem farbigen Vogel wenigstens technisch-mässig mithalten konnte, fing ich an zu chatten. Ich war Mitte fünfzig, ich weiss es, manche in dem Alter denken bereits eher in Richtung Grabschmuck, aber ich war sehr jung im Kopf geblieben und wollte noch so vieles erleben... Ich meldete mich also bei einem Chat an, wo sich die Slowaken trafen, die im Ausland leben. So lernte ich viele Frauen kennen und auch paar Männer. Es war eine ganz neue Erkenntnis für mich, wie viele von »uns« draussen sind. Ich organisierte sogar dreimal das Treffen von uns allen. Jedes Jahr eines. Immer in einer anderen Ecke der Slowakei und es war wirklich eine sehr schöne Begegnung. Die Lula war immer mit dabei. Fazit der Begegnungen war, wir alle haben die gleichen tiefen Wurzeln, die man selbst nach jahrzehntelangem Leben im Ausland nicht verleugnen kann oder auch nicht will. Somit hatten wir alle etwas gemeinsam. Von wegen gemeinsam, einsam...

Von allen, die ich kannte, hat mir am meisten Daniel imponiert. Ein junger Mann, damals trug er lange Haare, mit extrem starkem Sinn für die englische Musikszene. Altersmässig hätte er mein Sohn sein können. Gerne sogar. Er litt an einer Art Mutterkomplex. Lebte in London. Wir haben uns x-mal getroffen, stundenlang telefoniert, gelacht, gestritten, aber am Schluss immer in Frieden verabschiedet. Nach zwei Jahren zog er weiter nach Amerika. Er war wie ein Bruder für mich, mein Beichtvater, Kumpel, Psychologe. So merkwürdig das auch zu sein scheint: Ja, trotz des 20jährigen Altersunterschieds einte uns mental mehr Gemeinsames, als ich es zuvor mit meinem gleichaltrigen Mann erlebt hatte.

Eine ganz andere Person war der Roman, 30-jährig, wohnte in Nizza, sein Auto heizte auch im Sommer, sein Humor war unverwechselbar; er hatte ewig von einer dunkelhaarigen Frau mit schmaler Taille geträumt und war fündig geworden. Er wusste in jedem Moment, das passende Wort zu sagen; ich lehrte ihn deutsch, er machte dafür der Lula Franzi-Husi ☺

Dann trat Stan in mein Leben. Der hatte mit dem Chatten nichts am Hut. Auf einem Spaziergang im Lugano-Paradiso traf ich ihn das erste Mal. Ich verkürze hier die Geschichte nur auf das Wesentliche beschränkt: Stan war drei Jahre lang mein Freund, die meiste Zeit aber nur Sexmodel. Ein 30-jähriger in sich verliebter Mann mit extrem schönem Körperbau, Kopfform Model-Bügeleisen, fast keine Haare, kochte gut, sonst geizig. Er liess mit sich alles machen, worauf ich Lust hatte. Bei ihm lernte und probierte ich fast alles, was sextechnisch machbar war. Betonung auf fast! Ich litt unter einem Nachholbedarf. Ausser der Missionarsposition mit Palatschinken-Geschmack ohne Konfi hatte ich ja nichts kennengelernt. Es war Sommer, meine Hormone waren aus einem jahrelangen Tiefschlaf erwacht - wie die ersten Blumen in Kanadas verschneiter Frühlingslandschaft schauten sie vorsichtig umher. Stan gab mir den Stempel, definitiv kein langweiliger Betttrottel zu sein. Grazie tante!

Alle diese drei Männer halfen mir über die nicht immer leichte Zeit, als alleinerziehende Mutter einer pubertierenden Mitstreiterin durchzukommen, jeder auf seine Art.

Stan kam über das Wochenende zu uns, Roman erheiterte meinen Durchhalte-Willen mit einem lustigen Spruch und Daniel schliesslich, der rief mich fast täglich an und erwies sich als treue Seele. Dann las ich ihm meine Gedichte vor, wobei er sich fragte, was los sei, denn sie wirkten alle sehr traurig. Das passe nicht zu mir.

Der Lula fehlte ihr Papi. Wann immer es möglich war, flog sie zu ihm und genoss die Zeit, ihn wieder um sich zu haben. Die ganzen Sommerferien verbrachten sie zusammen, danach kam Luisa in eine andere Schule, ihre Hormone hatten sich schlagartig beruhigt, so dachte ich es. Denkste…!

Dezember, eine Woche vor Weihnachten. Ein Telefonat von einem Herrn »Soundso«, Lehrer aus der Schule, die Lula ab diesem Sommer drei Jahre lang besuchen sollte. »Die Absenzstunden ihrer Tochter sind inzwischen so gross, dass sie mit keinem Zeugnis mehr entschuldigt werden können.« Es fühlte sich an wie Verrat. Ich wollte es zwar nicht wahrhaben, aber auch keinesfalls vorschnell Schlüsse ziehen.

Abends Telefonat mit Daniel: »Dadi, du wusstest davon nichts?«

Eine Stunde später folgte eine kurzatmige SMS von Stan: »Tut mir Leid, verbringe die Feiertage in Brasilien, es war schön dich kennenzulernen. Migros hat jetzt Aktion: Margherita drei für zwei.«

Lula setzte mich am gleichen Abend in Kenntnis ihres perfekt ausgearbeiteten Zukunftsplanes – eines für sie natürlich. Um diesen Schock mit ihr auszudiskutieren, gingen wir ins Bad - ich weiss es nicht, warum ins Bad. Ich stand, angelehnt an dem warmen Heizkörper an der Wand, sie sass in einem von zwei Lavabo und las vom Papier ab: Ab sofort gehe sie nicht mehr in die Schule. Papi habe sie schon abgemeldet und mit dem Herrn Soundso bereits alles schriftlich festgehalten. Im September fange sie in der Slowakei die Schule an, Papi habe sie schon angemeldet. Sie freue sich, weil das immer schon der Traum vom Papi gewesen sei. Im Sommer geniesse sie erst einmal die Ferien bei ihm, was konsequenterweise bedeute, sich vor den Ferien tiefer in die slowakische Grammatik einzulesen und vorzubereiten; im Juni fange ja auch die Jagdsaison an, da müsse sie natürlich dort sein, aber im Mai sei es dort ohnehin am schönsten und noch nicht so heiss, weshalb es sich anbiete, schon dann dort präsent zu sein – Fazit: Ende April werde sie deshalb umziehen. Ende, Aus!

Meine leise Ahnung bestätigte sich: ES WAR VERRAT!

Das darf doch nicht wahr sein?! Die beiden hatten sich - ohne mir etwas zu sagen - gegen mich zusammengeschlossen; jetzt stehe ich da wie eine Idiotin, nicht fähig, etwas sagen zu können. Lula und Richard waren wie zwei siamesische Zwillinge, bei denen ich kaum in der Lage war, den Spielverlauf entscheidend gegen sie zu beeinflussen. Abgesehen davon kann ein Kind in der Schweiz ab seinem 12.Geburtstag selbst wählen, bei wem es leben wird. Somit wurde ich auch von den Behörden mundtot gemacht. Ich konnte es nicht fassen.

Es folgten die schlimmsten vier Monate in meinem bisherigen Leben mit Lula zusammen. Sie kam nur zum Schlafen nach Hause, fing an, heimlich zu Rauchen; als ich es Richard sagte, war seine Antwort: Ich solle sie jetzt einfach mal sein lassen; er stehe schliesslich täglich in Kontakt mit ihr.

Aha, Erziehung per SMS, na wunderbar!

Mehrmals fing ich das Gespräch mit Lula an, wollte sie aufklären darüber, was es heisst, in einem für sie fremden Land in die Schule zu gehen. Sie kannte die Slowakei ja nur aus der unbeschwerten Urlaubszeit... Mein Herz machte die schlimmste Prüfung durch. Nachts verfolgten mich einzelne Filmabschnitte meiner Vergangenheit: Meine ungewollte Emigration, Verlust des Viktors, Trennung von meiner Schwester, Richard's Unfall,

Luisa's schwere Geburt, der Ehebetrug, Angelika in dem Tiefkühler...

Mehr denn je wurde mir bewusst, dass sie all ihre Erkenntnisse über ihre zukünftige Welt nur ihren urlaubsbedingten Erfahrungen zu verdanken hatten und diese waren noch dazu nur aus zweiter Hand. Ich als Mutter, wollte sie natürlich davor bewahren, sie der oft krass im Gegensatz dazu stehenden Realität auszuliefern: Wer könnte das besser als ich.

Alles nutzte nichts. Alles vergebens. Und ob sich die gutgemeinten Papi-Prophezeiungen erfüllen würden, blieb abzuwarten.

Nach langer Zeit weinte ich wieder. Ich suchte den Fehler natürlich bei mir. Die Verluste nahmen verdammt noch mal kein Ende! Was mich nicht umbringt, sollte mich stärken? Scheiss drauf, ich bin stark genug, mehr muss ich nicht werden. Aber das hier, das wird mich endgültig umbringen. Ich weinte immer wieder, laut und leise, immer heimlich, und fand keine Antwort auf meine schmerzenden Fragen. »Warum spricht mein Mädchen nicht mit mir?« schrie ich in den Wind - es war genug! Ich konnte nicht mehr.

In dieser Zeit wünschte ich mir, es wäre schon April, denn ich ertrug keinen weiteren Verrat mehr. Wenn ich alleine sein werde, kann mich wenigstens niemand mehr enttäuschen, das ist das einzig Gute am Alleinsein.

Es wurde unfreiwillig die Woche der »schönen Bescherungen« : Neben dem Flitzen- und Stan-Desaster sollte Lula wie abgemacht die Festtage mit Richard verbringen; so war ich jetzt also allein mit Rohwaren, die ich extra mit Freude für eine traute Zweisamkeit eingekauft hatte – ich sollte demnach mit dem einzigen lebendigen Weihnachtsbegleiter vor dem Fernseher verbringen: Mit meinem tiefgefrorenen Karpfen - »Drei Nüssen für Aschenputtel« und »Sissi, der jungen Kaiserin« als Statisten mit am Tisch.

Weihnachten war mir ein Greuel!

Am 30. Dezember rief mich Daniel an, ich solle ihn morgen am Flughafen Kloten abholen. Er wollte mit mir das Neue Jahr verbringen. Eine grössere Freude konnte mir in dieser Situation niemand machen. So war`s auch!

. Die Schweizer Jugend in die Kartons en(d)sorgen .

Der letzte Tag vor Luisa's Abreise war unerträglich für mich. Begleitet von ständig sich wiederholten Weinausbrüchen, die mich schwach machten, musste ich doch viele Dinge unter Kontrolle halten. Ich wünschte mir nur eines, es sollte schnellstmöglich der nächste Abend werden. Ein Transporteur mit Chauffeur waren angekommen: Filip, der treue slowakische Freund der Luisa, nebst Fahrer auf vier Rädern. Nur knapp fanden alle Schachteln in dem Auto ihren Platz. Im Kinderzimmer lagen zwei Matratzen auf dem Boden. Für Lula und Filip. Das letzte Mal sollte sie hier schlafen. Nicht mehr. Bis spät in die Nacht hatte sie sich noch von ihren Kameraden verabschiedet.

Schweigsam sass sie am nächsten Morgen am Frühstückstisch. Ich, wie üblich, kriegte keinen Bissen den Hals hinunter. Es würden immerhin 1200 km auf uns warten. Zwei Autos, vier Leute, davon ein Geburtstagskind. Dic Luisa. Ausgerechnet an ihrem 16.ten Geburtstag fuhr sie mit all ihren Sachen, die sie ihre 16 Jugendjahre begleiteten, in die Heimat ihrer Eltern.

Den ganzen Weg sprach sie kein einziges Wort, ass nichts, nahm keine Flüssigkeit zu sich. Ich denke, sie nahm ihre Nahrung durch die Musik auf, die sie die ganze Zeit aus dem Handy hörte.

Meine Gedanken kreisten während der Fahrt immer wieder auch darum, wie es wohl ohne sie sein würde. Was würde mich mit dem ersten Schritt zurück in der Wohnung erwarten? Kalte Leere? Panik? Oder könnte sich mein Herz noch für eine eigene neue Zukunft erwärmen? In der Warteschleife befand sich bereits ein verständnisvoller Mann, den ich vor paar Monaten kennen lernte.

Spät abends kamen wir an. »Nur alles hier abladen, schnell, das reicht«, lautete die einzige Kommunikation, auch nur einseitig vom Richard. Filip und der Chauffeur luden alles aus, guckten auch komisch, warum alles auf dem Rasen platziert werden sollte, nur zwei Meter vor dem Hauseingang. Ich wollte Richard Luisa's Dokumente aushändigen; diese wollte ich schön auf einem Tisch ausbreiten, ihm ein Paar Details dazu sagen, aber nein, auch das war nicht erwünscht, sogleich verboten. Der Herr des Hauses wünschte nicht, dass ich das Haus noch mal betrete. Mir schnürte sich der Hals samt meinem Herz auf gefährliche Enge zusammen.

Ich zählte die Minuten, bis das Theater vorbei war und gab mir selbst die notwendige Courage und den Durchhaltewillen, nicht zusammenzuklappen. Es war Luisa's Geburtstag: Man konnte die paar Minuten des Zusammenseins am Ende des Tages ganz anders verbringen - diesen Start in Lulas neue Lebensepisode fand ich nur grausam…

Ich war unfähig zu sprechen, die langen vier Monate verschluckten nach und nach alle verfügbaren Buchstaben; mein Alphabet besass keine Silbe mehr, ganz abgesehen davon, dass auch meine Stimmbänder wie gelähmt schienen. Nur die Tränendrüsen waren ganz fleissig, aber denen verbot ich jetzt ihre Funktion. Ich fühlte mich, als wäre ich Niemand.

So, das Auto war komplett leer, meine Seele auch. Das Geld zahlte ich dem Chauffeur aus, mein Kopfnicken bedeutete »Danke für alles und kommen Sie gut heim«. Sprechen konnte ich nicht.

Es war schon gänzlich dunkel geworden, Luisa und ich standen da, auf dem Rasen, wo sich das Finale der Champions League abspielte. Um uns lagen viele stumme Kartons, in denen unser gemeinsames Leben verpackt war, das sich beim Auspacken in Vergangenheit auflösen würde. Richard war im Haus.

. Der Abschied .

Ich ging auf meine Tochter zu, die mich plötzlich ganz komisch anschaute. Ich drückte sie an meine Brust – so innig, als hoffte ich, dass sich unsere Herzen vereinen. Ich wollte sie und den Moment festhalten. Unweigerlich löste sich aller Ärger, den sie mir die letzten Monate bereitet hatte und ich verzieh ihr. Noch einen aufgehauchten Kuss an die Wange meiner Cherry Luisa und ich drehte mich um. Ohne weitere Worte setzte ich mich ins Auto und fuhr zum letzten Mal vom Grundstück des kleinen Hauses, wo mein Nussbaum stand weg. Tränen der Erinnerung und Wunschträume für die Zukunft peitschten meine Seele auf und paarten sich auf geradezu aberwitzige Weise: Ich weinte laut.

Und wer in diesem Moment auch nur noch im geringsten daran geglaubt hatte, die gemeinsame Familiengeschichte schweisse uns doch irgendwie zusammen – an dem Ort, wo alle vereint aufeinandertrafen -, dem musste in dieser Situation klargeworden sein: Hier wie dort war es eine Heimat auf Zeit; geborgte Lebenszeit.

Filmriss.

Minuten später musste ich anhalten, ich konnte nicht mehr fahren, ich sah nichts. Die Tränen flossen wie eine Kaskade, wie auch schon, als mich meine Mutter verlassen hatte. Habe ich jetzt meine Tochter verlassen...? Oh Gott, was ist denn passiert, dass sich das alles gegen mich gedreht hatte. Ich wollte Familie haben, glücklich und nie alleine sein. Alles funktionierte umgekehrt. Wo war die Gerechtigkeit?

Ich schaute in das Tal runter, in dem ich noch vor wenigen Monaten glücklich war, da, wo wir unsere Ferien und Feiertage zusammen verbracht hatten, als ich meine zwei allerliebsten Menschen bekocht hatte. Jetzt bekam ich nicht mal ein Glas Wasser aus Richard's Hand gereicht.

Ich gehe. Ihr wolltet das so. Ich war ohne Groll.

Und trotzdem: Meine Tochter lasse ich mir nicht wegnehmen. Und auch meinen Überlebenswillen wollte ich mir unter allen Umständen bewahren.

Mit diesem Vorsatz im Gepäck wurde mir bei aller Qual klar: Mann und Kind hatten soeben den Halt in der Mitte meines Lebens aufgewirbelt; jetzt aber war das Ende in dieser meiner Mitte unmerklich zu einem neuen Anfang geworden. Neben dem beklemmenden Gefühl von Entfremdung erwies sich der Abschied von hier wieder mal auch als ein Abschied von einem Stück eigener Lebensgeschichte. Es war, als habe schrittweise die Schweizer Kultur die Oberhand über meine Befindlichkeiten, Trivialitäten und Alltagsgeschichten gewonnen und dabei klammheimlich meine Wurzeln ausgebremst. Meine weitere Zukunft, gewandet im Schweizer Kleid, klopfte unerbittlich an die Tür - und sie schrie danach, mehr als bisher, darin meine innere Mitte und Autonomie wiederzufinden. Ich war bereit, sie zurückerobern! Denn es war an der Zeit, den Mantel der Vergangenheit endgültig abzulegen.

So wurde die »Richard-Ära« unverhofft zur Eintrittskarte in meine Unabhängigkeit.

173

Die Mitte als Neuanfang

. Ein Mann für alle Fälle .

Meine biologische Uhr liess mich erst gegen Mittag wach werden. Meine Blicke verfingen sich an der Zimmerdecke, den Wänden, ehe sie sich an den herumliegenden Schuhen festhielten. Meine Schuhe. Jeder lag in einer anderen Ecke, wie weggekickt. Ich versuchte die Gedanken zu ordnen, die pirouettengleich vor meinem Gesicht schwebten wie nach einer durchtanzten Nacht. Aha, so viel wusste ich jetzt, ich war in einem Hotelzimmer gelandet; wie ich aber genau hierher gefunden hatte, an das konnte ich mich nicht erinnern. Der Blick aus dem Fenster verriet, das Hotel lag im nächsten Dorf, demnach hatte der Ausnahmezustand nicht lange angehalten. Alles gut!

»Und kommen sie auch das nächste Mal, nette Gäste sind bei uns immer willkommen«, sagte mir zum Abschied das Fräulein an der Rezeption.

Wann wird das nächste Mal sein…?

Ich setzte mich in mein Auto, dass noch immer Lulas Fluidum versprühte. Vor mir lag der lange Weg nach Hause. Noch schnell zwei Anrufe erledigen, und dann los. Zuerst rief ich die Sisa an.

»Hab keine Angst Dadi, nach einem Monat ist sie längst wieder bei dir. Sie ist einen anderen Standard gewöhnt«, so die ermunternden Worte meiner mitleidenden Schwester.

Dann der Anruf an meine Mutter, die mit ihrem ganzen Mutterherz versuchte, mir eine Lebenslehre zu erteilen.

»Es gibt niemanden auf der ganzen Welt, der einer Mutter das Kind wegnehmen kann.«

Zum x-ten Mal versuchte ich ihr zu erklären, dass niemand mir die Lula weggenommen habe, sie hatte sich selbst so entschieden. Aber das wollte Mama irgendwie nicht kapieren.

»Tja, dann bist du aber selber schuld mein Kind, irgendwo hast du wohl einen Fehler gemacht.«

»Mama, du kannst einen total demoralisieren. Merkst du eigentlich was du eben gesagt hast? Von der heutigen Jugend hast du einfach keine Ahnung.«

»Mag sein, aber wem habe ich das wohl zu verdanken?«, so der stille Vorwurf meines Gegenübers. »Ihr habt Luisa vor mir regelrecht ferngehalten. Gerade vier Mal habe ich sie zu Gesicht bekommen.«

»Aha, und warum? Irgendwo hast *du* wohl einen Fehler gemacht! Mama, ich mag jetzt über solche Dinge nicht diskutieren, ich wollte dir nur mitteilen, dass wir gestern gut angekommen sind, sie ist jetzt beim Richard und ich fahre weg von da. Mach `s gut.«

Eine innere Wut machte sich bei mir breit...!

Ich atmete abermals tief durch, wollte starten, dann klingelte mein Handy.

»Sonnenschein, bin schon unterwegs, es regnet, fahr vorsichtig. Freue mich auf dich und bin froh, du weinst nicht mehr.«

Anruf beendet. Es war Nicklas. Komisch, warum sagen die Männer zu mir »Sonnenschein?«

Bin wieder ausgestiegen, denn irgendwie konnte ich nach diesem Anruf nicht wegfahren. Holte tief Luft. Woher wusste er, dass ich geweint hatte?

Schlagartig fühlte ich mich zeitlich zurückversetzt, als ich vor paar Monaten in einem absurden Moment Nicklas kennengelernt hatte:

Die Wohnung, die ich mit Luisa bewohnte, hatte ich natürlich gekündigt und suchte damals nur für mich alleine eine kleinere Bleibe.

Es war nachts, 02.00 Uhr, konnte wieder mal nicht schlafen; so sass ich vor dem Rechner und schaute die verfügbaren Zweizimmerwohnungen an. Gleichzeitig war ich auch in einem virtuellen Forum angemeldet, denn um diese Zeit wechselte ich gerne ein paar Worte mit Julia. Einer Slowakin, die in Colorado wohnte. Da wurde ich von einem tschechisch sprechenden Mann angechattet, der in Deutschland lebte. Seine allererste Ansprache hat mich aufgeregt: »Was macht eine hübsche Frau wie du um diese Zeit in einen Chat, anstatt zu schlafen?«

»Hej, was geht dich das an? Bei dir ist es genauso spät wie bei mir, und du bist auch noch wach, also was soll die blöde Anmache...?«

Er gab zur Antwort, sein Zug sei ihm davongefahren, so sässe er deswegen beim Freund und trinke Tee.

»Na siehst du, mir ist meine Familie davongelaufen und den Tee trinke ich auch.«

Seine Smile-Ikone liess meine beiden Mundwinkel aufleuchten, obwohl mir zum Spassen nicht zumute war. Ich fügte als Erklärung meines Wachzustandes noch an, ich suche eine Wohnung für mich.

»Wieso?«, fragte er weiter, worauf ich antwortete, »na ja, in der, wo ich jetzt noch wohne, will ich nicht mehr sein, die vier Zimmer mit allen Erinnerungen drin, sind einfach zu viel für mich alleine. Zwei genügen vollkommen.« »Nimm drei, ich komme zu dir.« Ich betitelte ihn als Blödmann und meldete mich sofort vom Chat ab.

Er liess irgendwie nicht locker, so haben wir auch am nächsten Tag den Schriftverkehr fortgesetzt. Aber in einem normalen Ton. In Kürze schilderte ich ihm meine private Situation und gestand auch mein komisches Gefühl, ja sogar die Angst, das erste Mal diese grosse Wohnung und Lula's komplett leer geräumtes Zimmer zu betreten, nach dem sie weggezogen war. Für mich eine Horrorvorstellung. Er bot sich an, mich in diesem Schritt und Moment nicht alleine zu lassen. »Und wie soll das gehen, bitte schön?« Er käme mit. So könne er sich auch die Stadt anschauen, in der er noch nie gewesen war und die schlaflose Frau kennenlernen.

Nach mehrmonatiger Konversation, täglichen Telefonaten und sehr vielen mails, lag es nahe, die Intimität auf Abstand aufzuheben: Es galt jetzt als abgemacht - Auf meiner Rückreise, wo ich sowieso via München fuhr, würde er mich im Münchener Hauptbahnhof erwarten, um einen gemeinsamen Kaffee zu trinken und von dort würden wir zusammen zu mir fahren. Eine klitzekleine, aber für mich wichtige Option liess ich mir offen, fairerweise auch ihm. Falls wir schon dort merkten, unsere Chemie stimmte nicht, hatte jeder von uns die Möglichkeit, sich in aller Würde und mit voller Freiheit von dem anderen zu verabschieden und nicht mitzufahren.

»Sobald du deine Tochter beim EX ablieferst, ruf mich sofort an, versprochen?«, waren die letzten Worte von Nick, bevor wir gestern Morgen losgefahren waren.

Ach so, jetzt wurde mir langsam klar, woher er gewusst haben konnte, dass ich geweint hatte. Allem Anschein nach hatte ich ihn gestern Abend nach der »Beerdigung ohne Toten« aus dem Hotelzimmer angerufen. Jetzt war ich sehr froh und dankbar, so einen Deal mit dem unbekannten Gentleman abgeschlossen zu haben, einen Lichtschein in der Dunkelheit hatte ich jetzt bitter nötig.

Ich rief zurück. »Hallo Nick, ich bin es nochmal. Hier regnet es nicht, ich freue mich auch.«

»Ja dann freuen wir uns beide, Tschüss.« Nick`s Stimme war wie eine lebensgeistererweckende Vitaminspritze für meine verletzte Seele gewesen.

Hauptbahnhof München, 19 Uhr.

Noch eine schnelle kosmetische Auffrischung vollenden, Kaugummi in den Mund stecken, Bauch einziehen und die Suche nach Gleis 11 konnte beginnen. Dort stand aber niemand. Komisch, er schickte mir noch eine SMS, er sei schon dort und warte. Aber auf dem Perron 12 warteten zwei Männer, beide sehr gross. Einer von denen hatte sich auf den Weg gemacht und lief auf mich zu. Nie im Leben hätte ich gedacht, dass das der Nicklas sein könnte. Mit langsamen Schritten und elegant aufrechtem Gang - wie eine junge Giraffe - näherte sich eine fast Zwei-Meter lange Gestalt, männlich und sehr schlank. Kleiner Kopf, Brille, kurze braune Haare mit perfektem Haarschnitt, einen Aktenkoffer in der Hand. Ein schwarzer moderner Sommeranzug und das hellgrüne Hemd verschafften ihm einen unterkühlten Gesichtsausdruck. Er lächelte. In dem Moment wurde mir schon klar, dass kann nur er sein, wer sonst… Trotz mehrerer Fotos, die er mir per mail zugeschickt hatte, hätte ich ihn unter anderen Umständen sicher kaum erkannt.

»Hoi, ich bin Daniela, habe dich fast nicht erkannt. Siehst irgendwie ganz anders aus, aber super Schuhe hast du an», waren meine ersten Worte nach dem musternden Blick seiner Figur. Er hat lautstark gelacht, da sah ich sein unvollkommenes Gebiss. Den zwei leichten Begrüssungsküssen auf meine Wangen folgte ein einfaches: »Nicklas, freut mich«.

Ich denke, nur seine Schuhe haben mich fasziniert. Macht nichts, dies entsprach eben auch haargenau Mama's System, nach der die Verpackung wichtiger war als der Inhalt. Wir werden sehen....!
Trotzdem, die Schuhe waren geil, um es hier unverhohlen juvenil auszusprechen! Leichte, schwarze, Sommerschuhe aus erstklassigem Krokodilleder-Imitat. Hochglanzpoliert, mit dünnen, runden, schwarzen Schnürsenkeln, begleitet von seinem Modelgang unterstützte ihre Schönheit ins Unermessliche. Oh Gott, ich schwärme jetzt noch von dieser edlen Fussbekleidung. Die verabredete Kaffeepause haben wir aus Zeitgründen ausgelassen. Er nahm mich an seine Hand. Sie kam mir extrem gross vor. Starker Händedruck, das mag ich, klar und sicher.

Wir gingen zu meinem Auto, da musste er wieder lachen. Da sollte er sich hineinzwängen?

»Ja ich weiss, es ist klein aber schnell, also setz dich hin und schnall dich an.«

»Ja wohl, Frau Schumacher«, war sein passender Kommentar nach meinem AUTOritärem Kommando.

»Kaffee oder Tee?« fragte eine tief männliche Stimme aus meiner Küche.

»Kaffee!«, rief ich aus dem hintersten Zimmer zurück und im Inneren dachte ich, egal, Hauptsache keine Schildkrötensuppe, als Erinnerung an den Anfang meiner ersten Eheepoche.

»Wie hast du geschlafen?« fragte ich Nicklas, denn das Zimmer, in dem er schlief, war alles andere als ein angenehmer Schlafraum für einen Gast. Zwei aufeinander gelegte Matratzen auf dem Boden in der Ecke versorgt, nichts mehr. Luisas EX-Jugendzimmer.

»Gut, alles ist gut, und du?«

»Na ja...« Dann dachte ich an den ersten Schritt in die leicht unordentlich verlassene Wohnung, als wir um Mitternacht hierher ankamen, der aber für mich plötzlich keine Bedeutung mehr hatte. Hatte ich mir die Angst und Panik nur eingeredet? Kann man Angst vor dem Eintritt in die eigene Wohnung haben? Ja, man kann es. Man(n) kann sich auch unwohl mit einer drei mal drei Meter kleinen Wandtapete fühlen... Der Mensch kann sich eigentlich vor allem fürchten, wenn man sich einen Angstauslöser nur lange genug einredet. Das alles ist nur eine Kopfsache.

In jedem Fall war ich froh und dankbar, der grosse Mann mit festem Handdruck stand jetzt frisch geduscht in meiner Küche. Ich würde ab sofort, so lange er da ist, vor nichts Angst haben müssen! Seine Schuhe standen im Flur. Exakt nebeneinander schauten sie mich provokativ an. Ich bin zu ihnen gelaufen, nahm einen Schuh hoch und bewunderte ihn aus nächster Nähe. Er war ganz leicht, wie eine Straussenfeder; ich glitt sanft mit der anderen Hand über den Schuh, ja, und ich schämte mich fast ein wenig dafür. Würde er mich jetzt da so stehen sehen, müsste er sicher vermuten, ich sei eine Frau mit einer dunklen Seite (vom Gedanken an einen Schuh-Fetisch hatte ich natürlich schon gehört...): Aber der Schuh hatte mich ebenso unerwartet wie unfassbar fasziniert. Er war, so dachte ich mir, wie aus einer Vorhaut genäht. Jetzt musste ich lachen. Aus seiner...?

Also, Dada, jetzt war es aber genug! Nicklas hatte übrigens einen ganz schmalen Fuss, dünne schwarze Socken an, und so war er für mich unzweifelhaft ein ganz feiner Mann.

Ich trank keinen Kaffee, sondern Hagebuttentee. Den besten, den ich je getrunken hatte. Lange gekochte Hagebutten, gut abgesiebt und versüsst mit Honig. Später kochte er eine echte Sonntags-Rindssuppe, dazu zauberte er selbstgemachte Nudeln, was für ein Service lieferte mir dieser Mann...?

Abends tranken wir Portwein und debattierten fast bis in den nächsten Morgen hinein. Wir sprachen über meine Kindheit, Jugend, das Leben hier und seinem dort in Deutschland, von wo er gerne weggehen wollte, wenn er nicht vor zwei Wochen eine neue Stelle als Werkmechaniker angetreten hätte. Ein grosses Glück schien er da gehabt zu haben, trotzdem... Unsere Gespräche waren sehr tiefgründig, begleitet von meiner jetzigen Situation, wo ich immer noch leicht melancholisch war. Nicky konnte wunderbar zuhören. Seine grossen dunklen Augen stets konzentriert offengehalten. Schade nur, er war starker Raucher.

Am nächsten Tag ging er fort und ich war sehr traurig danach.

Drei Wochen später kam er wieder, aber da schlief er schon auf einer anderen Matratze und in einem anderen Zimmer, ohne Socken natürlich ☺. Wir sprachen über den jetzigen Status unserer

Lebensgeschichten, und stellten fest, dass er ähnlich war. Unsere Wünsche waren gleich: Wir wollten wieder einen Lebenspartner haben, der aber unser Landsmann, respektive die Landsfrau sein sollte. Nicky war kurz mit einer Deutschen verheiratet gewesen, die Ehe blieb kinderlos.

Ich endschied mich, doch die Dreizimmerwohnung zu suchen, unabhängig von Nicklas und seinen geilen Schuhen. Ich dachte mehr, wenn die Lula zu Besuch kommt, wird sie ein eigenes Zimmer haben, was für alle angenehm sein wird.

Ich tue mich allgemein schwer, eine Entscheidung zu treffen - egal für oder gegen was ich mich entscheiden muss. Die Sache drehte ich in einem kopflastigen helvetischen Stil von allen Seiten und fragte bohrend nach. In solchen Fällen war ich hartnäckig und mir auch deren Folgen bewusst. Ich wollte mein Leben leben. Während meines Lebens als erwachsene und freie Frau. In der Ehe mit Richard musste ich grosse Rücksicht auf ihn nehmen, danach hatte ich mich fünf Jahre mehr oder weniger Luisa's Bedürfnissen untergeordnet. Natürlich selbst gewollt - ich hätte womöglich weiter das Leben der anderen gelebt... hätte mich meine Familie, die mich besser als ich mich selbst kannte, nicht ins Abseits gestellt– natürlich stets darauf bedacht, mir den Garantie-Stempel mit auf den Weg zu geben: »Du schaffst das schon«.

Wie konnten sie sich aber so sicher sein, dass ich alles alleine schaffen würde...? Gehören zum Leben nicht Zwei?

Ich lernte, mich auch alleine zu lieben, aber das ging nur am Tag, dann kam der unendliche Abend, die dunkle Nacht und ich war einsam und suchte »ihn« auf der zweiten Hälfte des Bettes. Ihn, mit dem ich gemeinsam einschlafen und am Morgen wieder erwachen werde. Leben eben, wie eine ganz normale gesunde Frau, zusammen mit ihrem Mann. Ich wollte den deprimierenden Rhein-Spaziergängen mit Freundinnen eine Abfuhr erteilen, mich aus dem »Klub der Gestrauchelten« verabschieden, die nur über ihr Scheidungsschicksal klagten, die erzwungene Menopause und ihr unfreiwilliges Übergewicht zitierten, oder in einer Art Retroschau das Glück im Fotoalbum der anderen wiederzufinden suchten. Nein. Nicht ich!

Dazu besass ich immer noch eine zu grosse Portion Lebenselan und vor allem Liebe, die ich einem Mann auf natürliche Art und auf Gegenseitigkeit schenken wollte. Mit dem slawischen Stil, der spontan und herzbegleitend ist, sagte ich zu meiner geplanten Lebensänderung ein klares JA!

Nick hatte alle Brücken in Deutschland hinter sich gelassen und sich tatsächlich dazu entschlossen, zu mir zu ziehen. Mein Versprechen, wenn er käme, würden unser beider Namen auf dem Türschild eingraviert sein, hatte ich gehalten. So bin ich halt. Sein Versprechen hatte er mit zusätzlichem Pfeffer gewürzt: Allein vier Mal innerhalb der letzten Woche hatte er seinen Ankunftstermin verschoben, ich war fast wahnsinnig geworden. Noch dazu müde und erschöpft von dem Umzug in die neue Dreizimmerwohnung, der vor ein paar Tagen stattgefunden hatte. Als ich an seinem Kommen zweifelte, schickte ich ihm meine letzte SMS: »Weisst du was, ob du kommst oder nicht, ist mir mittlerweile egal. Die Adresse kennst du, Türschild ist wie abgemacht angeschrieben, nur lesen musst du. Diese Woche gehe ich um 07.00h aus dem Haus, schau einfach, wie du reinkommst.«

Um 05.30h des nächsten Morgens bekam ich eine SMS: »Wie ist die Hausnummer?«

Witzbold!

Um 06.00h läutete jemand an der Eingangstür. Ich drückte den Knopf, da hörte ich Nicklas fröhliche Stimme: »Sonnenschein, da bin ich!«

Für mich hiess das: Blitzaktion…Mund spülen…mit den Fingern Superfrisur hinzaubern…barfuss die Treppen runter laufen. Da sah ich ihn, wie er mit zwei ausladenden Designer-Koffern und einer geschulterten überdimensionierten Sporttasche im zu schmalen Treppenhaus der ersten Etage steckte. Der ist schon am Anfang stecken geblieben…? Hat er sich nicht zu viel Last auf seine Schulter aufgeladen…? Unbedeutsame, flüchtige Gedanken…

Überrascht von diesem Wunder stürzte ich mich auf ihn, klammerte mich mit beiden Händen um seinen Hals und sagte:

»Nicky, ist das möglich, du bist tatsächlich gekommen?«

Er - genauso überrascht – erwiderte siegesgewiss:

»Sag nicht, du hättest von nichts gewusst?!«

Sein feiner Klaps auf meinen Hintern versetzte mich in die peinliche Realität, ich hatte nur ein XL-T Shirt an und darunter rein gar nichts. Ein Jahr später haben wir geheiratet.

. Privates Paradies .

Nicky war ein toller Mann. Er war praktisch veranlagt, sah überall eine Lösung. Mit Leichtigkeit und Professionalität schmiss er als Mister Perfect unseren Haushalt und mit Charme und Können versüsste er mein Intimleben und katapultierte mich so eins ums andere Mal auf Wolke Sex und Sieben. Manchmal hatte ich fast Angst gehabt vor so viel Glück auf einmal. Ich suchte mir ja eigentlich nur eine Wohnung, hatte aber einen Mann fürs Leben gefunden. So krass! Das Leben nimmt manchmal schon eine seltsame Wendung.

Er brachte mir auch sonst eine grosse Portion Glück, denn genau an dem Tag, als er ankam, bekam ich den Anruf von einem Hausarzt, der mir seine Patientin vermittelte, die eine gute selbständige Krankenschwester dringend benötigte. Zusammen mit Nick pflegten wir die nette Witwe: Ich verrichtete die Pflege, er kochte ihr - Arien singend - Menüs, und reparierte alles, was in einem alten Haushalt so an Reparaturen angefallen war. Das war eine super Zeit, wir waren ein eingespieltes Team, meine Aufträge häuften sich, finanziell standen wir sehr gut da. Wenigstens von meiner Seite kam das Geld in die gemeinsame Haushaltskasse, denn die Suche nach der Arbeitsstelle für Nicky hat sich schwieriger rausgestellt, als am Anfang gedacht.

Wir reisten viel. Ich kaufte ihm ein seiner Körpergrösse entsprechend grosses Auto. Meine gute Laune verbreitete sich in Schallgeschwindigkeit, stets begleitet von einem charmanten Mann, der alles hatte, was eine Frau braucht. Das mochte er. Er liebte mein Lächeln und kämpferischen Geist. Nicky war gerne an meiner Seite, hielt mich an der Hand als wir ausgingen. Er präsentierte sich gerne demonstrativ als Paar, auch wenn er einige Jahre jünger war, was man aber rein äusserlich durchaus hätte umgekehrt denken können. Ich liebte ihn von Tag zu Tag mehr.

. Lula im Nirgendswo .

Luisa meldete sich gewöhnlich in Superlativen, aber das hielt nicht lange an. Eines Tages bekam ich die Nachricht: »Mama, ich kann hier nicht mehr leben. Ich hoffte, ich finde hier meinen Platz als Mensch, als Charakter, aber es ist nicht aufgegangen. Täglich kämpfe ich mit tausend Sachen, die mich runterziehen. Das nimmt mir die Kraft und das Selbstvertrauen weg. Ich habe keinen Menschen da, der mich versteht. Keinen Freund, keine Kameradin, bin mutterseelenallein. Ich fühle mich hier wie ein »Neger in der DDR«. Poing!!!

So originell und passend die Bezeichnung für ihre Lebenslage auch war, mich stimmte sie ganz traurig und ich startete eine »Neger-Rettungsaktion«. Nicky machte mit und hatte in dieser Situation eine wichtige Rolle als Mediator gespielt.

Lula hatte mit der Zeit dann doch noch die Kurve gekriegt. Ist aber vom Vater ausgezogen, denn das ging gar nicht gut, zumal er sein eigenes Leben als Mann führen wollte, was am Anfang den beiden nicht so ganz klar war. Unsere Tochter fand eine Lösung...

Sie mietete für sich eine wunderschöne Wohnung und als Lebensbegleiter in »schwerer Stunde« wählte sie einen Hund aus dem Tierheim, der bestellt und nicht abgeholt wie auf sie dort wartete.

Als Zeichen dafür, dass wenigstens er ab sofort ein gutes Leben haben würde, gab sie ihm den Namen: LUXUS.

Die gesamte Situation in der »damaligen DDR« hatte sich zwischenzeitlich beruhigt. Lula besuchte weiterhin die Schule und dem Luxus ging es bei ihr, wie einem hiesigen Schweizer Patienten: Es lebe der König!

Aus meinem früheren Fräulein mit farbigen Haaren hatte sich über die Jahre eine kluge junge Frau herausgebildet - und nicht ganz ohne einen Funken Stolz und auch Bewunderung stellte ich fest, irgendwie hatte ich wohl auch meinen Anteil daran...

Sie stärkte ihre eigene Meinung und hatte sich eine genaue Vorstellung vom Leben gemacht. Der blieb sie treu und ging ihr nach. Ihr Selbstbewusstsein hatte sie wiedergefunden, nur die Tatsache, dass sie ein wenig »anders« als andere junge Leute in der dortigen Umgebung und in ihrem Alter waren, konnte für die Lebensführung sowohl ein Gewinn wie auch eine Blockade sein. Das würde sich noch herausstellen.

So lebte »Die rothaarige Zora« mit ihrer Luxus-Bande ihr Leben weiter und von da an war es nur ihre eigene Geschichte…

. Die fantastischen Vier .

Folgende Szene ereignete sich nach ein paar Monaten in Sisa`s schöner Küche:

Wie immer, Thema-Mama.

»Was hast du mir eigentlich das letzte Mal noch sagen wollen, als du abrupt abgeblockt hast?«, fragte ich nach dem feinen Italo-Essen meine Schwester.

»Aber, nichts«, bagatellisierte sie meine Frage und winkte mit der Hand ab.

»Doch, doch, ich helfe dir auf die Sprünge, so leicht wirst du mich nicht los.«

Silvia wurde rot im Gesicht und zündete sich die Zigarette an.

»Weiss du Dadi, ich kann, ich darf dir das nicht sagen, habe es versprochen.«

»Ja wem?«

»Der Mama.«

»Ihr habt vor mir Geheimnisse? In einer richtigen Familie gibt es keine Geheimnisse. Und ob du mir das sagst! Aber weisst du was, damit du quasi »sauber« bleibst, werde ich dir nur Fragen stellen und du wirst sie wie in einem Quiz nur mit einem einfachen »Ja« oder »Nein« beantworten, abgemacht?«

Ein nicht ganz so zögerliches »Ok« ebnete den Weg in unsere sicher nicht spielerische Wahrheitsfindung.

Ich war schnell an meinem Ziel, denn »etwas« hing schon lange in der Luft, aber was in den nächsten zehn Minuten auf mich zukam, hat mich dann doch regelrecht aus den Socken gehauen.

Es kam heraus, Silvia und ich hatten nicht die gleichen Eltern. Ihr Vater war nicht der Mann, auf dessen Beerdigung sie damals war. Wer damals im Alter von 35 Jahren starb, war *mein* Vater. Ihrer lebte noch.

Mit dieser Nachricht, jetzt als die ganze Wahrheit, hatte sich unsere Mutter damals der Sisa anvertraut, als sie sie auf die Seite nahm und mir anordnete, in der Küche zu bleiben. Zugleich wurde ihr seitens unserer Mutter verboten, zu ihren Lebzeiten mir nur ein einziges Wort davon jemals zu erzählen. Mit dieser Last hatten beide Frauen gelebt. Meine Schwester 40 Jahre lang. Unfassbar!

Die Geschichte fand ihre Fortsetzung darin, dass Sisa zu weinen anfing und sie stellte mir die schier unglaubliche Frage:

»Nachdem du das jetzt weisst, können wir wenigstens Freundinnen bleiben?«

Ich fasste es nicht!

»Was für eine dumme Frage! Selbst wenn du des Teufels Rippe entstammen würdest, du warst, du bist und bleibst für alle Zeiten meine einzige und ganze Schwester, die beste Schwester aller Zeiten. Basta!«

»Dadi, nicht die einzige…«

»Was?!«

Mir war schon bekannt, dass noch »jemand« da war, denn auf der Liste vom Erbschaftsamt seinerzeit als der Opa starb, waren noch zwei Frauennamen aufgelistet; aber als ich meine Mutter nach den Frauen fragte, sagte sie nur, ich solle nicht so neugierig sein.

Jetzt war ich aber wieder neugierig. Sisa holte eine andere, mir unbekannte und viel detailliertere Liste vom Amt, legte sie auf den Tisch und wir analysierten genau die Geburtsdaten bestimmter VIER…

…es war einmal ein Mann. Mein Vater. Der heiratete eine Frau und bekam mit ihr die Tochter Nummer eins. Dann liess er sich scheiden, traf nach drei Jahren meine Mutter. Die beiden heirateten megaschnell, denn meine Mutter war schwanger, aber nicht von ihm, sondern von einem anderen Mann. Der war aber verheiratet. Ach, du Schande! Jetzt kapiere ich, warum Mama mich viel mehr lieb hatte, als Silvia. Sie war ein »ungewolltes Kind gewesen.« Damit alle glauben sollten, dass Mama von dem aktuellen Mann schwanger war, heirateten sie eben geschwind. Mama gebar die Silvia, der Ehemann, also mein Vater adoptierte sie. Somit war alles sauber und klar. Aber komischerweise gebar Vater's erste

Frau zwei Monate danach auch ein Kind. Auch eine Tochter, deren Vater aber auch er war ☺.

Ach du Sch…Schneewittchen!

Dadurch hatte der Musiker mit der tollen Stimme innerhalb von vier Jahren drei Töchter gekriegt. Nach weiteren vier Jahren kam die Tochter Nummer vier auf die Welt. ICH, womit der Bedarf an Mädchen bei ihm vorerst abgedeckt war! Erst jetzt ist mir klargeworden, warum mein Vater mich in der Geburtsklinik nicht besuchen wollte: Er hatte schon eine stolze Ansammlung der Töchter daheim gehabt. Und auch das Licht ist mir jetzt aufgegangen, über das unterschiedliche Geschenkformat bei der Geschichte Klavier contra Miniradio.

… und wenn sie nicht gestorben sind, so zeugen sie noch heute.

Ach, Mama, das hättest du dir alles ersparen können!
»Du Sisa, gibt es irgendwo auch einen Bruder für uns?«
»Na du hast vielleicht Nerven…?!«

. Die Zeit heilt nur die Teilzeitwunden .

Die Beziehung zu meiner Mutter war von meinem Standpunkt gesehen nach wie vor schwierig. Mir war aber klargeworden, dass Zeit, die Wunden nicht heilen kann. Heilen kann sie nur die Fähigkeit, mit der Situation umzugehen. So sollte man die vom Schmerz durchtränkten Schuhe endgültig ausziehen und in neu gekaufte Sandalen reinschlüpfen, die vorne und hinten offen sind, lautete die Devise: Sie waren so gesehen auch symbolisch für eine mitgeteilte Denkhaltung, die sich gedankenbefreit auf den Weg machte, die Welt zu erobern. Es gab keine Antibiotika gegen schlechte Familienverhältnisse, da half nur die Tasse Lindenblütentee. Ich stellte ein strategisches Lebens-Konzept auf die Beine und wurde somit die Lehrerin der eigenen Schülerin.

Die Nachricht von Sisa, die ab und zu mit Mama Kontakt hatte, stimmte mich traurig. Durch die Einsamkeit war sie schneller alt geworden, brauchte mehr und mehr Hilfe im Haushalt. Ich fing an, täglich mit ihr zu telefonieren, und ihre Freude war unüberhörbar.

So organisierte ich ihr auch eine Haushälterin und zahlte dieser einen saftigen Lohn, damit unserer Mutter die Hilfe zuteil wurde, die normaler Weise von den eigenen Kindern ausgehen sollte, aber was bitte schön war in unserer Familie schon normal...? Abgesehen davon, war eine solche Hilfe aus der Distanz durch mich einfach nicht umsetzbar gewesen. So wurde Mama wieder ein schöner und lebendiger Teil meines Lebens. Ich berichtete ihr kurz über meine Arbeit, meine Ehe und auch über die Ereignisse aus dem Land, in dem sie vor langer Zeit auch mal gelebt hatte.»Dadi, bin froh, hast du den Nicklas. Schau nur, dass du nicht alleine bleibst, denn das ist das Schlimmste, was einem passieren kann«, waren oft die Schlussworte meiner einsamen Mutter.

Eines Tages nahm sie das Telefon nicht ab. Erst am Abend, erfuhr ich von ihr, sie sei gestürzt, war im Spital deswegen, zum Glück sei aber nichts Schwerwiegendes passiert, nur ein paar blaue Flecken habe sie abbekommen.

So verlief unsere Beziehung fast ein Jahr. Mama bekam wieder ihr helldenkendes Gemüt. Sie hatte ihr Herz geöffnet, sie lachte und bedankte sich sehr für meine Anrufe. Ich suchte keine Freundin in ihr, ich wollte nur eine Mutter haben, die zuhörte, nicht kritisierte und immer das Telefon abnimmt.

26. Januar, Bratislava: Kalt wie in einem russischen Film, mein allmorgiger Anruf: Mama nahm wieder mal nicht ab. Ab dem Moment nie mehr! Am 30. Januar wurde sie beerdigt. Die Schenkelhalsfraktur hatte sie von der Einsamkeit erlöst. So hart wie das auch tönte. Als mich Sisa anrief, war es schon zu spät. Bis ich im Spital ankam, war Mutter verstorben. Ein starkes Ereignis katapultierte mich unversehens in meine Kindheit. Das Bestattungsinstitut wollte Mama saubere Sachen zum Anziehen mit auf ihren letzten Weg in die komplette Einsamkeit anlegen. So mussten wir mit meiner Schwester in Mamas Wohnung, den Schrank öffnen und ihr die Kleider bereitstellen. Da nahm ich zuerst die schneeweisse Unterwäsche, die schön im Regal versorgt war und legte sie auf den daneben stehenden Stuhl. Gerade so, wie das unsere Mama uns Kindern vor 50 Jahren jeden Abend für den nächsten Tag vorbereitet hatte. Da gab`s nur eines. Herz ausschalten und durch. Kann man das? Ja, für ein paar Minuten ja. Aber nur in der Herzchirurgie.

Der Blick fiel auf die Holztruhe, und obwohl sie schön war, sträubte sich etwas innerlich in mir. Meiner Meinung nach waren alle Truhen grundsätzlich schrecklich, und es sollte verboten sein, sie herzustellen. Definitiv! Auf der Beerdigung waren nur wir zwei. Sisa und ich. So sassen wir in der ersten Reihe und hielten uns gegenseitig die Hände, als das »Ave Maria« gespielt wurde. Nach 20 Minuten war alles vorbei.

Wir mussten noch die Wohnung räumen und sogar am nächsten Morgen den Schlüssel abgeben.

Ab jetzt - so wurde mir schmerzlich bewusst -, war ich niemandes Kind mehr, ich war zum Waisenkind geworden.

Ich freute mich wenigstens, nach Hause zu kommen, was sich als Trugschluss erweisen sollte, denn was mich dort erwarten würde, konnte man mit Worten nicht beschreiben.

. Geburtstag: Grund zum Feiern, aber nicht zur Freude .

Der Sommer zuvor. Samstag. Morgen würde ich Geburtstag haben. Ich wusste nicht einmal genau, den wievielten, seit ich 40 war, hatte ich sowieso aufgehört ihn zu feiern. Kurz nach Mitternacht, Nicky war nicht zuhause, wollte ich noch schnell die schmutzige Wäsche aussortieren, so suchte ich alle Hosentaschen ab. Da fand ich in Nicky's Jeans ein zusammengelegtes Stück Papier. Ich faltete es auf, es wuchs auf stattliche A4 Grösse heran. Es war eine amtliche Bescheinigung, und es taten sich Worte vor mir auf, denen ich ungläubig gegenüberstand. Es konnte sich nur um einen Irrtum handeln! Ich drehte das Papier von allen Seiten, wie damals die Wiener Stadtkarte, und hoffte, dass der Inhalt der wortgewaltigen Informationen einfach falsch sei. Das musste ein Aprilscherz sein.

» Dada, alles Gute zum Geburtstag», stand aber nicht drauf!

Es war kein Witz, es war kein Scherz, es war eine Bescheinigung, dass bei mir zuhause etwas nicht in Ordnung sein musste. (oder gar bis heute war…?)

In der Hand hielt ich es schwarz auf weiss - mein Mann und irgendeine Helga Knödel hatten ein zwei Monate altes Kind zusammen. Ein Mädchen.

Ich traute meinen Augen nicht, es handelte sich vermutlich um einen Druckfehler. Falscher Name, falsches Jahr, falscher Planet, es betraf mit Sicherheit nicht meinen Nicklas. Warum sollte er ein Kind mit einer anderen Frau haben, wenn er eine eigene Frau zuhause hatte? Abgesehen davon, hatten wir vor der Eheschliessung fest abgemacht, keiner von uns wollte noch ein Kind haben. Wir seien nicht mehr die Jüngsten und Nicky müsse zuerst darauf schauen, dass er auf eigene Beine käme, denn mit 40 hatte er ausser den zwei Koffern und der Sporttasche so gut wie nichts auf den Weg gebracht. Tausend »Wie« und »Warum« besetzten mein Verstand.

Aber dieses Schreiben sagte was ganz anderes, etwas eindeutiges und dieser Sache würde ich nachgehen müssen. Nicky war nicht daheim, so konnte ich über meine nächsten Schritte nachdenken.

Sonntagvormittag - in der Schweiz eine heilige Zeit. Das störte meine Hormone gar nicht. Nicklas schlief, ich schlich mich leise aus dem Haus. Nach fast zweistündiger Autofahrt stand ich vor der Eingangstür eines gediegenen Doppelfamilienhauses, am »Arsch der Welt«. Hierher sollte sich mein Designer Nicky verirrt und im Gleichklang der Kuhglocken ein Kind gezeugt haben? In so unberührter (?) Natur und ach wie romantisch!

Eine Frau öffnete mir vorsichtig die Tür. Angespannt und sichtlich vom nächtlichen Babystress gezeichnet, schulterlanges blondmeliertes Haar, barfuss, mit grünlackierten Fussnägeln. Das kleine Kind hielt sie im Arm. Noch draussen stehend stellte ich mich vor, selbstverständlich nicht ohne auf das »unbedeutende Detail« hinzuweisen, dass ich Nickla's Ehefrau sei und erklärte, dass ich mit ihr sprechen wolle. Sie brauchte das Kind gar nicht mehr beim Namen zu nennen. Ich outete mich von Beginn an als neue Mitwisserin.

Die frischgebackene Mutter zeigte deutliche Entspannung: Sie hätte mich eigentlich schon lange erwartet... Den beiden sei die Situation über den Kopf gewachsen, sie wüssten nicht, wie es weiter gehen solle...

189

So erfuhr ich ihre Version der Wahrheit:

Meinen Mann hatte sie einen Monat nach unserer Hochzeit in einem Internetportal kennengelernt. Sein Nick-Name war Programm: Bio_Boss! Sie war auf der Suche nach einem Partner. Nicklas anscheinend auch. Er habe sich als ledig vorgestellt. Seine rabenschwarzen Augen hätten das Fräulein, deren biologische Uhr mit immerhin auch schon 39 leise und beständig tickte, verzaubert. Sie seien schnell »zur Sache«, gekommen und so habe »der Genuss nach einer anderen Zigarette« ihre wechselseitigen Gefühle einfach so entfesselt und die Situation begünstigt, aus einem Fräulein die »Mutter Natur« zu machen. Beruflich war sie ausgerechnet Mitarbeiterin einer Antidrogen-Organisation, die sich um Leute kümmerte, die angesichts ihrer Suchtprobleme ihr Leben nicht in den Griff bekamen: Welch ein Glück für »unseren Nick«, dass er ausgerechnet in so professionelle Hände und unter ihre Obhut geraten war. Erst im vierten Schwangerschaftsmonat sei herausgekommen, dass er verheiratet war... »Das Kindlein war eigentlich ein Unfall«, hämmerten sich ihre Worte in meine Ohren hinein.

Nach unendlichen zwei Stunden fuhr ich wieder zu mir nach Hause, fest entschlossen, IHN zu beseitigen. Doch noch ehe ich meine vernichtenden Gedanken in probatere Bahnen lenken konnte, bekam ich eine SMS von Nicklas: »Sonnenschein, wo treibst du dich herum, du hast heute Geburtstag, ich möchte mit dir feiern.«

Meine Antwort lautete: »Dort, wo Du dich vor 11 Monaten rumgetrieben hast - bei deiner Bio-Tochter!«

Nichts verstanden.

Mein niederer Vorsatz lebte, wenn auch nur für einen kurzen Moment, wieder auf: Doch, ich bringe ihn um! Das Sommergewitter folgte dem sogenannten Sonnenschein. Er hat mich verletzt, wie kein Mensch zuvor. Ich war nur sein nächster Ankerplatz.

Hatte sein Steckenbleiben im ersten Stock doch mehr bedeutet, als nur ein zu eng gebautes Treppenhaus?

Hochzeit...? Hohe Zeit...? Nichts da: Ab dann geht es nur noch in die Tiefe! Dankeschön!

. Auch ein Fohlen ist nur ein Kind .

Ich musste mich fest zusammenreissen, damit meinen Worten nicht doch Misse-Taten folgten: Schliesslich befand ich mich in einem zivilisierten Land und ich wollte mich auch keinesfalls so von meinen Gefühlen überwältigen lassen - obwohl man dafür hätte sicher Verständnis aufbringen können. Auf dieses »kulturbanausige Eis« konnte und wollte ich mich nicht begeben. Irgendein Schutzengel stand mir bei, aber auch dem Nicklas - so sollte meine Idee eines finalen Befreiungsschlages blosse Phantasie bleiben.

Jetzt wurde mir klar, dass das »arme, kleine Fohlen«, dass so schwach auf die Welt gekommen war, und es würde natürlich von ihm, dem weltbesten Tierpfleger, die ganze Woche lang zweistündlich mit der Flasche aufgezogen werden müssen, sein eigenes Kind war. Bla-bla-bla! Es gehörte also keineswegs, wie mir Nicky das gesagt hatte, seinem besten Freund aus Deutschland, der die Schweiz als extra tollen und sicheren Geburtsort für sein wertvolles Ross wählte, sondern es war die Brut von ihm und seiner »rossigen Stute« selbst. Ich solle nicht so einen Aufstand machen, es sei schliesslich nur ein Kind auf die Welt gekommen, nicht mehr und nicht weniger…, verhallten die Schlussworte an meinem Geburtstag.

»Soll ich etwa noch dankbar auf die Knie fallen, weil es keine Zwillinge sind und dir deshalb alles verzeihen?«

Nach dem Motto »liebe deine Nächste« konterte er meine Empörung mit einer gefühlsvollen Beichte; er könne nichts dafür, sie habe ihn sexuell fast um den Verstand gebracht, und noch dazu die tätowierten XL-Brüste … Als Dank dafür kam sie halt in den Genuss einer siegreichen Spermie. Mir ist übel geworden.

»Aber wenn du schon fremd gehst, könntest du wenigstens verhüten, oder?« Aber er dachte, sie nimmt die Pille, und ein Kondom in seiner Grösse war in ihrem Haushalt nicht so schnell zu finden, er hatte so was sowieso nicht, weil er weiss, ich hasse das Plastikzeug.

Angewidert und fassungslos zugleich fiel ich ihm ins Wort: »Bobfahrt ohne Bremsen. Du tust mir fast leid, Nicky.«

Nach und nach wurde mir klar, die vielen Wochenendausflüge zu imaginären Freunden waren die Ausflüge zu dieser Frau gewesen. Und wieder mal musste ich leidvoll feststellen - Ich hab von alldem nichts gewusst!

Das Beste kam am nächsten Tag, als ich das Zivilgericht aufsuchte, wo mich ein weiser männlicher Rat in meiner Verzweiflung besänftigen wollte: Ich solle nicht verzweifeln, sondern in die Nähe der Frau umziehen. Der »flotte Dreier« würde meinem Mann sicher gefallen.

Nick gab ich den Laufpass. Er soll die Vaterrolle übernehmen, so lange das Kind noch klein ist. Ich selbst wuchs ohne Vater auf und wusste daher, was dies bedeutete. Das war nur eine Seite der Medaille, die ihren funkelnden Glanz verloren hatte; denn gleich konfrontiert; diese verpflichtete mich aus Eheschutzgründen dazu, ihm finanziell beizustehen und Sorge dafür zu tragen, dass er nicht auf der Strasse landete (…ein fremdes Bett hingegen, ist erlaubt). Aber selbst das war mir nicht neu, denn ich hatte ihm ja ohnehin auf der Suche nach Arbeit das pralle Leben finanziert. Habe ihm sogar eine Umschulung finanziert, grosses Motorrad gekauft, später ein Auto. Mit diesen beiden Fortbewegungsmitteln haute er während meiner Nachtschichten im Spital zu ihr ab - am Morgen lag er brav in unserem Ehebett. Während ich mich den immer glanzloseren Zeiten entgegentreten sah, pochte seine Neue darauf, finanzielle Gerechtigkeit für sich einzufordern: Wie ich erfuhr, hatte sie meinem Mann im Vorfeld bereits einen fünfstelligen Geldbetrag ausgereicht, damit er sich noch während der Schwangerschaft von mir freikaufen konnte. Und damit verbot es sich für sie, ihn mit »weiteren Prämien« zu unterstützen. Das grösste Geschenk hatte sie ihm eh schon gemacht - ein gesundes Kind, dass er sich so sehr wünschte.

. Wie „Waldi's" vier Jahreszeiten .

Das Schicksal hatte sich noch einmal gewendet: Ob zum Guten, das blieb abzuwarten. Aber immerhin. Wir hatten Glück im Unglück, er bekam eine temporäre Arbeit und wir wohnten weiterhin zusammen. Die Affäre mit der »Sexbombe« hatte er unterdessen beendet.

Davon unbeeindruckt stand sie eines Tages im *Frühling* mit dem Kind da und forderte ihn auf, das gestern Versprochene umzusetzen und zu den beiden in die neue gemietete Dreizimmerwohnung zu ziehen.

Sommer: Den ganzen Tag das Handy nicht abgenommen. Abends eine kurzatmige SMS, er würde beim Freund übernachten. »Der Freund wird sicher die Mutti sein«, dämmerte es mir ganz »fussvölkisch«, so was verspürte jede Ehefrau wie ein Hund das Kotelette im anderen Kanton. Bitte, wenn er meinte, er müsse ihrem Ruf folgen, dann sollte er doch zu ihr auf den grünen Hügel zurück, hörte ich meine innere Stimme trotzig und empört zugleich sagen. Er würde früh genug merken, dass man auf so manchem gesellschaftlichen Parkett ausrutschen kann (dass der Ausrutscher schon längst den Namen seiner Mätresse trug, war nur eine logische weitere Petitesse in diesen Kreisen).

Spät in der Nacht fuhr ich wieder zu ihr, jetzt aber auf den anderen Hügel, weil »seine Society Lady« inzwischen umgezogen war. Nach 2x Klingen öffnete sich die Tür und Volkes Stimme konnte sich endlich Gehör verschaffen: Ohne Umschweife verlangte ich, sofort meinen Mann zu sprechen; flugs stand ich auch schon im Flur. Nicklas lief sichtlich erschrocken aus einem Zimmer - vermutlich dem Schlafzimmer. Dort gab die Tür den Blick auf die rotkarierte Bettwäsche frei, die so wunderbar zu dieser Wohnkultur - und mehr noch - zu dieser Bettgeschichte gepasst hatte. Sein Anblick war so absurd wie auch lustig und natürlich nicht ganz standesgemäss: In der Eile hatte er sich seine Hugo Boss Unterhosen verkehrt herum angezogen, so war das Hinterteil vorne. Weil aber sein »XL Begattungsinstrument« dort nicht genug Platz hatte, salutierte vor mir als Gattin entgegen jeder Etikette ein Teil davon.

»Wie siehst du denn aus?
»Und was machst du da um diese Zeit? Babysitten? Muttersitten, oder treibst Du jetzt schon die Kühe auf die Weide?«

Seine Migräne machte ihm zu schaffen, die frische Luft tue ihm in solchen Situationen gut - sollte ich als Krankenschwester eigentlich wissen; und dass er keine Medikamente nehmen wolle, sollte ich als seine Angetraute auch schon sicher festgestellt haben. Morgen käme er schon heim...

Das Herbstlaub knisterte: »Er« fand eine temporäre Arbeit im Kanton Thurgau, die als Apfelpflücker. Schlafen, essen, alles vor Ort. Er wolle mindestens sechs Wochen arbeiten, übers Wochenende käme er immer heim. Nie kam er heim, zumindest nicht in das Heim, in dem er offiziell angemeldet war.

Das einzige Foto per mail war ein Bild von einem schön gebräunten Nicky; in der Hand einen Korb voller Zwetschgen. Im Hintergrund lachte die Landschaft aus einem ganz anderen Kanton. Wäre Nicky auf dem Foto als Erntehelfer auf einer Bananenplantage in Kolumbien, für ihn wäre die Früchtewelt sicher noch mehr in Ordnung und ganz legal. Hauptsache weit weg und an der frischen Luft. Hier nahm die altbekannte Entwicklung von der Etikette zum Etikettenschwindel ihren Lauf. Aber vielleicht wollte er ja auch der Welt lediglich seine zu bewirtschaftenden Ländereien präsentieren?!

Winter: Adè. Ein Kumpel hatte Liebeskummer, er stünde in dieser schweren Stunde gewissermassen als Adjutant natürlich an dessen Seite. Nächster Tag gegen Mittag. Er war immer noch nicht da. Das Handy abgestellt. Ich setzte mich wieder in mein Auto und fuhr... - natürlich auf den Hügel zum Fräulein Knödel. Das Handy wieder an, er sagte, er sei noch immer als Beistand unabkömmlich und wie schlimm, die Zigaretten seien ihm ausgegangen, noch viel schlimmer erwiesen sich die prekären Strassenverhältnisse; in der Nacht hätten sich 50 cm Schnee über Flora und Fauna gelegt, er käme mit seinem BMW einfach nicht vom Fleck. »Es tut mir leid Nicky, das dritte Auto was ich dir kaufe, wird ein Hummer sein, oder lieber gleich einen Helikopter?«, meldete sich mein schlechtes Gewissen zu Wort.

Wir telefonierten lange, sehr lange, so lange, bis ich vor der Tür eines Anwesens stand, in dessen Dorf in der Nacht jungfräuliche 9,7cm Schnee gefallen war. Hinter der Tür vernahm ich seine sonore Stimme, wie er immer noch mit mir telefonierte. Ich klingelte, er machte auf, beide immer noch das eigene Handy am Ohr. Ich kam mir vor, wie eine Paparazzi (Mama in Rage traf es wohl eher), die sich soeben als Klatschreporterin verdingte und dabei den Schnappschuss ihres Lebens geschossen sowie ein Liebesnest aufgedeckt hatte. Ganz nebenbei: Ungehemmt hätte ich ihm gerne meine Hand ins Gesicht geklatscht - aber das gehörte sich nicht in meinen Kreisen.

»Sonnenschein, schön dich zu sehen, was machst du denn hier?«

»Habe dir ein Päckli Zigi vorbeigebracht.«

Wieviele Jahreszeiten hat ein Jahr? Ich könnte noch viele andere lustige, traurige, erniedrigende, kraftraubende, unnötige, krankmachende Szenen erzählen, aber die überlasse ich lieber den Hollywoodregisseuren...

Über alle Jahreszeiten hinweg hatte sich dieser Emporkömmling bemüht, »seinem Ruf ohne Ansehen der Person« gerecht zu werden: Ich musste erkennen, dass er sich wie ein rüder Rüde auf zwei Beinen verhielt, der sich einem Jagdhund gleich andackelnderweise an die Fersen des Frauchens heftete, ihr apportierte und die Spur aufnahm, sobald das Kommando ertönte. Jagdhornblasen wird nie meine Obsession. Sein Ansehen indes bei mir war mehr als ramponiert, während er bei ihr weiterhin im Rampenlicht stand - Festspielgarderobe statt Zivilkleidung. Erneut befand er sich in bester Gesellschaft und hatte sich im Jahresrückblick wieder und wieder als Lügenbaron entlarvt.

Er schmückte sich neuerdings mit einem »von« als Zeichen seines sozialen Aufstiegs. Auf dem grünen Hügel lebte er heimlich an der Seite »von derer« mit der er rein »unfalltechnisch«, aber mit Genuss ein Kind gezeugt hatte. Auch mich hatte er damit irgendwie geadelt: Das anfängliche »von mir weg« ging in ein trotziges »von wegen« über, um am Ende aus mir eine selbstbeherrschte »von Neuanfang zu Neuanfang« zu machen. Gern geschehen!!!

Ja, ein Kasperlitheater war das. Ich konnte ihn aber schliesslich nicht zwingen, ganz zu ihr zu ziehen, wenngleich ich fühlte, dass er sich längst von mir befreit hatte.

Er war überall gegenwärtig: Im vergehenden Duft des Rosmarins, im Sonnenstrahl am Morgen und er verbarg sich auch im stets flüchtigen Abendhauch seines Parfums. Er war und blieb eine Tube voller Versprechen.

Mein sorgsam gegen alle Widrigkeiten selbst aufgebautes Leben war wie ein Kartenhaus zusammengefallen. Der ganze Stress kostete mich meine beide Arbeitsstellen. Ich musste mich auch in der Arbeitswelt komplett neu aufstellen, zum dritten Mal wieder requalifizieren, denn nach 10 Jahren Spitalabwesenheit wollte mich als Krankenschwester, resp. als Diplomierte Pflegefachfrau niemand anstellen (eine, wie ich finde, unnötig neuerfundene komplizierte Berufsbezeichnung). Mit erheblichen Kosten machte ich einen mehrmonatigen Wiedereinstiegskurs in Akutpflege. Ich musste es machen, ich hatte keine andere Wahl, wenn ich nicht wieder ganz von unten bei den »Urinflaschen« landen wollte.

So konnte ich mir wenigstens innerlich treu bleiben: »Dada, blieb eine Rose, wurde nicht zum Kaktus!« Dem beruflichen Wiederaufstieg stand der eheliche Wiederabstieg krass entgegen. Manchmal dachte ich sogar, ich hätte keinen erwachsenen Mann geheiratet, sondern unfreiwillig ein Kind an meiner Seite gehabt. Ich habe ihm versprochen, am Anfang finanziell behilflich zu sein, ich mass eine Beziehung nie mit einem Frankenmeter. »Wer liebt, der gibt«, war mein Lebensmotto. Aber sowas dafür zu erhalten, war wirklich eine starke Nummer. Unsere Ehe wurde farblos und konnte nur noch durch die volle homöopathische Wirkung am Leben erhalten werden: Dran glauben ist erwünscht!

. Nachwürzen gefällig? .

Nicky war sich angesichts unseres aufgeweichten Verhältnisses nicht zu schade, mich trotzdem um Hilfe dafür zu bitten, von seiner Geliebten doch wegzukommen. Aber sein chronisches Problem, zum x-ten mal das Handy verloren zu haben, machte ihm unfreiwillig einen Strich durch die Rechnung: Eine liebe Person hatte das Handy gefunden und so war es direkt bei mir gelandet.....na klar, ein Handy gehörte schliesslich in die Hand. In meine Hand - so hatte es das Schicksal gewollt.

Ich registrierte: 145 SMS` in nur einem Monat. Der Text unzweifelhaft, der Informationsgeber eindeutig, Absender mal wieder mehr als bekannt: »Chilly Peper.« Ach nee…!
Jetzt musste ich an die frische Luft. Ganz spät in der Nacht, wo nur die Hundemuttis unterwegs waren. Eine solche Nachtschwärmerin fragte mich, ob ich auch einen Hund hätte. Selbstironisch und nicht ohne Galgenhumor hörte ich mich sagen: »Nein, oh doch, habe ich. Eine seltene Rasse, wissen sie - Marke: »Sauhund«, Model: Limitierte Edition, reinrassig, einzigartig. Frisst edles Gras und man braucht mit ihm auch nicht Gassi zu gehen. Er geht eh schlecht bei Fuss.«

Ein normales Leben mit Nicklas zu führen, ohne es mit einer Dritten im Bunde aufzupeppen, war offenkundig nicht möglich. Da dachte ich an die Worte des »Wahrsagers« vom Zivilgericht. Abmachungen einzuhalten, war so mühsam, wie Eiweiss und Dotter von einem zerplatzten Ei mit Essstäbchen vom Boden aufzunehmen.
Nick's Stunde des Auszugs war endgültig gekommen. Er wollte bei dem „Liebeskummer" Arbeitskollegen unterkommen. Beim Abschied hatte mich das altbekannte Gefühl des Verlassen-Seins auch jetzt nicht verlassen: Auf der einen Schulter die grosse Sporttasche, unter dem andern Arm das Fotoalbum mit den schönsten Hochzeitsfotos, die ich ihm zum ersten Hochzeitstag geschenkt hatte. Unsere Blicke trafen ein letztes Mal aufeinander. Ich werde sie nie im Leben vergessen. Da weinte ich stundenlang.
Nach einer Woche war er wieder da. Traurig, abgemagert, ausgehungert. Ich war traurig mit ihm. Er blieb erneut. Ich wusste, wie töricht es ausgehen konnte, jetzt verzieh ich mir einfach »meine kultivierte Unvernunft…«
Telefonterror und Heimlichkeiten sollten nicht lange auf sich warten lassen. Die »Freikaufmutter« verstand es, »unser sowieso schon brüchig gewordenes trautes Glück« aus der Ferne mit kaskadenartigen Alltäglichkeiten nachzuwürzen; unverhohlen und ohne schlechtes Gewissen trieb sie es immer wieder auf die Spitze: Die Kleine war krank…, er habe sie schon lange nicht mehr gesehen…, die Taufe müsse geplant werden…, Schwimmbassin aufgeblasen…, Sonntagssuppe wieder mal kochen… Die Hilfe als Vater

sei wieder mal gefragt und schliesslich habe er ja damals die Nabelschnur durchgeschnitten..., das Kind müsse diese besondere Bindung auch spüren und mal wieder die Stimme des Vaters hören... und nicht zuletzt müsse auch der Tannenbaum aufgestellt werden...

Was in Gottes Namen hatte mich ihm, ja auch ihr gegenüber so schwach gemacht? Und warum liess ich es zu, mich neben ihm kleiner und unbedeutender zu fühlen, als ich es in Wirklichkeit war? Da schien mir vielleicht meine diakritische Tastatur im Weg zu stehen, die danach trachtet, die Familie zusammenzuhalten, sich zurückzustellen und nicht mit der »Faust auf den Tisch zu schlagen«, um unliebsamen Dingen ein Ende zu setzen.

In diesen Momenten erwachte in mir einmal mehr der Gedanke an eine gewisse innere Freiheit, wie sie den selbstbewussten und unabhängigen Schweizerinnen zu eigen war: Bei allem ähnlichen Familiensinn und bei aller Diplomatie schien es ihnen zu gelingen, sich gleichberechtigt nach vorne zu spielen, ohne aufzutrumpfen, an Idealvorstellungen festzuhalten, ohne sich dabei zu vergessen. Und sie konnten Bindungen eingehen, ohne die Verbindung zu sich selbst zu verlieren.

Diplomatie war nie meine Stärke. Herzlich und direkt, so war ich. Der fixierende Blick auf eine gut funktionierende Aussenfassade, das merkte ich jetzt, hatte mich innerlich leer gemacht, mehr noch, meine zusätzlich hyperaktiven Handlungen haben mir das gesunde Innenleben geraubt und nach und nach mein Selbstwertgefühl genommen. Zufall? Schicksal? Ansporn oder Scheide-Weg?

Zusätzlich wachgerüttelt und gemahnt wurde ich nach einem Jahr durch einen überraschenden Anruf von Daniel. Amerika sei nichts für ihn, er käme wieder zurück nach Europa. »Aber sag, wie ist es dir ergangen, wie geht's dir, meine Schoko-Käse-Freundin...?«

Kurze Bestandsaufnahme.

»Daniela, nur ein kranker Mensch macht kranke Sachen, hör auf damit!«

Am Schlimmsten daran war, ich konnte niemandem wirklich sagen, wie es um unsere Ehe stand. Auch Luisa sagte ich nichts; das war keine Information, die man dem eigenen Kind mal eben so via SMS oder per mail losschicken konnte. So fuhr ich eines Tages persönlich zu ihr, nur um ihr bei der Übermittelung der traurigen Nachricht in die Augen schauen zu können. Sie umarmte mich und sagte, sie wisse, ich habe ihn echt geliebt. Er habe mich aber einfach nicht verdient. Ich ihn, wie es aussehe, aber auch nicht. Da war ich erleichtert. Fuhr wieder zurück.

Mittlerweile arbeitete ich temporär, konnte verschiedene Spitäler von meinen Qualitäten überzeugen. Ich hatte also wieder die glückliche Kurve gekriegt.

Das alles war meiner Mama nur oberflächig bekannt, ich wollte sie damals ja nicht belasten; aber mit jemandem, wie sie das sagte, zusammen zu sein, nur damit ich nicht alleine sei, wollte ich erst recht nicht. Man kann sich auch zu zweit alleine fühlen. Ich fühlte mich sogar noch mehr als alleine mit ihm. Aber in einem hatte Mama verdammt recht gehabt, als sie mir sagte:

»Dadi, du kannst von einem Apfelbaum keine Birnen erwarten.«

Ich reichte endgültig die Trennung ein. Nicklas, LASS das!

So kam ich seinerzeit tief in der Nacht, müde, traurig und erschöpft von der Beerdigungs-Aktion meiner Mutter nach Hause, wo mich der nächste Schock erwartete. Nicklas war mit samt der vielen Möbelstücke und Kleinigkeiten aus meinem schönem Haushalt noch aus meiner ersten Ehe einfach verschwunden. Ein Zimmer war komplett leer geräumt. Nur die Gardinen hingen leise und sonst gar nichts… Das war genau das, was ich in diesem Moment nicht gebraucht hatte. Selbst mein Schrank aus echtem Holz hatte sich von mir entfernt. Hoffentlich nicht wieder ein Abschied auf Raten… Ich hatte mir vorgenommen, mich nie wieder so behandeln, so erniedrigen zu lassen! Und schon gar nicht von einem Mann, obwohl ich alles andere nur keine Emanze war.

Was ich jetzt gebraucht hätte, waren Jonas warme Decke oder Daniels klare Ansagen.

. Vom Alptraum zum Albtraum .

»Chilly Pepper«, alias Helga Knödel, schickte mir entgegen aller Verbote meinerseits eine SMS: Nicklas; wohne jetzt bei ihrer Mutter. Na super, sie thront auf einem Hügel, er auf dem anderen, da fehlt nur noch ein Alphorn. Warum wohnte er nicht bei ihr? Das ging wohl nicht, denn bei einem gemeinsamen Haushalt würde sie die Alimente und damit auch die verauslagte »Ablösesumme« verlieren. Tja, alles kann man nicht haben...

Komisch, meine beiden Männer, wählten als Erholungsort nach dem Ehestress einen Hügel. Sieht die Welt, näher den Sternen, etwa leuchtender aus...?

Als ich ihn dort besuchte, um mit ihm die Sachlage zu besprechen, traute ich meinen Augen nicht. Mein teurer Schrank stand in der Garage des sehr grossen Bauernhauses. Aha, hier war nunmehr seine Biooase? Der Ort der nächsten Sünden sieht also so aus? Ich sah mich unvermittelt »meinem meet and greet« gegenüber. Der imperiale Glanz eines Hochwohlgeborenen bestach durch seine höchst natürliche Form. Über eine Leiter in der Scheune kam ich in einen Raum. Bitte eintreten! An den Wänden des Miniquadratmeteridylls ohne Heizung hingen lauter Fotoabschnitte der neuen alten Drei. Unter seinem oder besser »meinem« Kopfkissen schaute allerdings eine Ecke des besagten Fotoalbums raus. Als ich ihn darauf ansprach, gestand er mir, ab und zu darin zu blättern, insbesondere, wenn ihn die Trauer überfiel. »Mir kommen auch gerade die Tränen...« und ich konnte sie mir tatsächlich nur mit Mühe verkneifen.

Aus dem einstigen sagenumwobenen »Prinz Eisenherz« mit Unterwäsche von Hugo..., fein wie Schmetterlingsflügel, aus dem durchgestylten Lebemann mit »Vorhautschuhen«, war wohl oder übel ein »Ritter der traurigen Gestalt« geworden. Beim Blick durch das Zimmer, was mehr ein Loch als Zimmer ohne Aussicht war, offenbarte sich, dass er in Ermangelung eines WC's gar in eine Gurkenflasche pinkelte. Ein Hoch auf die Natur! Und so was soll Wohnung heissen, für die die Gemeinde jeden Monat eine schöne Geldsumme aus der Kasse der Bäuerin hinblätterte. Ein Albtraum.

Aber es war sein geheimer Wunsch gewesen, in der Nähe seiner Tochter zu sein, anstatt unter anderen Umständen mit mir zu leben. Aus der Traum? Für ihn. Aus der »Traum von einem Mann«, auch für mich. Für beide ein neuer Lebens-Raum. Der Herbst hatte es in sich. Nicky war melancholisch geworden, rief mich oft an, kam auch gelegentlich zu mir; es hatte sich ein wenig angefühlt, wie eine vorsichtige Annäherung.

. Auf und davon .

22. Dezember: Er beabsichtigte, einen Kurs zu besuchen, um seine psychische Stabilität wiederzufinden. So geht das nicht weiter. Der Kurs war genau darauf fokussiert. Er ging, blieb aber seltsam fremd. Wer zum Teufel organisiert so einen Kurs über die Festtage?

26. Dezember: SMS vom Unbekannten: Liebe D., ich glaube, wir beide sind wieder der Meinung, der N. liebt uns. Er verbrachte auch diese Feiertage natürlich mit uns, ich finde du solltest das wissen. Wir drei sollten uns mal endgültig aussprechen. Es sah nach nicht so fröhlichen Weihnachten aus.

Das Treffen fand um 16.00h an einer Autobahnraststätte statt. Ich hatte sie kaum wiedererkannt: Eine alte Frau mit grauen Haaren lief die Treppen hoch, mit Sorgenfalten im Gesicht, stark abgelaufene Schuhabsätze. Nicky perfekt angezogen, traurig. Wir alle hatten uns erkennbar miserabel gefühlt, aber es war wirklich an der Zeit, aufzuräumen und Klartext zu sprechen.

Helga Knödel erklärte ohne Umschweife, sie mache endgültig Schluss mit ihm. Ihren Partner und den Vater ihres Kindes stellt sie sich definitiv anders vor, als… Das Theater mache sie einfach nicht mehr mit. Nick schnappte nach Luft und blieb vorerst sprachlos. Nach einer peinlichen Minute, die etwa zehn Jahre gedauert hatte, gestand er mir, er wolle sich scheiden lassen und alleine weiterleben. Er entschuldigte sich, dass er uns beide fünf Jahre lang angelogen hatte. Er sei eben nicht dazu fähig, eine Beziehung zu führen und auch aufrechtzuerhalten. Seine erste Ehe dauerte auch nicht lange. Danach fing er fürchterlich zu weinen an. Und das ist das Schlimmste, was ich an den Männern finde, wenn sie weinen, - denn das können sie wirklich nicht. Nicht so gut wie wir. Weinen, ist eine rein weibliche Angelegenheit. Hat mit dem Wein nichts zu tun.

Meinen Wohnungsschlüssel legte er auf den Tisch, stand auf und ging. Jeder von uns ging wortlos in seine eigene Richtung. In dem

Moment fühlte ich mich total leer. Es trennten sich unsere Wege, aber es schien hier und jetzt die einzige richtige Möglichkeit, mit der ausweglosen Vergangenheit abzuschliessen. Die Zeit für mich war gekommen, das Falsche im Falschen nicht mehr schönzufärben.

Abends eine versöhnlich anmutende mail von Helga: »Verzeih mir, auch ich habe dich jahrelang angelogen, dich glauben lassen, dass er nicht mehr zu uns kommt. Und zusätzlich danke, dass du bereit warst, unser Kind über das Wochenende bei euch aufzunehmen...der Schweizer Plan ging aber nicht auf. Ich wünsche ihm alles Gute, ich hoffe, er bekommt sein Leben ohne uns in den Griff.« Sie machte sich Sorgen. Ich fragte mich, wen hatte sie wohl mit »uns« gemeint?

Keine drei Tage hatte es gedauert, da hat sie ihn wieder zu sich genommen - es war ohne Heizung sehr kalt da oben und sie hatte Mitleid mit ihm: »Das Kind, das ich mit ihm habe, wird uns immer zusammenhalten. Das verstehst du sicher.«
Loslassen ist nicht einfach, wem sagt sie das?!

»Los...lass...en de!«
Ich sah mich konfrontiert mit einer Art »Affären-Alzheimer, im präklinischen Stadium«. Ausbremsen hiess meine Devise. Ich wollte die krankmachenden Keime in meinem Gehirn einfach nicht mehr zulassen. Ich wollte ihnen die Chance nehmen, sich destruktiv bei mir einzulagern oder gar sich auszubreiten. Ich hätte fast vergessen, zu vergessen!
Mai, 09.00 Uhr: Diese Scheidung war erst recht gepfeffert, denn Nicky hielt auch da Absprachen nicht ein. Er schrieb keinen Antrag. So wartete ich und wartete monatelang. Dann hatte die Knödel die Regie in die Hand genommen, damit sie sicher sein konnte, er würde endlich frei für sie sein. Wer weiss...? Von wegen sie will mit ihm nichts zu tun haben? Seine fehlenden Dokumente, nicht bezahlten Gebühren, sogar das nicht Erscheinen an drei Terminen waren der Gipfel des Gipfels.

Das liess meine Galle hochsteigen. So auch die mutige Frage der Gerichtsmitarbeiterin, präsentiert mit gelernter Höflichkeit, ob es mir etwas ausmachen würde, ihn von seinem Wohnort der 18 km entfernt sei, mit meinem Auto abzuholen; er habe bedauerlicher-

weise verschlafen - für mich stand dagegen zweifelsfrei fest, dass er darauf spekulierte, dass die Verhandlung erst gar nicht stattfinde, da er die notwendigen Gerichtskosten nicht bezahlt hatte...
»Helga, Schatz, hast du noch schnell zwei Tausend für mich?, dich?, uns?...«

09.05 Uhr: Ich war nicht bereit, ihn abzuholen. Soweit kommt es noch. Keinen Millimeter lang. So mussten wir zwei Stunden auf ihn warten. Seine Gebühren erstattete ich natürlich, ich wollte dem ganzen Zirkus endlich ein Ende setzen. Während er durch vollständige Instruktionen besagter Dame in den Gerichtssaal navigiert wurde, bekam ich die mündliche Abmahnung, mich zu mässigen, denn meine Nerven lagen blank und ich hatte meinen Emotionen in diesem Ausnahmezustand jetzt doch undiplomatisch Luft gemacht.

Nicht zum ersten Mal sollte sich die Schweiz als weltgeschlossener erweisen, als ich sie bisher erlebt hatte. Bei allem Verständnis für die Gerichtsbarkeit und die Persönlichkeitsrechte meiner Neuheimat - das wird mir auf immer unverständlich bleiben...Ja, das Gericht schien daran gewöhnt zu sein, eher mit Anwälten die Faktenlage nüchtern durchzukauen. An die Gefühle der Menschen, über die sie gerade urteilten, mussten sie sich sicher erst noch gewöhnen.

12.36 Uhr: Unsere Geschichte war Geschichte geworden.

15.00 Uhr: Ab jetzt betrat ich freiwillig und angstlos meine Wohnung. Im Gegenteil, ich freute mich darauf! Am gleichen Abend löschte ich komplett alle Fotos von Nicklas im PC und am nächsten Tag holte ich mir nach 12 Jahren eine andere Handynummer. Unter der Buchstabe N in Kontakten - kein Eintrag vorhanden. Mailadressen unter H.K. gesperrt.

Nicky danke ich trotzdem für etwas: Ich kann ab sofort perfekte Sonntagssuppennudeln herstellen.

. Zukunft mit Verspätung .

Zugegeben: Mein ganz persönliches Integrationsmonitoring fiel ernüchternder aus, aber ich hatte gelernt, misstrauisch zu sein und ich wusste, wie man mit Unterschieden umgeht - die Schweiz präsentierte sich mir als doch metropolitanes, offen geschlossenes Land.

Und wer sich dauernd zwischen den Welten von Einheimischen bewegt, der ist vielleicht ein »Zwei-Heimischer«. Alles hatte wohl seinen Preis?!

Hat ein Leben überhaupt einen Preis, den man mit Geld messen kann? Ich weiss es nicht. Mein Leben kostete in jedem Fall etwas. Und auch, wenn das Zahlungsmittel »bargeldlos« war - manchmal war der Preis zu hoch, wenn es wieder einmal darum ging, unermüdliche Kraft und Energie aufzubringen, durchzuhalten, ohne umzukippen. Es war dann wie eine Mount-Everest-Besteigung mit nur einer knappen 2 Liter Sauerstoffflasche.

Weiterleben, als wäre nichts geschehen, konnte ich nicht. Ich fühlte mich zu oft verletzt und aussen vorgelassen. Dieses Gefühl machte sich auch dann breit, wenn ich versuchte, neue echte Freundschaften mit echten Schweizern zu knüpfen: Von dem wohlschmeckend dargereichten Käse, verblasste seine Silhouette zu einem Griff ins Käseloch. Mein Körper meldete sich schliesslich zu Wort und erinnerte mich daran, dringend eine Ruhepause einzulegen, denn ich musste wegen anhaltender Herzprobleme zum Arzt gehen. Diagnose: »Broken-Heart«. Auch der Magen hatte rebelliert und war mitbetroffen. Offenkundig hatte ich mir mehrfach die Finger am Leben verbrannt; am liebsten hätte ich mir einfach eine Ganzkörpercreme aufgetragen mit Schutzfaktor »365 plus«, der mich vor solchen Schicksalsschlägen über alle Jahreszeiten hinweg schützt.

Ich suchte ein Plätzchen als Quelle, wo ich meine leergelaufene Batterie wieder aufladen konnte. Wo war der Ort, an dem ich mein seelisches Gleichgewicht wiederfinden würde? Ich wähnte mich nicht allein - bisweilen konnte man schon mal des Lebens müde sein - vor allem, wenn das so ein Leben war, wie meins. Gott sei Dank, fand ich die Quelle. Sie war dort, wo ich es nie für möglich gehalten hätte. Spirituelle Erneuerung war das Stichwort: Es hatte mich in ein Kloster gezogen.

Keine Angst, nicht für immer ☺. Nur für paar Tage. Gott sei Dank! Dort unterzog ich mich einer Erholungspause und besuchte Privatsprechstunden bei einer Diakonisse, die mir das Loslassen und die innere Einkehr beibringen sollte.

Abends setzte ich mich aber doch in meinen neugekauften Sportwagen - Farbe blau -, damit er zu meinen Augen passt und fuhr ins örtliche Casino. Ich brauchte als weltlichen Ausgleich auch andere Farben um mich herum...

Wieder zuhause. Ich konnte nicht mehr so ohne weiteres in meinem Ehebett schlafen. Monatelang verbrachte ich stattdessen im Wohnzimmer auf dem Sofa. Schritt für Schritt ging ich stundenweise ins Schlafzimmer. Lag den ersten Monat nur auf meiner Hälfte, dann in der Mitte des Bettes. Irgendwie lag mir zwar die Welt von Duvet und Dauen zu Füssen - ich aber wollte nur noch darauf vertrauen, mich auch jenseits davon aus eigener Kraft weiter nach vorn zu arbeiten. Bis heute.

Ich gestehe, immer noch kann ich die ganze Grösse des Bettes nicht geniessen. Ich suche dort nicht mehr »ihn«, nicht den Nicklas, auch wenn sich manchmal schon das Verlangen nach einem neuen »Hugo« in mir ausbreitet. Sein Name muss aber definitiv nicht auf meinem Türschild stehen. Auch bei anderen Impulsen, wie zum Beispiel feinem Herrenduft oder neuer Boss- Kollektion wird mir »komisch« im Bauch, das alles braucht einfach seine Zeit. Auch ich bin nur ein Mensch und kein Computer, wo man die neue Lebensversion 8.1 installiert - »Neustarten!« - und gut ist es. Für einen Neustart gibt es zuerst ein Vorprogramm, und das heisst: Freunde zu haben, die nicht im Tiefkühler stecken, sondern in einer Mega-turbo-speed-Mikrowelle: Per Knopfdruck sofort da! Ungeschminkt!

Mein Glück soll einfach nicht mehr primär von einem Mann abhängig sein. Aber »Dinner for one«, ist auch keine Alternative auf die Dauer. Sie wissen schon; ich lache laut und leide leise, weil es so aussieht, als habe man keine Freunde.

Ich habe daneben noch so viele Träume; mal schauen, auf welche Art ich sie werde verwirklichen können oder wer mich in den Zwischenwelten bei meinen Phantasien begleitet. Vielleicht ist es nur ein neues Handy, vielleicht die rote Corvette, oder ein Königspudel? Nein, meine Träume sind viel verrückter, als Sie jetzt denken. Fliessen lassen, laufen lassen...

Ja, ich hatte tatsächlich von vielem nichts gewusst... ich konnte und wollte vielleicht auch vieles nicht wissen.

Alles brauchte seine Zeit. Und es wurde höchste Zeit, die Vergangenheit als das zu werten, was sie war: Sie war ein nie versiegender Ausgangspunkt meiner unauslöschlichen Spuren - mag sein, dass ihre Konturen langsam verwischen, aber nur, um nach und nach neuen Platz zu machen. Heute ist das Gestern von Morgen: Immer wieder. Und so erlaubte mir die Rückschau, den Blick auf das Neue einen kleinen Spalt zu öffnen: Ich konnte jetzt auch erkennen, je mehr das slowakisch Vertraute schrittweise fremder geworden war, so war mir das helvetisch Fremde allmählich vertrauter geworden. Ich wollte seinerzeit nicht fort. Ich musste! Ohne zu wissen, was in der Fremde auf mich warten würde. Hier und Heute verbiete ich mir, das alte Leben im neuen zu leben. In mir steckt noch soviel unbekannter Anfang. Bleiben bleibt!

Und womöglich bin ich derzeit, im 36.ten helvetischen Herbst mehr denn je bei mir angekommen, mehr als im Weg dorthin vielleicht vorhersehbar… und dies trotz und gerade, weil ich mir zeitweise fremder geworden war, ohne mich dabei zu verlieren. Ich war zu einer eigenen Architektin meines Alltags geworden.

So schliesst sich die Geschichte nicht nur in diesem Buch von der Tatra zum Matterhorn, sondern auch in meinem Leben von Belchen zum Gotthard. Und wer genau hinschaut, der konnte bemerken, wie selbstverständlich sich diese Achsen in der Mitte weltbildlich kreuzen… Und ja, ich war inzwischen eine Andere geworden. Aber ein Gefühl beschleicht mich bis heute: Manchmal bedeutet zwei Heimaten zu besitzen, keine wirklich zu haben. Oft ergänzen sie sich. Meistens bereichern sie sich. Aber immer sind sie untrennbar mit mir und meinem Leben verbunden: Erfahrene Zeit - Erfahrung, die bleibt. Das kann ein Vorteil sein. Gerade in der Fremde. Jetzt weiss ich das. Und ich will es nicht missen! Willkommen zurück im Leben, wo das Herz mit dem Verstand aufs Beste im Einklang lebt.